SHANNON DRAKE

La Novia Pirata

Editado por Harlequin Ibérica.
Una división de HarperCollins Ibérica, S.A.
Núñez de Balboa, 56
28001 Madrid

© 2008 Heather Graham Pozzessere. Todos los derechos reservados. LA
NOVIA PIRATA, N° 79 - 1.4.09
Título original: The Pirate Bride
Publicada originalmente por HQN™ Books.
Traducido por Victoria Horrillo Ledesma

Todos los derechos están reservados incluidos los de reproducción, total o
parcial. Esta edición ha sido publicada con permiso de Harlequin
Enterprises II BV.
Todos los personajes de este libro son ficticios. Cualquier parecido con
alguna persona, viva o muerta, es pura coincidencia.
™TOP NOVEL es marca registrada por Harlequin Enterprises Ltd.

® y ™ son marcas registradas por Harlequin Enterprises Limited y sus
filiales, utilizadas con licencia. Las marcas que lleven ® están registradas
en la Oficina Española de Patentes y Marcas y en otros países.

I.S.B.N.: 978-84-671-7299-7
Depósito legal: B-8162-2009

Para Bobbi Smith,
maravillosa escritora
y gran amiga.

PRÓLOGO

Victoria y derrota
Costa oeste de Escocia, 1689

—¡El niño! Por el amor de Dios, Fiona, tienes que salvar al niño.

El viento era fuerte y frío. A Fiona se le nublaba la vista y no podía hacer nada, excepto sentir, y lo que sentía era un soplo de viento frío. Siempre había amado su hogar. Los hermosos colores de las colinas, las rocas de los acantilados y los peñascos, y sí, incluso el viento áspero y frío que acompañaba al invierno. A pesar del frío, días como aquél solían anunciar la llegada de la primavera, cuando la tierra florecería con una belleza agreste que amaban todos aquéllos que la conocían y que asombraban a quienes no estaban familiarizados con ella. Sí, amaba su hogar, los azules y los malvas de la primavera, y los verdes intensos del verano... Incluso el gris de un día de invierno nublado y desapacible.

Todo lo que había arrastrado la marea, el baño de sangre con el que había acabado la llamada «Revolución gloriosa» de Guillermo III.

—¡Fiona! —sintió las manos de su marido en los hombros,

zarandeándola. Abrió los ojos y al mirarlo comprendió que nunca volvería a verlo. Iban a pagar. Los escoceses de las Tierras Altas iban a pagar por su oposición a Guillermo, por su lealtad al rey legítimo, Jacobo II. Católico o no, debía ser rey, por derecho divino. Y los escoceses, como muchas otras veces antes, habían demostrado de qué estaban hechos. Sin embargo, todo había sido en vano, y ahora iban a ser aplastados cruelmente y sin piedad.

–Tienes que irte ya, amor mío. Pronto estaré contigo, te lo aseguro –le dijo Mal, desviando los ojos mientras le apartaba un mechón de pelo de la frente.

–No volveremos a vernos –musitó ella. Al principio, no sintió dolor al darse cuenta. Sólo el azote del viento. Pero entonces vio el azul infinito de sus ojos, las hermosas ondas de su pelo casi negro y sus facciones duras. Su boca era ancha, sus labios generosos. Pensó en su sonrisa, en sus besos.

Y de pronto el dolor fue como un cuchillo que la atravesaba. Gritó y cayó de rodillas, y él se arrodilló rápidamente a su lado, ignorando a los hombres que lo aguardaban, sus soldados a pie y a caballo. No era un ejército tan ordenado como el que los perseguía, ni como el que hacía poco habían derrotado con brillantez, a base de destreza y osadía. Eran Highlanders, hombres de clan y, sí, podían pelear entre ellos, pero cuando luchaban juntos eran como hermanos. Tenían sus propias ideas y no siempre necesitaban órdenes. Tenían alma y corazón, aunque sus armas fueran pobres. Darían la vida los unos por los otros, unidos por un vínculo que no se encontraba a menudo entre las filas mercenarias del ejército enemigo.

–Ven, Fiona –Mal alargó el brazo para ayudarla a levantarse. Ella vio sus manos; unas manos maravillosas, fuertes y de dedos largos, capaces de abrazarla con pasión y de sostener con ternura a un niño. De pronto sintió terror por avergonzarlo chillando histéricamente al saber que iba a morir.

Y su muerte sería un crimen contra Dios, contra la naturaleza, porque era un hombre hermoso no sólo por su cuerpo, sino por su fortaleza y su sabiduría, por el amor que sentía por la tierra y por su Dios y por todos aquéllos que vivían en aquel pequeño rincón del mundo.

—El niño, Fiona. Debes proteger al niño.

Ella se levantó tambaleándose y procuró ver a través de las lágrimas. Se irguió y tendió la mano hacia el niño que, de pie a su lado, los miraba con los ojos muy abiertos, asustado y al mismo tiempo tan triste que parecía haber envejecido antes de que el tiempo hiciera correr los años.

Mal agachó de pronto la cabeza, quizá para combatir la luz fatal del destino que brillaba en sus ojos, y abrazó temblando a su hijo.

Luego se incorporó y depositó en labios de Fiona un último beso, ferozmente dulce.

—Gordon, llévate a mi esposa y a mi hijo y ponlos a salvo.

Malcolm se volvió entonces, tomó su caballo, cuyas riendas sujetaba uno de sus hombres, primo lejano suyo, como lo eran muchos. La mano de Gordon cayó sobre el hombro de Fiona.

—Al bote, milady, aprisa.

Ella estaba cegada. Era el viento, se decía, pero sabía que eran las lágrimas que corrían por su cara sin ella darse cuenta. Mientras corrían hacia la orilla, se limpió las mejillas, se volvió y levantó a su hijo, mirando por última vez al hombre al que había amado tanto.

Laird Malcolm, ataviado con su kilt, se alzaba magnífico sobre su gran corcel, gritando a los hombres que lo rodeaban. Y desde la playa ella vio la valerosa carga de los escoceses, que subieron velozmente por la colina con el grito de batalla en los labios.

Morirían bien.

No serían arrastrados al patíbulo, ni escarnecidos antes de

morir. Eran guerreros: lucharían contra sus enemigos hasta la muerte. Mal le había asegurado que vencerían, como habían hecho antes, pero ella sabía que esta vez su valor no sería suficiente.

En sus brazos, su hijo se removió. ¡Ah, ya tan alto y tan fuerte!

—¡Papá!

—Sí, papá se va a batallar —murmuró ella.

Luego, en lo alto de la colina, vio al enemigo.

Avanzaba como una marea. Miles... y miles de hombres...

Fiona se volvió, alta, erguida, sin lágrimas en las mejillas. Gordon la ayudó a acercarse al agua, donde esperaba el bote. Un remero cubierto con un manto, con la cabeza gacha, los esperaba.

—¡Aprisa, hombre, aprisa! —gritó Gordon—. Debes llevarla al barco.

El remero se levantó, echándose hacia atrás la capota, y ella vio sus ojos. El corazón le dio un vuelco al ver su cara.

—No, nada de eso —dijo él.

Gordon desenvainó su espada, pero el remero estaba listo. Aunque Gordon era un soldado con experiencia, el remero tenía ya la mano en la empuñadura de la espada, bajo el manto, y cuando levantó la hoja fue para atravesar a Gordon.

Fiona ya no oía ni sentía el viento. Su vista se había despejado, y lo veía todo rojo. Un mar rojo frente a ella...

Entonces se apoderó de ella la locura. Empuñó la daga que llevaba en la cintura y atacó.

El remero gritó de dolor y de rabia, y respondió al instante.

Fiona no sintió el acero que la atravesó. Pero oyó su corazón. Su latido errático y veloz, bombeando su sangre ya sin vida...

Su corazón gritó. «Malcolm, amor mío, parece que hoy no vamos a separarnos, después de todo, porque el cielo espera a quienes han sido justos y fuertes...».
—¡Madre!
¡Su hijo! ¡Su precioso hijo! Intentó gritar, pero no tenía aliento.
Y mientras agonizaba, oyó la risa del remero.
Y luego un grito. Pero aquel sonido no procedía de ella. Mientras el mundo se apagaba, fue vagamente consciente de que el remero empujaba el bote lejos de la orilla y de que a su hijo, todavía tan pequeño y sin embargo lo bastante mayor para ver, para saber lo que estaba ocurriendo, se lo llevaba la pura maldad.

CAPÍTULO 1

Mar Caribe
Corredor de los piratas, 1716

—¡Nos superan en cañones, en velamen, en hombres...! ¡En todo! ¡Maldita sea! ¡Virad, aprisa! ¡A toda vela! —gritó Logan Haggerty, rechinando los dientes. Tenía los ojos entornados y la furia lo cegaba mientras miraba fijamente el barco pirata que se acercaba.

—Capitán, ya vamos a toda vela y, caray, estamos intentando virar —le aseguró Jamie McDougall, su contramaestre. Jamie era un lobo de mar, un mercader decente reclutado por la Marina que se había pasado a la piratería y al que luego habían readmitido al servicio del rey. Conocía todos los trucos de la marinería.

Y si había algún modo de escapar al barco pirata, también lo conocería.

Si se iban a pique por la avaricia y el egoísmo de la aristocracia, Jamie también lo sabría.

Logan había informado al duque de que había piratas en la zona y le había explicado que se hallaban en desventaja debido a la falta de hombres a bordo, en caso de que los abordaran. Le había explicado también que el peso de la carga podía afectar a la velocidad y a la maniobrabilidad del barco.

Pero el duque no le había hecho caso.

Logan tenía diez cañones.

El barco pirata tenía veinte, que él pudiera contar; quizá más, y Logan veía por el catalejo que su tripulación era de al menos veinte hombres.

Él viajaba con doce marineros.

El navío que avanzaba hacia ellos, provisto de una bandera escarlata, era muy hermoso. Era una balandra ligera y rápida, y surcaba las olas tan suavemente como si volara por el aire. Tenía poco calado y podría escapar fácilmente a barcos más grandes en los bajíos. Logan vio que estaba bien equipada. Además del cañón grande que apuntaba hacia ellos, veía que la cubierta superior estaba provista de una fila de cañones giratorios rodeada de barriles.

Era una preciosidad y había sido alterada para su vida delictiva. Tenía tres mástiles, cuando la mayoría de las balandras sólo tenían el palo mayor, y sus velas atrapaban la más ligera brisa. Sus botes estaban situados tras los cañones giratorios. Era pequeña, ágil y fuerte.

Logan sabía que no debía entrar en territorio pirata, pero el orgullo había sido su perdición.

Ah, sí, había sido su orgullo, mucho más que el de la nobleza de la que se mofaba, el que lo había tentado a aventurarse en aquel viaje, a pesar de que al principio se había negado con vehemencia a aceptar el encargo.

¿Y cómo lo había conseguido el duque? Logan se rió de sí mismo. Gracias a Cassandra.

La dulce Cassandra. Logan se había convencido de que podría conquistar su amor si tenía suficiente dinero. Su linaje era bastante noble, pero sus medios de vida eran demasiado pobres para asegurarle su cariño. Sin embargo, si tenía éxito en aquella misión, podía volver triunfante y recuperar todo lo que su familia había perdido. No, todo lo que les habían robado. Si podía desafiar al mar y hacer aquel viaje, sería digno de Cassandra. Ella era el premio que más le importaba, si salía airoso de aquella vertiginosa travesía para llevar el oro del templo de Asiopia a los colonos de Virginia.

Ahora se daba cuenta de que había sido un necio. ¿Y por qué? ¿Qué tenía aquella mujer que lo había cautivado hasta el punto de emprender una empresa tan temeraria? Siempre había sabido que debía abrirse camino por sí mismo, y había conocido tanto a furcias como a grandes damas. Con todas ellas había sido cortés, pero nunca había sentido una emoción tan intensa, o aquel deseo de sentar la cabeza. Cassandra no era una seductora, no hacía exigencias, ni amenazaba siquiera con coquetear hipócritamente. Era la risa de sus ojos brillantes, el roce suave de las yemas de sus dedos y, sobre todo, la sinceridad de todas sus palabras y sus actos lo que fascinaba a Logan. Podía amarla. Amarla de veras. Había, naturalmente, algo más que podía reconocer ante sí mismo. Ella sería la compañera perfecta para él. Era la única hija de una familia respetada y rica. Si unía su nombre al de ella, Logan podría reclamar todo cuanto antaño había pertenecido a su familia, reconstruir la fortuna de los Haggerty. Cassandra era todo lo que podía desear en una esposa.

No podía culparla a ella de su decisión de correr aquel riesgo. Ni siquiera culpaba al padre de Cassandra, que sólo quería el bien de su única hija.

Si había alguien que tuviera la culpa, era él.

Una vocecilla burlona lo tachó de embustero y farsante.

Logan había dicho que navegaba porque necesitaba dinero, pero ésa no era toda la verdad. Siempre estaba ansioso por surcar los mares. Ansioso por encontrar a un hombre.

Y ese hombre vivía en el mar, fuera de la ley.

Logan aseguraba incluso que buscaba justicia, no venganza, aunque, si era sincero consigo mismo, tenía que reconocer que tenía la venganza en la mente y en el corazón.

Debería haber llevado más armas, se dijo. Y más hombres. Pero para la batalla que esperaba librar necesitaba hombres de confianza, y eran difíciles de encontrar.

Aun así, el único que tenía la culpa del apuro en que se hallaba era él.

Aquéllos eran tiempos peligrosos para navegar. Cuando Inglaterra y Holanda habían estado en guerra con España y Francia, muchos presuntos piratas habían creído librar una batalla justa. En un navío inglés, Logan sólo habría estado a merced de un barco español o francés. Pero cuando los combatientes firmaron la paz en 1697, el mar se llenó de bucaneros.

Muchos no tenían nada por lo que volver a casa.

Muchos no tenían deseo de volver a casa. Batallar en el mar se había convertido en un modo de vida.

Y muchos otros veían que podía ganarse una fortuna si uno era valiente y temerario y estaba dispuesto a arriesgar la vida.

Nunca antes había estado el Caribe tan lleno de ladrones.

Logan maldijo al destino y a los hombres avariciosos y malévolos que lo habían convencido de que actuara en contra de su propio juicio.

Malditos fueran, pensó.

No.

Maldito fuera él.

Un hombre no podía llegar a aquel lugar a no ser que él mismo escogiera su rumbo.

Ya podía despedirse del sentido común y de la determinación. Había caído. Y su osadía había condenado a los hombres que lo acompañaban.

Allí, en las aguas del Caribe, morirían todos ellos. No podían dejar atrás al barco pirata, y tampoco iban a hundirlo. Él no era un cobarde, pero tampoco era tonto. La lujuria y la avaricia iban a ser su perdición, y también, lo que era aún peor, la de aquellos buenos hombres.

—¿Capitán? —dijo Jamie—. ¿Qué manda?

—Habrá que confiar en el honor de ese pirata —dijo Logan, consciente de que debía sacrificar su orgullo por el bien de sus hombres.

—¿Qué? —preguntó Jamie—. Los piratas no tienen honor.

—Sí que lo tienen. Más que muchos supuestos grandes hombres —contestó Logan—. Manda izar la bandera. Pide parlamentar. Voy a negociar con su capitán.

—¿Negociar? —protestó Jamie—. No puede haber negociación...

—Si no, podemos darnos por muertos. Pon nuestra bandera a media asta. Voy a sacarnos de ésta —dijo Logan.

—¿Vais a negociar con un capitán pirata? Os traspasará con su espada.

—No, si quiere conservar el respeto de sus hombres —le aseguró Logan—. Por amor de Dios, hombre, se nos agota el tiempo. Haz lo que te digo.

A pesar de las protestas de Jamie y de las miradas recelosas de sus hombres, veinte minutos después se hallaban junto al barco pirata y no se había disparado ni un solo cañón. Logan estaba junto a sus hombres, mirando las bellas jarcias del barco pirata, mientras los filibusteros los observaban con una sonrisa, conscientes de que tenían las de ganar.

—¡Vuestro capitán, amigos! —gritó Logan—. ¿Dónde está vuestro capitán? Exijo ver a vuestro capitán.

—¿Lo exige? —bufó un hombre con una pata de palo.

—En efecto. Estoy en mi derecho de exigir negociaciones, no aunque seáis piratas, sino precisamente porque lo sois. Si las rechazáis, quedaréis malditos, y lo sabéis muy bien.

Había contado con la superstición propia de los marineros, y no se había equivocado. Los tripulantes comenzaron a mascullar en voz baja y se miraron los unos a los otros, indecisos.

Luego, entre el grupo reunido en la cubierta, apareció el capitán, un joven delgado, lampiño, con una hermosa cabellera oscura que se rizaba bajo el sombrero con pluma y ala ancha. Su casaca era de terciopelo rojo y, bajo ella, su camisa era tan blanca como la nieve. Era alto y sus facciones parecían más propias de una estatua griega que de un forajido del mar. Llevaba grandes botas negras, caminaba con paso firme y las pistolas y el cuchillo envainado de su ancho cinturón resultaban imponentes, lo mismo que la larga espada que colgaba de su costado.

—Cielo santo, no dejéis que este caballero os desarme tan rápidamente. Sólo intenta salvar el pellejo con astucia —dijo el capitán pirata en tono de reproche al adelantarse—. Pero no porque supuestamente tenga derecho a negociar, sino porque se crea tan listo, estoy dispuesto a parlamentar con él.

—Sean cuales sean vuestras razones, os doy las gracias, capitán... —dijo Logan, esperando un nombre.

—Mi bandera lo dice todo —contestó el capitán—. Me llaman Robert el Rojo.

—Sois inglés —dijo Logan como para recordarle que había atacado a un compatriota. Aunque los tiempos de los piratas con patente de corso habían quedado atrás, muchos ladrones del mar seguían sin atacar a sus compatriotas.

—No soy inglés, os lo aseguro.

Al parecer, Robert el Rojo ya lo había juzgado.

Su nombre, se dijo Logan, circulaba por muchas tabernas. Era un nombre que hacía temblar hasta a los más valientes, pues las historias que se contaban de él ponían los pelos de punta.

Logan no se esperaba que pareciera tan joven. Claro que los piratas rara vez sobrevivían muchos años; al menos, dedicados a aquel oficio. Los mataban, o recogían sus ganancias, cambiaban de nombre y emprendían una nueva vida en alguna isla lejana o pueblos remotos.

Logan volvió a hablar, consciente de que tenía que hacerlo con cierta elocuencia si quería que sus hombres no murieran, fuera cual fuera su propio destino.

Dio un paso adelante.

—Yo, mi buen capitán Robert, soy Logan Haggerty, señor de Loch Emery, y lo digo sin poner énfasis en el título, pues, si equivaliera a grandes tierras o riquezas, no me hallaríais aquí, en alta mar. Lo que busco es el derecho al combate de hombre a hombre.

—Hmm, continuad —dijo Robert el Rojo.

—Si me vencéis con la espada, habréis ganado un buen barco y grandes riquezas sin derramar una sola gota de sangre, excepto la mía, o arriesgaros a perder el tesoro en el fondo del mar, y sin arriesgar la vida y las extremidades de vuestros hombres.

—¿Y si me vencéis vos, milord? —inquirió Robert el Rojo con amable ironía.

—Entonces, nos marcharemos.

Robert el Rojo pareció sopesar sus palabras con gravedad. Pero luego dijo:

—Sin duda estáis de broma.

—¿Tenéis miedo? —preguntó Logan mientras observaba la esbelta figura del capitán y su aparente juventud, que contrastaban extrañamente con la tosquedad de los filibusteros que lo rodeaban.

—Éste no es oficio para miedosos —contestó Robert el Rojo tranquilamente—. No os dejéis engañar por mi juventud, lord Haggerty. Soy hábil con las armas.

Un hombre fornido que estaba de pie junto al capitán pirata (no mucho mayor, pero sí más fuerte y corpulento) le susurró algo al oído y Robert el Rojo se echó a reír.

—Puede que sea un truco, capitán —le advirtió otro marinero, un hombre con cabello largo y gris, un gran pendiente de oro y un puñal en la cintura sobre cuya empuñadura se crispaban sus dedos.

—No lo es —dijo Logan con calma.

—Descuida, Hagar —dijo Robert el Rojo, dirigiéndose al hombre que había hablado—. No hay trato —se volvió hacia Logan—. Sin embargo, tengo algo que ofreceros. Si me derrotáis, no os marcharéis libremente. A fin de cuentas, milord, sin duda sabíais que viajabais por aguas peligrosas —cuando Logan se disponía a hablar, Robert el Rojo levantó la mano—. Vuestros hombres pueden conservar la vida. Podrán marcharse libremente con la mitad del tesoro. Pero vos permaneceréis con nosotros como prisionero voluntario, para que pidamos un rescate.

—Ya os lo he dicho. Mi título significa muy poco.

—¿Tan poco como la travesía que habéis intentado hoy? —contestó Robert el Rojo en tono burlón.

Logan no contestó, aunque su corazón pareció encogerse al pensar que tal vez no volviera a ver a Cassandra. Aun así, sus hombres conservarían la vida y podrían marcharse.

Si él ganaba.

Y que Dios se apiadara de él: aquel hombre era delgado y atlético, de modo que sin duda también sería rápido. Ágil. Un enemigo mortal.

Aunque era mucho más ancho de hombros y tenía los brazos bien fuertes, Logan también era ágil. Había practicado con algunos de los mejores espadachines que podían conseguirse por dinero, dado que hacía poco tiempo que la suerte de su familia había dado un giro tan triste.

Sus hombres. Tenía que salvar a sus hombres, con la ayuda de Dios. Tenía todo el derecho a jugarse la vida, pero había sido un error jugarse también la de su tripulación. Y si podía vencer a aquel capitán...

—Seré vuestro prisionero de buen grado. Pero os pido que, si pierdo, os quedéis con el tesoro pero deis a mis hombres los botes para que puedan llegar a tierra a salvo.

Robert el Rojo se encogió de hombros.

El hombre alto y de cabello negro que estaba a su lado protestó.

—No.

El capitán se volvió hacia él con una mirada tan fiera de desagrado que el hombre dio un paso atrás y agachó la cabeza.

—Brendan... —dijo Robert el Rojo en tono de advertencia.

El capitán tenía una voz curiosa, pensó Logan. Parecía siempre suave. Era extraño, tratándose de alguien que tenía que gritar órdenes contra el viento. Su voz tenía un timbre aterciopelado, casi susurrante.

—Sí, Rojo —contestó el hombre llamado Brendan, pero a pesar de su pronta respuesta era evidente que seguía oponiéndose al trato.

—Hecho —dijo Robert el Rojo.

—Esto es un disparate —protestó Jamie en voz baja junto a Logan—. Es un truco, no cabe duda. No nos dejarán marchar. No querrán perder la mitad de un tesoro semejante.

—Es un disparate, sí —contestó Logan. Lo había sido desde el momento en que aceptó transportar el tesoro. ¿Un disparate? Sí, de principio a fin, pero aquélla era su oportunidad de salvar al menos a quienes había arrastrado a aquella locura con él—. Es una locura, pero creo que ese pirata cumplirá su palabra.

—Mi cubierta, mi señor capitán, es la más grande —dijo Robert el Rojo—. Lucharemos aquí.

Se oyeron murmullos en la cubierta del pirata.

Y algunas protestas en la de Logan.

Robert el Rojo levantó una mano. Los murmullos cesaron.

—Lucharemos hasta la primera sangre —dijo con aspereza.

—¿Teméis la destreza de Lord Haggerty? —gritó Jamie.

Logan deseó que se callara. No estaban en situación de ofender a sus oponentes.

—No pienso sacrificar un buen rescate, o unos músculos capaces de remar —contestó Robert el Rojo tranquilamente.

—¿Y bien? —dijo uno de sus compañeros—. ¿Empezamos o no?

Logan saltó la barandilla del barco para pasar a la cubierta del otro navío. Solo entre rufianes y filibusteros, se mantuvo firme. Miró al pirata esbelto y extrañamente hermoso y luego hizo una profunda reverencia.

—Cuando gustéis, capitán.

—Despejad la cubierta —dijo Robert el Rojo, y a pesar de que no alzó la voz, su orden fue obedecida al instante.

—¡Un momento! —gritó Jamie McDougall, y saltando a cubierta se puso junto a Logan con la cara muy pálida y los puños cerrados.

Jamie McDougall era un buen amigo y un hombre leal, pensó Logan. Habían corrido juntos muchas aventuras. Al parecer, Jamie no quería dejarlo solo.

Robert el Rojo sacó su espada de la hermosa vaina que le ceñía las caderas. Hizo una reverencia a Logan.

—Cuando gustéis, milord.

—No, señor, cuando gustéis vos —contestó Logan suavemente.

Podría haber sido un encuentro casual en la calle. Al principio, se rodearon el uno al otro con cuidado, intentando calibrar a su oponente. Ninguno de los dos parecía preocupado en lo más mínimo. Logan vio una sonrisa en los labios del pirata. De cerca, comprobó que el capitán era, en efecto, muy joven.

Le extrañó que el capitán pirata, a pesar de su juventud (y quizá de su inexperiencia), no se hubiera despojado de la casaca carmesí. Logan iba vestido con camisa y calzas, para moverse con más libertad.

Pero su oponente parecía perfectamente a gusto con su chaqueta.

Él, desde luego, no iba a sugerirle que se la quitara. ¿Para qué ofrecer ventajas al enemigo?

—¡Vamos, Red! —gritó Hagar, el de cabello canoso, y los piratas empezaron a vitorearlo.

La tripulación de Logan también gritaba.

—¡Dele su merecido a ese filibustero, milord! ¡Dele su merecido! —vociferaba Jamie.

—¡Cuidado con sus pies, Rojo! —gritaba aquel hombre llamado Brendan.

—¡Es una rata marina, milord! —dijo alguien desde su cubierta. Richard Darnley, pensó Logan, un buen marinero, un joven empeñado en abrirse camino en la vida.

Joven e incondicional. Un hombre que merecía una vida larga y que se cumplieran todos sus sueños.

Robert el Rojo seguía calibrándolo.

Entonces comenzaron a luchar.

Lentamente, casi con cortesía. Un toque de las espadas. Un encuentro de los ojos.

Después empezaron en serio.

Logan sintió la vibración del acero en el brazo. Devolvió rápidamente una estocada, y luego otra, y otra.

Durante un instante sintió que llevaba ventaja. Pero pronto se dio cuenta de que se había precipitado.

Su oponente saltó ágilmente hacia la borda de estribor, se impulsó y estuvo a punto de matarlo de una estocada en el pecho. Logan logró apartarse de un salto, movido por su instinto, y comprendió que acababa de salvar la vida. Pero había estado a punto de perderla. Muy cerca. Iban a luchar sólo hasta que hicieran brotar por primera vez la sangre de su adversario. Pero si el pirata hubiera aprovechado aquel último mandoble...

Logan comprendió que no iba a ser un duelo entre caballeros.

−Milord, tened cuidado con ese bucanero del diablo −lo advirtió Jamie.

Logan atacó con una serie de rápidas estocadas, obligando a su oponente a retroceder. Justo cuando creía tener casi acorralado al pirata contra el camarote principal, Robert el Rojo dio otro salto y rebotó en un tonel. Esta vez, al atacar, estuvo a punto de cercenar la cabeza de Logan.

El instinto había hecho agacharse a Logan, salvándole así la vida y dejándole el cráneo intacto. Su oponente era tan hábil con la espada como aseguraba, y estaba claro que no temía derramar sangre o cercenar miembros.

Logan vislumbró los ojos del pirata.

Estaban entornados y tenían una expresión asesina.

Los cantos, las bromas, los vítores, los gritos y las burlas parecían crecer de volumen por momentos, como una tormenta.

El pirata tenía la cara colorada. Su nombre le iba que ni pintado en ese momento, se dijo Logan, con la esperanza de ver alguna señal de debilidad. Quizás el pirata estaba demasiado convencido de su propia destreza. Una destreza considerable, desde luego. Pero nadie tenía la victoria asegurada.

Logan sabía que tenía que hacerse con la ventaja. Gran parte de la destreza en el arte de la espada residía en la mente, en ser capaz de idear una estrategia para usar con la máxima eficacia el propio talento. Un hombre corpulento usaba su peso y su fuerza; un hombre delgado, su agilidad. Para vencer al pirata, él tenía que anticiparse a cada uno de sus saltos y fintas, y cambiar de posición antes de que el otro descargara el golpe.

El pirata volvió a saltar, aterrizando esta vez sobre un barril de ron. Y en esa fracción de segundo, Logan adivinó su siguiente movimiento, un salto rápido que lo situaría tras él.

Logan se volvió velozmente. En ese instante, rezó por no haberse equivocado y que el pirata no cayera a su espalda.

No fue así.

Robert el Rojo comprendió demasiado tarde que Logan había adivinado sus intenciones.

Aterrizó frente a él.

Y Logan le puso la punta de la espada en la garganta.

Unos ojos azules lo miraron con furia, y sin embargo Logan comprendió que el pirata estaba más furioso consigo mismo que con él.

—Bien calculado —dijo Robert, sin apenas despegar los dientes.

Logan retiró la punta de la espada e hizo una reverencia.

Al incorporarse, se encontró con la hoja del pirata en la garganta.

Esta vez fue él quien se enfureció.

—No sois hombre de palabra, capitán. Os he vencido.

El pirata se sonrió.

—Primera sangre. No me habéis hecho sangrar.

—Sólo porque no he querido heriros. Pero teníamos un trato, y yo soy un hombre honesto.

—Pero yo soy un pirata.

—Dicen que el honor de un pirata es más grande que el de un hombre corriente.

—¿Y qué sabéis vos del honor de un pirata? —preguntó Robert el Rojo.

—He navegado muchos años por estos mares.

Robert el Rojo comenzó a bajar la espada.

Todavía furioso, Logan lanzó un mandoble contra la espada de su oponente y casi la hizo volar. Rápidamente tocó con la punta de la espada la mejilla del pirata. Apareció una pequeña gota de sangre.

—Primera sangre —dijo gélidamente.

Robert el Rojo ni siquiera pestañeó. Tampoco tocó la gota de sangre de su mejilla.

Se limitó a volverse y a caminar hacia la puerta del camarote principal, donde se detuvo y, mirando atrás, habló a sus hombres.

—El cargamento del barco del capitán será dividido a partes iguales. Sus hombres podrán seguir su camino cuando tengamos nuestra parte del botín.

—¿Y el capitán? —preguntó Brendan.

—Lo llevaréis al calabozo, por supuesto —dijo Robert el Rojo. Aquellos ojos azules como el hielo se encontraron con los de Logan, al otro lado de la cubierta—. Es un hombre honorable. No ofrecerá resistencia, como ha prometido, estoy seguro.

—¿Y si no fuera un caballero? ¿Y si protestara ahora? —inquirió Logan.

—Me habéis herido, pero estoy seguro de que sois consciente de que no exageraba mi destreza como espadachín —contestó con voz crispada Robert el Rojo—. Soy igual de hábil con el látigo. Pero eso poco importa, ¿no es cierto? Disteis vuestra palabra. Y sois un hombre de honor.

El capitán pirata se volvió para entrar en el camarote.

—¡Esperad! —gritó Logan.

Robert el Rojo dio media vuelta.

—Quisiera hablar un momento con mi contramaestre. Para darle instrucciones.

—Como gustéis.

—¿No teméis que sea un truco? —no pudo evitar preguntar él.

—¿Por qué iba a temerlo? Repito que me habéis asegurado que sois un hombre de palabra.

Robert el Rojo cruzó la puerta del camarote.

Logan se quedó mirando cómo se cerraba la puerta, alto y erguido. Se sentía temblar por dentro, pero no podía demostrarlo. Había conseguido su objetivo; sus hombres sobrevivirían. Llegarían navegando a Carolina del Sur.

—Hijo mío, mi señor —dijo Jamie como si fuera a llorar. No hacía caso de ceremonias. Agarró a Logan por los hombros con fuerza y lo miró a los ojos, afligido.

—Jamie, mi buen amigo. Estoy bien. Vete con los demás y procura que me liberen. Creo que nuestros patrones se alegrarán de haber salvado la mitad de su tesoro. Debes asegurarte de que recibamos la parte que nos prometieron. El cuarenta por ciento. No aceptes menos.

—Sí, capitán.

Logan vio que Brendan se dirigía hacia su barco con otros diez marineros.

A pesar de la distancia, notó que sus hombres estaban tensos y enojados. Apenas se movían.

—Ayudad con el reparto —gritó con voz fuerte—. Hemos hecho un trato y vamos a cumplirlo. Dejad que los hombres del barco pirata se lleven lo que es suyo.

—¡Ya habéis oído al capitán! —bramó Jamie.

—Adelante, amigo mío. Ocúpate de ello —le dijo Logan.

Jamie asintió con un gesto. Tenía una mirada de profunda tristeza. El viejo lobo de mar parecía al borde de las lágrimas.

—He sobrevivido hasta ahora —le dijo Logan en voz baja, y forzó una sonrisa altanera—. Y te aseguro que así seguiré.

—Encontraré un modo de matar a estos bandidos —juró Jamie—. No descansaré hasta reunir el rescate que pida ese pirata y os vea libre.

—Eres un buen hombre, Jamie. Volveremos a vernos.

—Mi señor...

—Dile a Cassandra... —comenzó Logan

—¿Sí?

—Dile que lo siento mucho. Pero que le ruego... no, que le exijo que decida lo más conveniente para su felicidad.

—¡No, mi señor!
—Se lo dirás, Jamie. Júramelo.
—No puedo...
—Sí puedes. Debes hacerlo. Júralo, Jamie.
Jamie bajó la cabeza.
—Sí, Logan. Como gustéis.
—Ve con Dios, Jamie.
Jamie miró hacia el camarote del capitán con expresión fiera y amarga.
—Le pido a Dios que no os desampare, porque sin duda ha abandonado a todos estos hombres.
—Dios ayuda a quienes se ayudan, o eso dicen, y yo soy muy capaz de arreglármelas solo, como bien sabes, mi buen amigo.

Jamie asintió con un gesto crispado; luego dio media vuelta y se alejó.

Logan permaneció allí.

Sintiendo la brisa.

El mar... el aire... el dulce gemido del viento. Todo aquello significaba la libertad para él. Hasta ese momento no se había dado cuenta de hasta qué punto. Era asombroso que nunca hubiera comprendido cuánto amaba la libertad.

Claro que...

Hacía mucho tiempo que no estaba prisionero.

Eso había sido en otra época. Pero él no lo había olvidado.

A fin de cuentas, aquel recuerdo era en parte el motivo de que hubiera emprendido aquel viaje absurdo.

—¿Mi señor capitán?

Había una nota burlona en aquellas palabras.

Brendan estaba a su lado, observándolo. No sonrió ni se mofó de él al añadir:

—Me temo que se requiere vuestra presencia. En el calabozo.

Logan asintió con la cabeza.

Notó que el hombre llevaba grilletes.

—No hacen falta —dijo—. Limitaos a mostrarme el camino.

El hombre así lo hizo, mirando primero hacia el camarote del capitán. Después, alargó un brazo hacia los escalones que conducían a la bodega.

Con una última mirada al cielo azul brillante, Logan se dirigió hacia ellos.

Parecían conducir a las tinieblas, a un abismo.

Pero no más negro que su corazón.

Correr riesgos era una cosa.

Perderlo todo...

Otra muy distinta.

Sus hombres estaban vivos. Y daba gracias a Dios porque en toda su vida, incluso durante sus abscesos de locura inspirados por la ira, nunca hubiera conducido a otros a la muerte.

Nunca había tenido intención de vender su alma.

Pero mientras descendía hacia la oscuridad, se preguntaba si la había perdido de todos modos.

CAPÍTULO 2

Era un ruido de pesadilla, siempre lo sería.

Se oía el golpeteo de los cascos de los caballos al acercarse. Un leve retumbo al principio, como un temblor que latiera bajo la tierra. Con las primeras vibraciones, parecía que los pájaros chillaran; después, se oía el susurro del viento. El ruido de los cascos de las monturas iba creciendo; el temblor de la tierra se ahondaba. Luego, un instante después, los cascos cruzaban la hierba y la tierra, haciendo saltar chispas entre las piedras, sacudiéndolo todo.

Cuando los caballos se hacían visibles, se oían gritos por todas partes. La gente corría, desesperada.

Sobre ellos se desataba un trueno. Tan estruendoso como si un relámpago hubiera golpeado la tierra y abierto un agujero que atravesara el globo.

Después...

Una espada reluciendo al sol.

La sangre, una cascada, volaba y salpicaba, y el día azul se volvía rojo.

Y los cuerpos...

Bobbie se despertó sofocando un gemido, perplejo y asustado, pero consciente de que había alguien allí, alguien con manos fuertes que le susurraba con angustia y al mismo tiempo la reconfortaba.

—Espera. No grites.

Bobbie dejó escapar un suspiro tembloroso, boqueando, pero guardó silencio.

—Hacía mucho que no tenías la pesadilla.

Él asintió con la cabeza.

—Fue la pelea —dijo Brendan.

—No sé qué ha sido —contestó Bobbie en tono cortante.

—Yo sí —repuso Brendan—. Fue el duelo.

Ella se quedó callada.

—¿Crees que lo sabe? —preguntó Brendan con nerviosismo.

Bobbie se incorporó y se puso en pie, escapando de las manos de Brendan. Después comenzó a pasearse por el camarote.

—No lo sé.

Brendan también se levantó.

—Me diste un susto de muerte, ¿sabes? —dijo. Tomó a Bobbie por los hombros y miró aquellos hermosos ojos azules—. Podría haberte matado.

—Podrían haberme matado una docena de veces estos últimos años —contestó ella.

Y era cierto.

Brendan la soltó y él también comenzó a pasearse.

—Ese tipo es listo, demasiado listo. Porque ¿qué necio que transportara ese tesoro se atrevería a usar una argucia tan descarada? Bien sabe Dios que la mayoría de los piratas no habría aceptado el trato.

Bobbie se dejó caer en el ostentoso sofá que flanqueaba el hermoso escritorio de caoba.

—¿No? —contestó con sorna—. Creo recordar que una vez usé con éxito esa misma treta contra el gran Barbanegra, nada menos.

Brendan se detuvo y la miró.

—Barbanegra me dijo que se quedó asombrado cuando te

conoció, que estaba fascinado, y que le pareciste un muchacho tan lindo que le hizo gracia no matarte. Parecía bastante perplejo por su propia reacción.

—Vencí limpiamente hasta al gran Edward Teach —dijo Bobbie con indignación.

Brendan sacudió la cabeza.

—Sólo porque al principio se rió tanto que te subestimó. Sabía que eras una mujer, Bobbie. Te admiraba enormemente.

—Eso es bueno, teniendo en cuenta que todavía somos amigos y que me ha guardado el secreto —contestó ella con aspereza—. Y ése es el quid de la cuestión, Brendan. La mayoría de los hombres con los que nos topamos están desesperados y cargados de veneno, ansiosos por hacer fortuna... y sin embargo se dejan engatusar fácilmente por una botella de ron y una furcia. Pero incluso los bribones más sucios y de dientes putrefactos suelen tener cierto honor. Honor entre ladrones, si quieres. Pero han mostrado más honor que muchos de los nobles supuestamente respetables con quien hemos tenido relación. Cumplen el código moral del bucanero. Y eso es lo que hemos hecho nosotros hoy.

—Temo que él lo sepa —dijo Brendan con aire sombrío.

—¿Y qué más da? Toda nuestra tripulación lo sabe —repuso ella.

—Toda la tripulación te adora. Tú los salvaste de una muerte segura —le recordó él—. Por lo cual podrían ahorcarte, según la ley.

Ella se encogió de hombros. En su momento, no había quedado otro remedio. Aquél había sido su primer acto como pirata. Le había ido muy bien, teniendo en cuenta todo lo ocurrido.

—Nosotros también podríamos haber muerto. Cuando empezábamos, no había ninguna garantía para el futuro. Ya entonces simulábamos ser otros.

Una rápida sonrisa curvó los labios de Brendan.

—Tú pasaste de ser lady Roberta Cuthbert a ser Robert el Rojo con asombrosa rapidez. Podrías haber sido una gran actriz.

Bobbie también había sonreído, pero ahora su sonrisa se borró.

—Sí, ¿y de qué me habría servido vivir sobre un escenario? Se me consideraría poco más que una fulana.

—Pero quizá vivirías hasta muy vieja —dijo Brendan.

—Eso no sería vivir. Brendan, no puedo olvidar...

—Eso es evidente. Tus gritos son horribles. Doy gracias a Dios por haber podido transformar ese armario del otro lado de la esquina en mi camarote. Si gritaras así y no pudiera detenerte antes de que alguien te oyera, nos veríamos en un buen apuro.

—Hacía casi un año que no tenía pesadillas —dijo ella.

Brendan se arrodilló a sus pies y tocó su mejilla con ternura.

—Estamos viviendo una mentira peligrosa. Muy peligrosa.

Ella también le tocó la cara.

—Estoy bien. Te doy mi palabra. No volveré a gritar.

—Eso no puedes saberlo. Tenemos que...

—¿Volver?

—Sí, Bobbie, tenemos que volver.

Ella volvió a levantarse.

—Nunca volveré.

—Pero Bobbie...

Ella se quedó mirándolo. No llevaba puesta la peluca oscura, ni las botas, ni los cuchillos ni las pistolas, ni la casaca ni el sombrero con pluma. Su verdadero cabello era rojo, y le caía sobre la espalda en rizos suaves que brillaban al resplandor de la lámpara. Sabía que, sin su disfraz, parecía casi frágil y etérea. Conocía y quería a su tripulación, especialmente a Hagar, que ya antes era su amigo. Ellos nunca le harían daño, y morirían antes que permitir que alguien se lo hiciera. Pero su fachada debía ser fuerte, porque era necesario. Y fuera cual fuese su aspecto en plena noche, la determinación implacable con que perseguía su meta, su fortaleza y su obcecación eran ahora su verdadero yo.

–No hay peros que valgan, Brendan. Ahora, mi querido primo, los dos tenemos que dormir un poco.

–Sigo temiendo que él lo sepa –dijo Brendan con amargura.

Bobbie le sonrió con dulzura.

–Entonces tendrá que morir.

–Sigo diciendo que corres demasiados riesgos.

En su prisión bajo la cubierta, Logan se sobresaltó al oír tan claramente aquellas palabras. Llevaba dos días en aquella pequeña bodega separada de la carga por tabiques. En algún momento aquel cuartucho debía de haber sido el camarote de algún oficial del barco. Ahora, sin embargo, estaba completamente vacío. Era una estancia de madera de metro y medio por metro y medio, pero había en ella dos ventanucos horizontales, quizá de veinticinco centímetros de largo por siete de alto, y Logan permanecía escuchando junto a ellos constantemente, prestando atención a cuantas conversaciones de la tripulación lograba oír.

No habían dicho gran cosa. Pero después de dos días de soledad rota únicamente por la llegada de una bandeja de comida tres veces diarias, junto con un poco de agua fresca y una pequeña ración de ron, cualquier conversación le parecía entretenida, aunque no fuera esclarecedora.

Se preguntaba con frecuencia cuánto duraría su confinamiento. No era, desde luego, el peor castigo que podía haber recibido. No lo habían azotado con el látigo, no lo mataban de hambre ni habían amenazado con asesinarlo o mutilarlo. Pero la monotonía, después de sólo dos días, lo abotargaba. Había pasado las primeras horas buscando un medio de escapar; luego siguió buscándolo, a pesar de que se había dado cuenta de que sólo había una puerta y de que ésta se cerraba con un cerrojo macizo. La tripulación era diligente y no se arriesgaba. Varios hombres armados se apostaban en la puerta cada vez que le llevaban la comida.

Pasaba horas batiéndose en duelo consigo mismo sin espada, horas recorriendo los estrechos confines de su prisión, y horas pensando. Esto último intentaba no hacerlo. No conducía a ninguna parte.

Pero esta vez era de madrugada y el barco llevaba horas en silencio. Y las voces que oía pertenecían a Robert el Rojo y a Brendan, su contramaestre.

Robert soltó una risa suave.

—Ah, pero ¿qué es la vida, sino riesgo?

—Sí, pero hasta ahora habías tenido un plan, y ahora... ahora estás arriesgando la vida.

—Deja ya esa obsesión, Brendan. Nos jugamos la vida cada mañana cuando despertamos y respiramos.

Brendan dejó escapar un suspiro de irritación.

—No deberías haberte quedado con el prisionero.

—¿Debería haberlos matado a todos?

—No —hubo un silencio—. Pero era un barco muy bueno, y lo dejaste escapar.

—No necesitamos otro barco.

—Tampoco necesitábamos un prisionero.

—¿Qué cambia su presencia? Puede que encontremos a alguien dispuesto a pagar su rescate.

—Ya. Estaba en el mar, robando a los antiguos, cuando nos topamos con él —dijo Brendan con sarcasmo.

—Uno tiene que labrarse su propia fortuna, pero eso no significa que no haya nadie que esté dispuesto a pagar por su liberación.

Brendan soltó un gruñido.

—Se habrá vuelto loco cuando lo sueltes.

—No le hemos hecho ningún daño.

—Estar encerrado puede destruir la mente. Lo has dejado sin nada. Ni un libro. Nada. Ni siquiera puede entretenerse haciendo nudos.

—Dale una cuerda a un hombre y puede que se ahorque —repuso el capitán.

—Es fuerte.

—Demasiado fuerte —replicó Robert el Rojo.

—Podría trabajar.

—Y podría escapar. Matar a alguien y escapar.

—Él no haría eso —dijo Brendan.

«¿No lo haría?».

—¿Ah, no? —preguntó Robert.

—Es un hombre de palabra.

—¿Y ha prometido no escapar?

—Tú no se lo has pedido.

—No lo hemos torturado —dijo el capitán con impaciencia.

—Podría ser útil en cubierta.

—No necesitamos más marineros.

Brendan soltó un bufido.

—No somos muchos, ¿sabes?

—Ni podemos serlo.

—Nos vendría bien otro hombre.

Robert el Rojo gruñó y se quedó callado.

—Mira, cuando esto empezó... lo entendí. Pero ahora... ¿qué estás buscando exactamente? —la voz de Brendan sonaba al mismo tiempo seria y triste.

Hubo un silencio; luego, una respuesta suave.

—Venganza. Es lo que me mantiene en marcha. Es mi única razón para vivir.

Logan oyó pasos; luego, el capitán llamó a uno de los hombres para cerciorarse del rumbo que seguía el barco. Iban en dirección suroeste, y Logan no podía menos que preguntarse por qué.

Se recostó en la pared pensativamente. El capitán era muy joven, en efecto. Pero, para serlo tanto, había en su apariencia algo intemporal. La venganza no era, a diferencia de la vida, el premio más valioso. ¿Cómo había llegado alguien tan joven a acumular tanto odio?

Quizá no fuera tan difícil, tales eran las desgracias que algunos tenían que soportar. Algunos se sobreponían a ellas. Otros apenas lograban sobrevivir.

Algunos morían.

Y unos pocos se convertían en asesinos, ladrones y piratas.

Pero Robert el Rojo... En él había algo distinto. Era tan menudo y casi... lánguido. Extremadamente hábil, desde luego, pero muy poco... viril.

Logan se sumió en sus pensamientos y unos minutos después comprendió que la conclusión a la que había llegado era cierta.

Pero ¿por qué?

¿Y qué venganza podía impulsar a alguien a tomar medidas tan desesperadas?

Logan iba con las manos atadas cuando lo sacaron de su cubículo en la bodega. Brendan se disculpó mientras dos hombres se encargaban de los grilletes.

—Lo siento, amigo mío. Pero respetamos vuestros talentos y por eso... En fin, estoy seguro de que lo entendéis.

Logan asintió, muy serio.

—Gracias, amigo. Me lo tomaré como un cumplido.

Brendan se encogió de hombros. Abrió la marcha por la primera cubierta, repleta de armas, pólvora, canastas, provisiones y hamacas, y subió a cubierta. Ah, la cubierta. Aire fresco. El ambiente estaba limpio y despejado y la brisa era suave y deliciosa. No se avistaba lluvia en el horizonte, ni había nubes de tormenta que amenazaran los cielos. Logan se contentó un instante con estar allí parado y sentir el abrazo del sol.

Pero entonces una mano lo agarró del hombro y lo condujo hacia el camarote de popa. Brendan llamó a la puerta y el capitán Robert contestó con un enérgico «sí».

Brendan hizo un gesto con la cabeza a Logan, indicándole que entrara. Cuando la puerta se cerró a su espalda, Logan vio al capitán vestido por completo con calzas, camisa, chaleco, casaca, botas y sombrero, sentado a un gran escritorio de caoba mientras escribía con una pluma. No levantó la vista cuando entró Logan, ni cuando habló.

—Se me ha hecho notar que, aunque ciertamente vuestro bienestar importa muy poco, podríais ser de ayuda en cubierta. Confieso, sin embargo, que no confío en vos. Dicho esto, mi contramaestre parece creer que estaríais dispuesto a jurar que no haréis ninguna estupidez ni intentaréis escapar, si os dejáramos trabajar en cubierta —metió la pluma en el tintero. Por fin levantó la vista—. Francamente, si intentarais escapar, tendríamos que mataros. Nosotros no perderíamos gran cosa, me temo, pero dado que sois muy hábil con las armas, lamentaría perder a algún miembro leal de mi tripulación por vuestra causa. Le elección es vuestra.

Palabras enérgicas, pronunciadas con dureza, sin asomo de humor en el semblante: una fachada bastante eficaz.

—Ni siquiera sé dónde estamos. No sé adónde podría escapar. Las aguas del Caribe son cálidas, pero vastas —contestó él.

—Eso no es exactamente un juramento. Intentad escapar ahora y sí, moriréis, de un modo u otro. Y, como os decía, para nosotros significa muy poco, dado que no hay garantía de que vayamos a obtener una recompensa por vuestra vida —el pirata lo miraba fijamente. Aquellos ojos eran...

De azul profundo. Y atormentador.

—Os doy mi palabra, capitán, de que no intentaré escapar mientras trabaje en cubierta —dijo Logan en tono tan firme y desprovisto de emoción como el capitán.

Robert el Rojo pareció calibrarlo con una mirada fría y directa. Y luego... un ligerísimo asomo de sonrisa.

—Bien. Hoy es día de colada.

—¿De colada? —preguntó Logan, incrédulo.

—Sí, de colada.

—Pero... estamos en el mar.

—Sí, en efecto.

—¡Y vais a desperdiciar agua buena!

—Lo que desperdicie es asunto mío. Hay una Biblia al borde de la mesa. Poned vuestra mano sobre ella y jurad que no intentaréis escapar —de nuevo, una sonrisa sutil asomó a los labios del capitán. Su rostro juvenil podía ser el de una golfilla, delicado y... bello, bajo su apariencia de hosquedad—. Y que haréis la colada —volvió a tomar la pluma y comenzó a escribir—. Y os bañaréis.

—¿Bañarme? —preguntó Logan amablemente.

—Hoy hay brisa, como habréis notado. Por lo demás, el Caribe es bastante cálido. Muchos de mis compañeros en estos mares han notado que al parecer evitamos el peligro de la enfermedad con mucho más éxito que otros porque intentamos mantener este barco libre de alimañas, tales como ratas, y de piojos, tan aficionados a disfrutar del cuerpo humano y el cuero cabelludo. Cuando anclamos junto a las islas, a mis hombres les gusta nadar. Han descubierto que el agua salada es excelente para cualquier molestia de piel. Así pues, trabajaréis y os bañaréis como los demás. O podéis volver a la bodega de carga y pudriros allí.

—Capitán, bañarme no me desagrada en absoluto.

—¿Y la colada?

—Será una... nueva aventura —reconoció él.

—Una aventura —masculló Robert el Rojo—. Muy bien. Jurad. Sobre la Biblia.

—¿Suelen creer en Dios vuestros cautivos, capitán?

—Casi todos afirman que les importa un bledo que se los lleve el diablo, pero no creo que vos seáis un hombre corriente. Claro que las creencias de los hombres tienden a cambiar en el momento de la muerte. He visto a muchos presuntos incrédulos implorar al cielo cuando se sabían al borde de la muerte. Así que jurad o regresad a la bodega.

Él tomó la Biblia y juró.

Al volver a dejar la Biblia sobre la mesa, dijo:

—Hacer la colada... y bañarse. Supongo que, dado que he acertado el rumbo que seguimos, nos dirigimos a Nassau.

—Nassau, New Providence. ¿Lo conocéis? —preguntó Robert amablemente—. No parecéis la clase de hombre que pase mucho tiempo allí.

—He estado —dijo Logan.

—¿Y bien? —preguntó el capitán al ver que Logan seguía allí de pie.

—¿Se me permitirá bajar a tierra?

—Sí.

—Cuán magnánimo sois.

Robert el Rojo fijó en él sus ojos llamativos.

—Los piratas tienen honor, como no paráis de repetirme. Me encargaré de que todo el mundo sepa que sois un cautivo y a quién pertenecéis. Si intentáis escapar, cualquiera os matará con gusto porque pondremos precio a vuestra cabeza. Una buena suma por vuestro regreso... vivo o muerto —dijo Robert en tono amable.

—No será necesario —repuso Logan.

—¿De veras?

—He dado mi palabra. Y, capitán, por si tenéis curiosidad, creo en Dios, en el más allá y en el purgatorio. Prefiero pasar en esta tierra todos los años que me toquen en suerte, pero no le tengo miedo a la muerte.

—Bravo —dijo el capitán con sorna.

—Es evidente que a vos tampoco os da miedo morir —dijo Logan.

Robert volvió a dejar la pluma.

—Lo habéis dicho muy bien, lord Haggerty. Preferiría pasar el tiempo que me corresponda sobre esta tierra, y no bajo ella... o sirviendo de pasto a los peces, como muy bien podría ser mi destino. Pero no me asusta morir. Ahora podéis marcharos.

—Estoy esposado.

—En efecto.

—Es difícil lavar la ropa con las manos atadas.

—Nos ocuparemos de ponerle remedio a eso.

—Capitán Robert... —dijo Logan, pensativo.

—¿Qué queréis ahora?

—Vosotros tampoco parecéis la clase de... hombre que pasa mucho tiempo en New Providence.

—¿Y eso por qué?

—No he visto muchos caballeros bien bañados en la isla.

—Yo nunca he dicho que sea un caballero, y menos aún reclamo el título de lord.

—Pues yo sí. De todos modos, no significa gran cosa.

—Hay muchos hombres en New Providence que pagan por bañarse —dijo Robert con impaciencia.

—Sí, y por muchas otras cosas —Logan sonrió sagazmente, como de un hombre a otro.

—¿Pretendéis hacerme enojar, o no hacer la colada?

Logan sonrió.

—Bueno, es una norma de la piratería que no haya mujeres a bordo de un barco. Trae mala suerte, ¿sabéis? Y provoca peleas entre los hombres.

—Si me estáis preguntando si podéis contratar los servicios de una ramera en la isla, lord Haggerty, quizás os convenga recordar que sois un cautivo y que, por tanto, no tenéis dinero.

Logan seguía sonriendo.

—Eso es un no, ¿entonces?

—¿Deseáis regresar a la bodega? —preguntó Robert el Rojo.

—En absoluto. Me intriga sobremanera la idea de la colada.

—Sí, no creo que un lord sepa mucho al respecto.

—Y lo pronuncio «laird» —dijo Logan, sorprendido por su repentina exasperación.

—¿Sois escocés, entonces? —preguntó Robert amablemente—. Me he fijado en el acento.

—En efecto.

Robert lo miró fijamente.

—Me temo que los escoceses no son mejores que los ingleses —levantó la voz—. ¡Brendan!

La puerta se abrió. Brendan estaba esperando.

Logan carraspeó y levantó las manos.

—Tenéis mi palabra —dijo, muy serio.

—Capitán, puesto que este hombre ha jurado, ¿puedo quitarle los grilletes?

Robert el Rojo había vuelto a la pluma y el papel, pero asintió con un leve gesto de la cabeza.

Brendan sonrió. Logan comprendió que el contramaestre del capitán le tenía simpatía, o que al menos lo respetaba. Comprendió, también, que Brendan se parecía al capitán, o viceversa. Eran ambos demasiado jóvenes para aquella vida.

Claro que en aquel oficio muy pocos llegaban a viejos.

—Hoy toca colada, me temo —dijo Brendan.

Logan se encogió de hombros.

—Mostradme el camino.

Oyó risas en cubierta.

¡Risas!

Bobbie se levantó y se acercó a la ventana del camarote. Apartó un poco la cortina y se quedó mirando la extraña escena que tenía lugar en cubierta. Los hombres estaban enseñando a su prisionero el arte de hacer la colada.

Él ya había encontrado un nicho confortable dentro del grupo, lo que hizo comprender a Bobbie que o bien era un idiota temerario, o bien un valiente. En todo caso, era peligroso.

Llamaron a la puerta y ésta se abrió antes de que Bobbie preguntara quién era o diera permiso. Era Brendan.

—¡Ajá! —dijo—. Estás espiando a nuestro cautivo.

—Soy el capitán —dijo ella, irritada—. Puedo espiar a quien quiera.

—El capitán —Brendan se rió y luego se sentó, poniendo los pies sobre la mesa tranquilamente—. Es todo un hombre, ¿eh?

—Es interesante, por lo menos.

—Y un buen espadachín.

—Sí, ya lo he notado —se llevó un dedo a la mejilla.

—Es un rasguño. No dejará cicatriz.

—Ya estoy llena de cicatrices, Brendan.

—Sí, pero son del alma, no del cuerpo.

Bobbie lo apartó del escritorio y se sentó.

—Nos dirigimos a New Providence.

—Sí, ése es nuestro rumbo. Pero...

—Allí podemos vender el cargamento nuevo.

—Nos darán más por él en las colonias.

—No quiero viajar tan lejos con ese tesoro. Se correrá el rumor de que lo tenemos, y todos los marineros de poco fiar que haya por ahí nos atacarán. Puede que se considere de mal agüero que un pirata ataque a otro, pero nuestros colegas suelen ser más avariciosos que supersticiosos.

Brendan se quedó callado un rato antes de cambiar de tema.

—Sé que últimamente no dejo de incordiarte, pero tienes que saber que esta vida que llevamos no puede ser eterna. ¿Cuánto tiempo más piensas mantener esta farsa?

—Todo el que haga falta.

Él se inclinó hacia delante.

—Cada día es más peligroso. Y no me gusta ir a Nassau.

Allí está la peor chusma que conoce el género humano. El tipo con el que compartes el ron está dispuesto a apuñalarte por la espalda un segundo después.

—Por eso toda la tripulación tiene cuidado y se vigilan las espaldas los unos a los otros —dijo ella.

Brendan sacudió la cabeza.

—Quieres ir a Nassau para ver si averiguas adónde se dirige él.

—Naturalmente.

Brendan volvió a quedarse callado.

—¿Quieres dejar de preocuparte, por favor? —preguntó por fin Bobbie, exasperada.

—Últimamente... últimamente tengo miedo, lo admito. Mira, nos ha ido bien. Podríamos buscar algún sitio, asumir una nueva identidad. Podríamos vivir decentemente. Una vida real. Hay sitios en América donde podríamos desaparecer.

—No se trata del dinero, Brendan.

Brendan movió la cabeza de un lado a otro.

—Bobbie, tú sabes la clase de hombre que es. Alguien lo matará, en alguna parte.

—¿De veras? Ha conseguido pasar casi dos décadas haciendo fortuna con la desgracia y el terror ajenos. Además, preferiría matarlo yo misma —dijo con energía—. Y deja de llamarme Bobbie, por favor. Soy el capitán Rojo.

Brendan pareció irritado.

—Eres Roberta, Bobbie para mí, sea cual sea la farsa a la que estás jugando. Hasta ahora hemos sobrevivido juntos, pero antes solíamos... solías hacerme caso. Tengo la terrible sensación de que hemos llevado las cosas demasiado lejos.

Ella tenía una expresión obstinada.

—Brendan —dijo con voz acerada y cierta compasión—, si quieres marcharte, puedes hacerlo. Puedo dejarte en tierra, en algún puerto seguro que elijas, y embarcarte hacia las colonias. Puedes decir que has sido víctima de un secuestro durante todo el tiempo que hemos pasado en el mar. Bien sabe Dios que no serías el primero que hubiera corrido esa suerte.

—Bobbie, sabes muy bien que he luchado, y con mucho ahínco, a tu lado. He arriesgado mi vida, igual que tú has arriesgado la tuya.

—Nadie se ha esforzado más que tú —convino ella.

—Pero tengo que admitir que siento un extraño deseo de sobrevivir.

—Yo también quiero sobrevivir. Es el instinto, supongo.

—Ahí fuera hay una vida para ti... en alguna parte.

—Brendan, en todo el tiempo que hemos compartido, ¿qué crees que ha significado para mí la vida?

Vio dolor en sus ojos. Brendan y ella habían compartido muchas cosas desde el principio. Terror. Pobreza. Servidumbre, amenazas, abusos, y un gobierno que les había vuelto la espalda. La única verdadera camaradería que ella había conocido la había descubierto entre los piratas.

Brendan se levantó de repente.

—¿Quién sabe? Puede que si nuestra ama, esa vieja desgraciada, te hubiera mandado con un algún hombre decente y compasivo, aunque viejo y enfermo, las cosas hubieran sido distintas.

Ella le lanzó una mirada furiosa.

—Qué sugerencia tan maravillosa, Brendan. Podría haber llevado una vida infeliz siendo una fulana sifilítica y haber tenido una muerte miserable. Prefiero empuñar una espada —añadió en voz baja.

—Bobbie...

—¡Deja de llamarme Bobbie!

—Los hombres saben cómo te llamas.

—Pero nuestro prisionero no.

—El prisionero al que estabas espiando. Si tanta curiosidad tienes, sal y únete a los hombres, capitán Robert.

—Y si tú sólo deseas incordiarme, márchate y disfruta de la compañía del prisionero y de los hombres —contestó ella, enojada.

—Eso pienso hacer —dijo Brendan, y sonrió.

Cuando se hubo marchado, ella se quedó mirando la puerta, preguntándose por qué se sentía tan ridículamente contrariada. Y preocupada. La certeza de Brendan de que habían llevado las cosas demasiado lejos empezaba a inquietarla, aun a su pesar. Rechinó los dientes y miró las listas que estaba preparando para la división del botín. Las palabras parecían flotar ante sus ojos. Estaba empezando a enfermar a causa de aquel encierro. Llevaba demasiado tiempo encerrada en su pequeño reino. Necesitaba aire.

Las acusaciones de Brendan eran ciertas. Estaba obsesionada. Pero él estaba allí fuera. Y ella pensaba encontrarlo y matarlo, o morir en el intento.

Blair Colm.

Habían pasado tantos años... Pero si cerraba los ojos...

Cuando dormía dulcemente...

Volvía a verlo todo como si hubiera pasado la víspera. En aquel entonces, eran unos niños.

Había hombres que luchaban por una causa. Hombres que buscaban riquezas, títulos, o una posición mejor.

Y había hombres que eran simplemente crueles. Algunos disfrutaban viendo el dolor que causaban a otros. El hecho de que despedazar hasta la muerte a hombres, mujeres y niños a veces fuera acompañado de una recompensa sólo les parecía un aliciente. Blair Colm era uno de ellos.

Era asombroso que Brendan y ella hubieran sobrevivido...

Pero había tantos otros a los que matar...

Así pues, en lugar de matarlos, los habían vendido como sirvientes en las colonias.

Bobbie había odiado a lady Fotherington casi tanto como

odiaba a Blair Colm. Aquella mujer remilgada, huesuda, con el cabello y la voluntad de hierro, tenía el convencimiento de que los sirvientes trabajaban mejor si se les pegaba al menos una vez a la semana. A su modo de ver, ciertas nacionalidades daban seres de valor inferior, y Bobbie y Brendan se contaban, ciertamente, entre ellos.

Bobbie se miró las manos y resopló. No había sido difícil simular que era un hombre, al menos en lo que se refería a las manos. Se había pasado la vida restregando todo tipo de cosas, desde el hogar de la cocina a los pies odiosos de Ellen Fotherington. La única bondad que había conocido se la había brindado Lygia, la hija solterona de Ellen. Tan alta, flaca y huesuda como su madre, rara vez hablaba delante de otras personas. Una noche, Bobbie acabó pronto sus quehaceres y, al entrar en el despacho que había pertenecido al difunto lord Fotherington, encontró allí a Lygia, leyendo. Se quedó aterrorizada, segura de que recibiría una paliza más. Pero aquellas grandes hileras de libros la atraían desde hacía mucho tiempo. Tartamudeando, intentó idear una excusa, pero Lygia se limitó a sonreír, y aquella sonrisa hizo que pareciera, si no hermosa, al menos sí atractiva.

–Chist. Se supone que yo tampoco debo estar aquí; que tengo que interesarme por otras artes, como la música y el baile, pero me gusta tanto el despacho de mi padre... Si todavía viviera...

Pero su padre había muerto. Murió de gripe. Y desde entonces Ellen Fotherington gobernaba la mansión de Charleston, donde recibía a políticos, lores, señoras, artistas y caballeros. Pedía las mejores mercancías de Inglaterra y Francia, y el té a China. Reinaba en su casa como una déspota, y lo único que lamentaba era que su hija se pareciera a ella, y no a su apuesto marido.

Con la promesa de su fortuna, Lygia podría haberse casado bien, pero había leído demasiados libros con el paso de los años. Se negaba a casarse. Rechazaba a los jóvenes pretendientes que, aunque no fueran viejos ni feos, sólo iban tras su dinero. Rechazaba a los que eran tan viejos que no la creían fea. Su madre la había hecho infeliz, como hacía infelices a los sirvientes, comprados la mayoría de ellos y, por tanto, poco menos que esclavos. Pero Ellen nunca había podido azotar a Lygia o forzarla a casarse.

Así pues, Bobbie había sido bendecida con una amiga. Una amiga que prácticamente le dio la vida, porque ambas compartían la pasión por los libros.

Ellen tenía una habilidad especial para convertir en esclavos a sus sirvientes. Si el plazo por el que se habían pagado sus servicios tocaba a su fin, los acusaba de algún hurto, de haber usado algo... de hacer cualquier cosa. Y, por tanto, tenían que seguir a su servicio.

Bobbie había visto morir a muchos de sus criados.

Morían porque no tenían esperanza. Sus ojos perecían mucho antes de que cedieran sus cuerpos. Su espíritu se extinguía. La carne mortal no podía hacer otra cosa que ir detrás.

Ellen Fotherington no descuartizaba a nadie. No robaba a nadie los derechos que le correspondían por nacimiento. Se quedaba con lo más precioso de la vida: la libertad, y el alma.

En el caso de Bobbie, decidió pagar un favor enviándola a Francia y entregándosela a un conde repugnante, afligido de gota y de una docena más de enfermedades, para que la utilizara a su antojo. Encerrada bajo llave, Bobbie volvió a cruzar el Atlántico.

Fue entonces cuando nació Robert el Rojo, el pirata más temible de los mares.

Bobbie bajó la cabeza y respiró hondo. Se calmó y luego casi sonrió. El capitán de un mercante que una vez apresaron frente a Savannah le había dicho que Ellen había muerto. Lenta y dolorosamente.

Bobbie creía en Dios.

Y tal vez aquélla había sido la única ocasión en que había creído que Dios también creía en ella, por poco cristiana que fuera aquella idea. Ellen, que los domingos hacía desfilar a todos sus criados hasta la iglesia, merecía estar en el infierno. Dios podía permitirse ser compasivo; ella, no.

Aun así, Blair Colm, el hombre que había asesinado a niños delante de ella por simple conveniencia, seguía vivo. Y eso había que rectificarlo. Dios le había permitido vivir demasiado. Dios le había permitido cometer demasiadas atrocidades.

Dios necesitaba la ayuda de Bobbie.

Dios la había ayudado a crear a Robert el Rojo, y Robert el Rojo ayudaría a Dios a librar al mundo de Blair Colm.

Era un modo de ver las cosas, en todo caso. Una forma de ver el mundo que la había ayudado a permanecer cuerda y a seguir su rumbo.

Y ahora que iba por buen camino, no había marcha atrás.

No abandonaría aquella vida (no podía abandonarla) hasta que él hubiera muerto.

Y por tanto...

Había que ir a New Providence.

CAPÍTULO 3

Decir que brillaba a lo lejos habría sido exagerar. Pero allí estaba, grande y chillona, un lugar donde se gritaba tanto en la calle que los gritos se oían desde lejos, donde más de un rufián tenía una fastuosa guarida en la que entregarse a sus bajos instintos. El muelle estaba lleno de cajas y barriles que se cargaban y se descargaban; en el puerto había barcos anclados, y botes pequeños hacían el trayecto entre ellos y la orilla atravesando los bajíos. Mujeres altas y bajas, con la piel de tantos colores como sus ropas llamativamente engalanadas, se paseaban por las calles embarradas, por delante de tiendas, tabernas y chozas, la mayoría de ellas casi en ruinas.

Hacía un día muy hermoso. El barco anclado se mecía suavemente en la bahía, bajo un cielo que apenas besaban tenues jirones de nubes blancas. La brisa era dulce, límpida y acariciadora, al menos allí, en el mar, donde estaban tranquilos. Logan sabía que había zonas en New Providence que tenían muy poco de dulce. Los cubos de desperdicios se vaciaban por las ventanas, y las calles se convertían en un lodo hediondo. Y como el populacho era aficionado a beber, el olor rancio del whisky, el ron y la cerveza se combinaba con el humo del tabaco de pipa para dar lugar a un hedor nauseabundo.

Pero desde lejos todo parecía simplemente colorido y emocionante, y su franca chabacanería tenía incluso cierto extraño encanto.

Una mano cayó sobre su hombro.

—Es la isla de los ladrones, amigo mío —dijo Brendan.

—Sí, pero de los ladrones honrados, ¿no? —repuso Logan.

—¿Has estado alguna vez?

—Sí.

Brendan dio un paso atrás y sonrió mientras lo miraba.

—¿Qué hacía un caballero tan fino como tú entre la gentuza de esa isla?

—Comerciar —contestó Logan. Subió los hombros y los dejó caer—. No recuerdo haber dicho que fuera un caballero fino.

—¿Lord Haggerty?

—Nosotros lo pronunciamos «laird» —dijo Logan cansinamente.

Brendan enarcó una ceja. Todavía sonreía. Era un tipo bastante raro para ser un pirata.

Para empezar, tenía muy buena dentadura.

Claro que era muy extraño que en un barco repleto de fornidos forajidos se hiciera la colada y la tripulación se bañara, aunque Bill Thornton, uno de los marineros de peor catadura, al que todos llamaban Patapalo, le había dicho que le extrañaba no haber enfermado ni una sola vez, ni haber tenido piojos desde que trabajaba para el capitán Robert. De hecho, le había confesado el hombre, estaba deseando ver qué jabones podía comprar en Nassau.

Pero Brendan...

Era un hombre interesante. Tan interesante como el capitán. Saltaba a la vista que eran parientes. Brendan era varios palmos más alto, aunque el capitán (a pesar de las botas de tacón) no era bajo. Brendan superaba con mucho el metro ochenta y tenía las espaldas de un hombre acostumbrado desde hacía mucho tiempo a usar los músculos. Estaba en excelente forma. Sus facciones no eran tan finas como las del capitán; sus ojos eran de un azul más claro y su mandíbula mucho más cuadrada. A veces parecía ensimismado. Cuando se lo sorprendía así, reaccionaba enseguida con un comentario procaz o una salida de tono. Parecía muy interesado en lo que estaba sucediendo en las colonias, y especialmente en las ciudades del sur, como Charleston y Savannah.

Era simpático. Y, gracias a su cordialidad, Logan había podido conocer a los demás. Hagar era como un enorme perro guardián, un hombre corpulento, mucho más alto que Brendan y él. Tenía unas manos enormes, y unos muslos como troncos de árbol, y su pecho podía competir con un tonel. Pero era también un tipo decente y con un fino sentido del humor. Todos parecían adorar al capitán, y no sólo respetarlo.

—Como quieras. Laird Haggerty, estamos a punto de desembarcar. En el siguiente bote, amigo mío.

El *Águila* (como los piratas habían bautizado al barco, cambiándole el nombre que le había dado el capitán anterior) llevaba dos barcas para cargar y descargar provisiones y mercancías, y otros dos botes más ligeros y veloces. Las barcas habían sido las primeras en dirigirse a la orilla, con Hagar al mando, y ahora estaban bajando uno de los botes para los que desembarcarían a continuación: Patapalo, Brendan, el capitán Robert y Logan, con otro marinero enorme, Sam el Silencioso, un robusto iroqués que manejaba los remos.

Mientras estaban allí, esperando para bajar al bote, Robert el Rojo apareció con su atuendo de costumbre: botas altas negras, camisa blanca, chaleco de brocado, casaca negra y sombrero bajo con pluma. En la solapa de cada bota llevaba un cuchillo, y un trabuco y una pistola de cañón doble en el cinturón de cuero. Una espada en una vaina de piel colgaba del mismo cinturón.

Robert el Rojo iba preparado.

—¿Listo para New Providence, laird Haggerty? —preguntó.

—Ya conozco New Providence —le recordó Logan al capitán pirata.

—Pero cambia, ¿sabéis? —dijo el pirata—. Cambia con el viento, literalmente, porque el ánimo de la ciudad sigue el del rey de los ladrones que haya en el puerto —Robert el Rojo inclinó la cabeza mirando a Brendan.

—Mi señor —le dijo Brendan a Logan, haciendo una profunda reverencia e indicándole que bajara al bote delante de ellos.

Logan pasó ágilmente por encima de la barandilla y bajó por la escalerilla de cuerda que llevaba a la pequeña embarcación, en la que Sam el Silencioso esperaba junto a los remos. Logan saltó al bote y sintió que éste se mecía bajo él; luego tomó asiento y vio bajar a los otros.

—Entonces, ¿vais a vender aquí mi carga? —preguntó a Robert el Rojo y a Brendan cuando se hubieron sentado.

—Dentro de poco todo el mundo sabrá que tengo vuestro cargamento. Conviene librarse pronto de riquezas peligrosas. Las piezas de a ocho son más fáciles de manejar —dijo Robert encogiéndose de hombros.

—Yo podría haberos conseguido mucho más por él en otra parte —dijo Logan.

—Es una lástima. Pero así son las cosas —contestó el capitán pirata.

Logan probó con otra táctica.

—Éste es un lugar peligroso para hacer negocios.

—¿Y habéis desembarcado para hacer negocios, a pesar de vuestro estado actual? —preguntó Robert.

—Sí. Pero yo no soy... —su voz se interrumpió, y se volvió parar mirar el muelle.

—¿No sois qué? —Logan se sobresaltó cuando la mano enguantada de Robert se posó sobre su rodilla. El enojo receloso de los profundos ojos azules que lo miraba resultaba perturbador.

—Yo no soy un pirata.

—Y un cuerno —respondió Robert, echándose hacia atrás.

—Bueno, no lo es —comentó Brendan.

—¿De veras? Es al menos un ladrón, porque ¿acaso ese tesoro no había sido robado antes de caer en nuestras manos?

Logan miró a Robert, pero no dijo nada.

—¿No os defendéis? —preguntó Robert.

—No. Encajo el golpe.

El bote se acercó a un ramal del muelle de madera. Hagar y otros hombres esperaban allí.

—¿Está aquí? —preguntó Robert.

Hagar asintió con la cabeza.

—Os está esperando en El canto del gallo.

—Está bien. ¿Y la carga?

—Ya está en la taberna, capitán —dijo Hagar—. Todos saben que vos sois el propietario legítimo y se están pensando qué ofrecer, por si él decide no comprar.

—Bien. En el barco hay la tripulación justa, ya conocéis las órdenes. —Robert echó a andar por el muelle junto a Brendan. Logan los siguió, lleno de curiosidad.

Por la calle de tierra picoteaban las gallinas, batiendo las alas y cloqueando.

—¡*Gardez l'eau!* —gritó alguien, y se apartaron a tiempo de esquivar el contenido de un orinal. Robert caminaba con paso firme, y Logan notó que algunos hombres lo saludaban tocándose respetuosamente el sombrero o la frente. Robert no hacía otra cosa que inclinar la cabeza.

—Es asombroso —le dijo Logan a Brendan.

—¿Qué quieres decir?

—Nunca he visto a un grupo semejante de rufianes mostrar tanto respeto por otro hombre... ni siquiera por Barbanegra —masculló Logan.

—Verás, Robert derrotó al diablo —dijo Brendan en voz baja.

Logan comprendió que no quería que los oyeran y también contestó en voz baja.

—¿Al diablo?

—¿Has oído hablar de Luke el Negro?

Logan frunció el ceño. Aquel hombre había sido el terror de los mares; hasta los propios piratas lo temían y lo odiaban.

Normalmente, los piratas no pretendían hundir o matar a la tripulación. Los barcos eran valiosos. Solían apresarlos y añadirlos a su flota pirata. Y a los hombres sólo se los mataba cuando se negaban a rendirse, puesto que los barcos apresados necesitaban tripulación.

Luke el Negro había hundido más barcos de los que la mayoría de los hombres veía a lo largo de su vida. Nunca había permitido que el capitán de un barco apresado sobreviviera. Había torturado a sus cautivos. Sus hombres no votaban, como era costumbre entre los piratas, ni recibían una parte justa del botín. Se habrían amotinado, de no ser porque temían por sus vidas. Se decía que Luke el Negro tenía ojos en el cogote. Una vez, uno de sus hombres intentó matarlo cuando dormía. Luke el Negro se levantó, lo agarró por el cuello y lo arrojó al mar.

—¿Robert mató a Luke el Negro? —preguntó Logan, incrédulo.

—Sí.

—¿Cómo?

—Con talento. Y una suerte del demonio —dijo Brendan.

—¿Tú estabas allí?

Brendan tenía la mandíbula más tensa que el nudo de una horca.

—Sí —dijo al cabo de un momento.

—No puedo creerlo.

—Pues creedlo.

—Había oído decir que Luke el Negro estaba muerto, pero nadie parecía saber si era cierto o cómo había muerto —dijo Logan.

Brendan miraba de frente. Saltaba a la vista que no quería dar más explicaciones.

Una puerta se abrió de pronto y un hombre salió volando de un establecimiento con la pintura blanca descascarillada y ventanas con postigos, abiertas a la luz del día. Detrás de él salió una mujer de negra cabellera. Iba descalza y llevaba corpiño bajo de algodón y falda de colores por debajo de la cual asomaba el borde de unas enaguas sucias.

—¡Ve a poner tus sucias manos en otra parte, sabandija! —gritó—. ¡Mis chicas no son baratas!

—¡Tus chicas son rameras! —vociferó el hombre.

—Pero no son rameras baratas, y no quieren a los tipos como tú. Largo de aquí —hizo una pausa y una sonrisa arrugó su cara al ver a Robert el Rojo—. Capitán Robert —dijo, encantada.

—Sí, Sonya, estamos en puerto. ¿Está Edward por ahí? —preguntó Robert.

—Dijo que vendríais. Tiene lista una habitación en la parte de atrás para que negociéis. Brendan, bribón —ronroneó—. Y... ¿qué tenemos aquí? —preguntó con un guiño mientras miraba a Logan con admiración.

Se acercó a él rápidamente, contoneándose, pero se detuvo antes de tocarlo.

—Pero si es laird Haggerty —dijo con otra sonrisa.

Logan notó que aquello sorprendía a Robert.

—Sí, Sonya. Es un placer —dijo, quitándose el sombrero.

Robert lo miraba con una expresión que decía claramente: «Hombres. Naturalmente, conoce a las prostitutas de la isla».

Sonya frunció el ceño.

—¿Navegan... juntos? —preguntó, incrédula.

—Laird Haggerty es nuestro invitado por el momento —dijo Brendan. Su tono, aunque bastante agradable, indicaba que no debía hacer más preguntas. Luego dio una palmada en la espalda a Logan–. Al ron, ¿eh? –dijo.

–Al ron –convino Logan. Estaba seguro de que no tenía elección. Pero cuando entraron en la taberna llena de ruido y humo, no pudo evitar ver que el capitán Robert se dirigía hacia el fondo de aquel establecimiento de dudosa fama.

–¿Sonya te conoce? –preguntó Brendan con un brillo travieso en la mirada.

–Yo recalo en todos los puertos conocidos –contestó Logan.

–¿Buscando tesoros? –preguntó Brendan con escepticismo.

–Compro y vendo –dijo Logan, y desvió la mirada–. Y, por descontado, todo marinero busca información –añadió.

–¿Información? –insistió Brendan.

–Conviene saber lo que pasa en los mares. Por dónde navega cada capitán.

–Ah. Entonces es una lástima que no te enteraras de nuestro paradero.

–Sí, una lástima –repuso Logan.

–¡Pequeña! ¡Sé bienvenida!

El hombre atrincherado ya tras una de las raquíticas mesas de madera de la taberna, en el rincón del fondo, era inmenso. Llevaba abierta la casaca cruzada, al igual que la camisa de algodón, y por encima de su chaleco de terciopelo rebosaba, suntuoso, el encaje.

Edward Teach, conocido popularmente como Barbanegra, era aficionado a vestir con ostentación, a pesar del extraño contraste entre sus ropas y su cabello espeso y negro, su tamaño formidable y sus toscas facciones. Era un hombre sensual, de labios carnosos, manos grandes y risa honda como un tonel.

Bobbie le lanzó una mirada de advertencia.

—Bah, ¿acaso crees que el hatajo de borrachos que hay al otro lado de esa pared puede oír nada, con todas esas voces, esa música y ese comadreo, niña?

—Siempre hay gente dispuesta a derrocar del poder a los que tienen éxito, y tú lo sabes —le recordó Bobbie, apartando de la mesa con el pie la silla que había enfrente de él. En cuanto se sentó, él alargó los brazos por encima de la mesa y la tomó de las manos.

—Como quieras, capitán Rojo, así se hará. En lo más oscuro de la noche, sin nadie a la vista y sólo en presencia del cielo, capitán Rojo. Que sea así.

—Te traigo un tesoro.

—Yo me gano la vida robando tesoros, como bien sabes —arqueó una ceja—. Acepté encontrarme contigo aquí para considerar tu oferta de unir fuerzas, no para comprar tesoros.

Ella agitó una mano en el aire.

—Éste es un tesoro excepcional.

—¿Ah, sí?

—Un tesoro español.

Él se rió.

—Bueno, lamento tener que decirlo, pero los ingleses andan escasos de tesoros. Son los españoles los que, como se sabe, borran del mapa a pueblos enteros y se llevan lo que ya no necesitan, puesto que están todos muertos.

—Los ingleses no se apropiaron de las tierras en las que podía encontrarse oro —dijo ella—. Pero, al parecer, ciertos nobles ingleses estaban dispuestos a pagar un alto precio por este tesoro. Ya has visto lo que he traído. Las piezas y las joyas son exquisitas.

—Sí, he visto lo que has traído. Y es muy bueno, en efecto.

—Desde luego. Entonces, ¿estás dispuesto a ofrecerme oro por él?

—Yo soy un ladrón excepcional. Podría robar otro tesoro.

—Pero éste te costará la mitad de lo que vale... y ni un

solo hombre. No tendrás que desperdiciar una sola bala, ni que disparar un solo cañón. Puedes conseguir ese raro tesoro a un coste muy bajo en tiempo, esfuerzo y vidas.

–Me caes bien y lo sabes. Y creo que deberías dedicarte a vivir y mandar todo esto al garete –repuso Edward, inclinando la cabeza gravemente.

Ella sonrió. Barbanegra era uno de los hombres más temidos de todos los mares. Sabía lo que ella sólo había adivinado instintivamente: que la apariencia era mucho más valiosa que la verdad. Había asesinado a buen número de adversarios y podía ser cruel y despiadado, pero no mataba a todos los hombres que apresaba, y era muy aficionado a las mujeres. De hecho, se había casado con muchas.

No creía en el divorcio, pero de todos modos sus matrimonios tampoco eran legales. Era generoso y amable con las mujeres, no obstante, y prefería desaparecer a tomar medidas más drásticas.

–He oído que anduviste detrás de Blair Colm –dijo ella sin rodeos.

Él le devolvió la mirada y suspiró.

–Sí, vi a ese hombre.

Bobbie se inclinó hacia él.

–¿Viste su barco... o lo viste a él?

Edward también se inclinó. Su barba, de la que se enorgullecía, yacía sobre la mesa, con cordeles atados aquí y allá. Le gustaba encender mechas de cáñamo cuando entraba en combate para que pareciera que escupía humo y fuego, una imagen que llenaba de terror el corazón de sus oponentes.

–Vi claramente a Colm con el catalejo. Tiene un buen barco. Una fragata. La ha reformado, pero todavía no puede navegar por los bajíos como una buena balandra. Puede que tuviera más cañones que yo, así que no lo provoqué. Era un navío muy grande. Y puede que él haya oído que mi reputación no tiene ya nada que envidiar a nadie que recorra los mares, porque tampoco parecía tener ganas de combatir. Desplegó las velas y se fue. Sabía que no me apiadaría de él.

—Una fragata —dijo Bobbie. Adoraba su balandra, pero una fragata... era enorme. Podía transportar toneladas de pólvora, balas y cañones. No podía adentrarse en los bajíos persiguiendo a otro barco, ni maniobrar en canales estrechos. Pero, en mar abierto, era mortífera.

—Tienes que mantenerte alejada de él —dijo Teach.

—Ya sabes que no puedo —lo miró a los ojos y preguntó—: ¿Dónde lo viste?

—Se dirigía hacia el norte siguiendo la costa. Yo diría que se quedará cerca de los pueblos y las ciudades donde lo honran los ingleses. Corre el rumor de que él también anda buscándote. Cree que le robaste una de sus posesiones más preciadas.

—¿Cómo puede alguien honrar a ese hombre? No creo que el pueblo sepa que es un asesino repugnante.

Él la agarró de la mano.

—Un hombre mata y es un héroe. Otro mata y es un monstruo. Depende de qué lado del frente de batalla esté uno. Tú eres un monstruo para algunos. Cuando un hombre no ve algo con sus propios ojos, no sabe cuál es la verdad y cree lo que se convierte en leyenda. Vamos, niña. El hombre corriente sólo quiere vivir en paz; por eso reza para que ningún conflicto se cruce en su camino. Está dispuesto a aceptar que la verdad que le cuentan es la ley legítima, en lugar de luchar por algo que pueda perturbar su mundo. Tu monstruo es considerado un gran comandante por los hombres con los que hace negocios en Inglaterra y las colonias. Lo único que saben esas personas es que ayudó a vencer al rey Guillermo de Orange y al gran imperio. Si los ingleses hubieran perdido la guerra, habría pasado a la historia como un ogro. Pero la corona inglesa salió triunfante y, por tanto, es un hombre reverenciado. Así es la historia, niña. Es el engaño lo que yo detesto. Yo no me propongo matar a un hombre. Lo hago porque se interpone en mi camino y no se aparta. Mi reputación es mucho peor que mis actos. Prefiero asustar a la gente para que se rinda. Por desgracia, ahí fuera hay hombres buenos dispuestos a morir por honor. No disfruto matándolos. Y, a diferencia de Blair Colm, no asesino a mujeres y niños.

—Respecto a las mujeres, te limitas a casarte con ellas —le recordó Bobbie con una sonrisa.

—¿Para qué desperdiciar una muchacha bonita? —inquirió él.

—Muchos niños acaban convertidos en piratas.

—Yo pido rescate por todos los que puedo.

Bobbie bajó la mirada, sonriendo. Se preguntaba qué habría sido Edward Teach, si no hubiera acabado surcando los mares. Tenía un código moral propio.

—Desde luego.

—Y si nadie los quiere... no les hago ningún daño. Y te aseguro que en algunos puertos todavía ahorcan a niños sin contemplaciones por delitos tan graves como robar un poco de pan. Yo no soy un hombre cruel si uno mira el mundo que lo rodea y ve lo que se hace en nombre de la ley y la justicia.

—Nunca he dicho que fueras un hombre cruel. Eres un buen capitán y un buen espadachín, y un as con la pistola —dijo ella con sincera admiración. Él masculló, satisfecho, mientras ella continuaba—: Pero también eres un farsante, con esa barba negra que despide humo y fuego.

Él agitó un dedo, señalándola.

—La farsante eres tú —sacudió la cabeza—. Y pensar que, si lo que he oído es cierto, una cosita como tú mató a Luke el Negro.

Ella se encogió de hombros.

—¿Alguna vez has visto infectarse la picadura de un insecto diminuto? Antes de que te des cuenta, un gigante cae bramando y se muere de fiebre. El tamaño no siempre es el factor decisivo en una pelea.

—Bueno, me quedaré con tu tesoro. Me gustan bastante algunas de las baratijas, y da la casualidad de que ahora mismo ando sobrado de piezas de a ocho.

—¿Y qué me dices de unirte a mí? —preguntó ella en voz baja.

—Ése es otro cantar.

—¿Ah, sí?

—Tú vas buscando venganza. Yo busco beneficio. ¿Y cómo conseguiste ese tesoro, si puede saberse?

—Me topé con un mercante que no tenía nada que hacer contra mí.

—Entonces, ¿te quedaste con el barco?

Ella sacudió la cabeza.

—No.

—¿Lo hundiste? —preguntó él, incrédulo.

—No.

—¿Ah, no?

—Parlamentamos. Tengo al capitán conmigo, como prisionero. Es un tal lord Haggerty. ¿Has oído hablar de él? —preguntó Bobbie.

Barbanegra se echó hacia atrás, sonriendo.

—Sí. Conozco a ese tipo. He coincidido con él en esta misma taberna.

—Pero no es un pirata.

—No. Ni tampoco un militar. Navega en un mercante.

—Aun así, no es un forajido. ¿Qué estaba haciendo aquí? —preguntó Bobbie.

—Negocios.

—¿Algún tesoro?

Barbanegra se rió.

—No, pequeña. Vino a vender lo que hace la vida más llevadera. Las mejores almohadas de plumas. Sábanas de seda. Porcelana china. Té. Café. Manzanas.

—¿Y no lo mataron en las calles? —preguntó Bobbie, asombrada.

—Yo estaba presente la primera vez que vino. Llegó con su tripulación, con todo descaro, y cuando lo retaron, exigió luchar de hombre a hombre. Después de vencer a tres de los tipos más duros de la isla, me planteé desafiarlo. Pero confieso que me intrigaba su temeridad por echar el ancla en la bahía y poner luego pie a tierra. Era muy consciente, sin embargo, de que en el mar no le darían ni un penique si viajaba con la mercancía y apresaban su barco.

—Yo le di más que un penique —repuso ella.

—Entonces, ¿a ti también te engatusó con su elocuencia? —bromeó Barbanegra.

—Es mi prisionero —dijo ella.

—Claro.

Bobbie decidió cambiar de tema.

—Y bien, sí, busco venganza, lo admito. Y tú buscas botín. Si fuéramos juntos tras Blair Colm...

—Déjalo, niña.

Bobbie soltó un gruñido.

—Por Dios, no empieces tú también.

Él le levantó la barbilla con su dedazo.

—Yo moriré en cubierta. Moriré a punta de espada, o por culpa de una bala enemiga. Así debe ser. Hasta entonces, aterrorizaré los mares, tendré una docena de esposas más y beberé y retaré a todos los hombres que encuentre, y quizás incluso a Dios. Pero tú... Tú no deberías vivir así.

—¿Por qué no? Prefiero morir en el mar que seguir fregando suelos o tener que acostarme con algún viejo sifilítico y morir yo también de una enfermedad venérea —dijo ella, muy seria.

—Ah, pero ¿es que no sueñas con algo mejor? —preguntó él.

—Sueño con cadáveres en un campo de batalla, con la sangre de niños asesinados —contestó Bobbie.

Él suspiró y se recostó en la silla.

—Lo siento, niña. No soy un suicida. No voy a unir mis fuerzas a las tuyas, pero te daré oro y te invitaré a ron, ¿de acuerdo?

—Capitán Barbanegra —dijo ella, decidida a no parecer desilusionada—, será para mi un honor levantar mi copa con vos.

Él sacudió la cabeza.

—Ah, hablas como una dama, muchacha.

—Puede que fuera una dama. En otro tiempo. Pero lo pasado, pasado está. Bien sabe Dios que era muy joven cuando llegaron las tropas. Recuerdo...

—¿Sí?

—A mi madre —dijo ella, sonrojándose levemente—. Ella sí que era una dama. Tan bien hablada, tan majestuosa... Pero está muerta, muerta y enterrada, y también la vida para la que nací. No queda nada de esa vida a lo que volver. Pero... no he perdido la fe en toda la humanidad. Estaba Lygia.

—¿Lygia? —repitió él.

—La hija de la bruja que compró mis servicios al oficial que decidió que yo valía más viva que muerta —dijo ella—. Era fea como un pecado, pero tan dulce y buena como su madre era fría y cruel. ¡Beberemos por ella! Imagino que ahora que su madre ha muerto será rica. Ojalá encuentre por fin la felicidad.

—Por Lygia. ¡Bendita sea! —dijo él—. Rica, dices. ¿Y cómo es de fea?

Bobbie se echó a reír, levantando su vaso.

—Bastante. Pero quién sabe. Con poca luz y mucho ron, hasta la muchacha más fea puede convertirse en la más bella. Sobre todo, si es rica. O eso he oído decir a los hombres.

Él la miró extrañamente mientras bebía su ron.

—Es curioso...

—¿Qué?

—Que hayas sido tú quien se haya encontrado con laird Haggerty.
—¿Por qué?
—Ah, niña. Guardo tus secretos, pero también guardo los de él.
—¿Tiene secretos?
—Tiene... un plan.
—¿Y?
—Acabo de decírtelo: yo sé guardar un secreto.
—Edward...
—No insistas, niña. He dicho todo lo que tenía que decir sobre el tema. Los hombres vienen a esta taberna para divertirse. En busca de rameras y ron. Y a escuchar.
—¿A escuchar qué?
—He dicho todo lo que tenía que decir.
—¡Pero sigues dándome pistas!
—No voy a decir nada más. Bebe.

Ella siguió intentándolo, pero Barbanegra había tomado una decisión y no dijo más. Así que bebieron. Ella tendría el oro que se le había prometido, y allí acabaría todo.

Había muchos hombres en la destartalada taberna tan borrachos que no habrían notado un terremoto. Algunos yacían sobre las mesas, en medio de los charcos de su propia cerveza. Otros tenían sentadas a furcias sobre las rodillas, ajenos a los borrachos que roncaban a su lado. Los corpiños se deslizaban, las manos subían bajo las faldas y los gritos procaces y las bromas llenaban el aire, junto con el olor a carne pasada, tabaco rancio y cuerpos sucios.

Logan se volvió hacia Brendan.
—Bonito lugar —comentó lacónicamente.
—Sí, y salta a la vista que lo conoces bien —dijo Brendan con la misma sorna.

Logan se encogió de hombros.

—El capitán y tú no parecéis de los que... disfrutan de tales establecimientos —dijo Logan.

—Tú tampoco.

—Yo vengo por negocios y luego me voy.

—Aquí no pueden hacerse negocios honrados.

Logan tuvo que echarse a reír.

—Sí que se puede. No pensaba encontrarme con un barco pirata en alta mar, desde luego, pero tratar con piratas en tierra puede ser bastante ventajoso.

—Y muy mal negocio, también —comentó Brendan, mirando a Logan con atención—. Tú sabes negociar, amigo mío. Pero los hay que no quieren negociar. He conocido a más de uno al que no le importaba nada la vida humana. El pragmatismo manda. Más de un capitán pirata habría cortado el pescuezo a toda tu tripulación, o habría ahorrado acero y balas y sencillamente los habría arrojado por la borda.

—Pero no sin antes perder muchas vidas y miembros, aunque yo hubiera tenido que morir luchando —repuso Logan.

—Cierto. Así pues... —Brendan lo miraba aún—... eres hombre de honor, ¿no es cierto?

—Y tu capitán es un pirata honorable —contestó Logan.

—Bebamos por ell... por él —dijo Brendan, alzando su vaso.

—¿Qué negocios tiene el capitán con Barbanegra? —preguntó Logan.

Brendan volvió a mirarlo mientras sopesaba los riesgos de confiar en un cautivo.

—El capitán desea unir fuerzas con Teach.

—¿Con Teach? —Logan se quedó perplejo. Sabía que Teach era muy hábil, pero no tan cruel como su cuidada reputación hacía creer a los demás. Teach no dudaba en matar cuando era preciso, pero era mucho más partidario de dejar vivir a sus prisioneros, cuando era posible. Jamás disfrutaba matando inocentes, como algunos de sus compañeros en el mar.

Sabiendo lo que sabía, Logan no pudo por menos que sentir que el capitán Robert el Rojo... no debía asociarse con el famoso Edward Teach.

Su honor lo urgía a levantarse de un salto, a entrar en la sala privada donde se habían reunido y exigirle a Teach que dejara en paz a la mujer conocida como Robert el Rojo. Pero sabía que aquel impulso era un disparate. Había luchado con ella. Y sabía defenderse bien. No necesitaba ni quería su protección.

Y, si él intentaba dársela, sin duda se encontraría con una espada clavada en el hígado o en el corazón, quizás incluso castrado, pero en cualquier caso muerto o agonizante.

Aun así, era duro permanecer sentado en el tosco taburete de madera, y advertirse de que no debía cometer una estupidez no servía de mucho. Pero, sin duda, si hubiera algo que temer, Brendan no estaría sentado a su lado bebiendo tranquilamente su cerveza.

Hagar se acercó a la barra en ese momento.

—Brendan —dijo, saludando a Logan con una inclinación de cabeza—, tienes que hablar con el capitán. El carpintero dice que tenemos que carenar el barco, y enseguida.

Brendan frunció el ceño, como si advirtiera a Hagar de hablar en voz baja de aquel asunto.

Dado que los piratas no podían entrar en un puerto y poner sus barcos en dique seco, era necesario llevarlos a algún lugar escondido donde pudieran carenarlos, tumbados de lado sobre la playa, de modo que pudieran limpiar el casco de moluscos y embrearlo para evitar la carcoma. Era un procedimiento peligroso, porque dejaba expuesto el barco y su tripulación. Logan sabía que la mayoría de los piratas carenaban sólo un lado del barco cada vez. Era muy fácil que alguien descubriera que había un barco en situación vulnerable, y aunque otros corsarios lo dejaran en paz, siempre había que temer a la ley. A los gobernadores de las distintas colonias siempre les alegraba aumentar su popularidad enviando a sus oficiales de la Armada a apresar a un pirata, y aún para mucha gente un ahorcamiento era un entretenimiento sin igual.

—Sí —dijo Brendan, y Hagar asintió con la cabeza, consciente de que Brendan no quería hablar de aquello en ese momento.

Cuando Hagar se alejó, atraído por las provocaciones de una mujer con los pechos desnudos, Logan comentó como si tal cosa:

—Imagino que no hace mucho tiempo que es un pirata.

Brendan pasó un dedo por el grueso vaso de cristal que contenía su cerveza.

—Eres un tipo decente, lord Haggerty. Si quieres vivir mucho tiempo y prosperar, no deberías hacer tantas preguntas.

—He dado mi palabra. No intentaré escapar.

Una sonrisa irónica curvó los labios de Brendan.

—Sí, pero, verás, no nos proponemos solamente dejarte vivir, sino asegurarnos de que vuelves con tu gente, paguen o no paguen un buen rescate. Y tener demasiada información no es bueno para un hombre que va a volver al mundo en el que mandan las leyes del rey.

—Las leyes del rey —repitió Logan con un asomo de amargura—. Sin duda hay hombres buenos en ese mundo, pero no me engaño. Las leyes las hacen los poderosos. Y lo que hacen los hombres cuando consiguen el poder suele estar muy lejos de las leyes de la decencia, la justicia o la humanidad... muy lejos de cualquier ley hecha por Dios —se volvió y se bajó del taburete, sorprendido al ver abierta la puerta de la habitación privada en la que el capitán Robert estaba reunido con Barbanegra.

—¿Dónde está Teach? —le preguntó a Brendan bruscamente.

Brendan se volvió. Barbanegra y el capitán Robert habían desaparecido. La habitación estaba desierta; sólo quedaban en ella la tosca mesa de madera y las sillas.

—¿Cómo demonios hemos podido no ver a un hombre como Barbanegra? —preguntó Logan, incapaz de creer que se hubiera despistado.

—Barbanegra nunca le haría daño al capitán —dijo Brendan, aunque él también parecía nervioso.

Quizá fuera el prisionero, pero Logan echó a andar hacia la puerta. Para su sorpresa, Sonya apareció de pronto delante de él y le puso la mano sobre el pecho.

—Lord Haggerty, no tengáis tanta prisa —dijo arrastrando las palabras.

Él vaciló, mirándola. Nunca había coqueteado con las furcias de aquel lugar, aunque dejaba buenas propinas cuando bebía. Pero ella sabía que no le interesaba lo que podía ofrecerle.

Intentaba impedir que saliera.

—Brendan, tenemos que irnos —dijo Logan enérgicamente.

—¿Qué? —preguntó Brendan.

—Sonya sabe algo. De hecho, yo diría que alguien le ha pagado para que nos entretenga —dijo en voz baja, mirando a los ojos a la mujer.

Ella se sonrojó, bajando sus densas pestañas.

—No, es sólo que vivo de los beneficios de este sitio —dijo. Parecía un poco desesperada.

—Dudo que algún hombre tenga valor de ir tras Barbanegra —dijo Logan—. Así que ¿quién te ha pagado para que nos retengas aquí y no vayamos tras el capitán Robert el Rojo?

Ella se apartó, pero Logan la agarró de los brazos y tiró de ella.

—¿Sonya?

—¡No lo sé! —contestó ella—. Un tipo... Me dio oro —dijo, como si eso lo explicara todo.

Logan la apartó con firmeza y miró a Brendan.

—No he descubierto aún qué se propone Robert el Rojo, ni sé cómo ni por qué, pero alguien va tras él.

Brendan lo miró con fijeza. Luego se volvió hacia la puerta. Logan lo agarró del brazo.

—Estamos juntos en esto —le dijo en voz baja—. ¿Y puedo sugerir que avises también a Hagar?

Con la cara crispada, Brendan asintió rígidamente con la cabeza. Por un momento, un brillo temerario iluminó sus ojos. Era un hombre formidable, alto y musculoso, pero ágil, y estaba tan preocupado que habría salido corriendo sin pensárselo dos veces. Pero las palabras de Logan refrenaron su impulso de marchar solo. Observó a Logan con atención mientras gritaba:

—¡Hagar! ¡Recoge a quien puedas! ¡Nos vamos a buscar al capitán! ¡Enseguida!

Salieron. Había estrechos callejones a ambos lados de la taberna, oscuros y amenazadores, llenos de sombras y tinieblas. Cada uno de ellos conducía a callejuelas aún más pequeñas y oscuras, pequeños cráteres de negrura que podían ocultar más de un pecado. En la neblina tenebrosa del día, colgaba fantasmagóricamente la ropa lavada. Un perro aulló al levantarse el viento, y el chillido de un gato hizo correr un escalofrío por la espalda de Logan. Un susurro por el suelo les advirtió de que había ratas.

El día ya no era lo que había sido.

El cielo claro se había oscurecido. La brisa se había vuelto fría y áspera, y susurraba con la lluvia cercana. Arriba, las nubes se hinchaban y corrían, veloces.

Se acercaba una tormenta, y venía con fuerza.

Un escudo perfecto...

Para un ataque por sorpresa.

Había un hombre apoyado en uno de los pilares de la taberna. Tenía la cabeza sobre el pecho, como si se hubiera quedado dormido por la borrachera.

—¿Por dónde? —preguntó Logan.

El hombre no se movió.

Logan lo zarandeó, y él abrió un ojo lloroso. Pero Logan no creía que estuviera tan ido. Lo sacudió aún más fuerte.

—¿Por dónde? —repitió.

—No sé.

—Dímelo o te abro en canal —dijo Logan con calma.

—Por el callejón.

—¿Qué callejón? —preguntó Logan.

—El de la izquierda. El capitán Robert se fue por ahí no hace ni cinco minutos. Los... otros salieron un poco después.

—¿Cuántos eran? —preguntó Logan.

El hombre se encogió de hombros.

—¿Cuántos? —repitió Logan en voz todavía baja, pero llena de amenazas.

—Ocho... diez...

Brendan ya había echado a correr hacia las sombras.

Logan soltó al borracho y lo siguió.

Y entonces estalló la tormenta.

CAPÍTULO 4

Bobbie sabía que iban siguiéndola, y escuchaba con atención.

Era exactamente lo que esperaba. No, lo que deseaba.

Pero mientras fingía andar tranquilamente, tambaleándose un poco, como si hubiera bebido mucho, aguzaba el oído y maldecía el tiempo. Había empezado a llover. El cielo amenazaba con un buen chaparrón, pero de momento caía sólo una lluvia molesta y continua que lo oscurecía todo y le hacía difícil escuchar. No sabía cuántos hombres la seguían. Había supuesto que sería sólo uno. Quizá dos. Pero sabía que había más.

Blair Colm no sabía quién era ella. Sabía sólo que el pirata Robert el Rojo tenía una reputación de espantosa ferocidad.

Y que lo estaba buscando.

Y ella sabía que, pese a su crueldad, Blair Colm siempre había sido un cobarde.

Al despedirse de Teach, había visto a Sonya aceptar una moneda de un hombre. Sonya había probado la moneda, pero era una mujer de negocios: reconocía el oro en cuanto lo veía. Bobbie ni siquiera la odiaba por su traición. Aquella mujer llevaba una vida dura. Odiaba a casi todos los hombres. Había conseguido salir adelante levantándose las faldas en rincones oscuros y volviendo la cara al aliento pútrido de hombres que jamás se lavaban. Bobbie no podía odiarla.

Quizá había confiado demasiado en sus habilidades, se dijo ahora. Un triste error, ya que había sido derrotada por Logan Haggerty. Pero él era distinto. Normalmente, había poco que temer de otros piratas. Cuando se encontraban en el mar, pasaban de largo y se saludaban. Compartían tugurios como el que Bobbie acababa de dejar. Bebían, fanfarroneaban y armaban jaleo, pero rara vez luchaban entre ellos. Compartían un vínculo, la imagen siempre presente de la horca. No era necesario batallar los unos contra los otros.

Pero Bobbie había querido que la siguieran, porque sólo podía haber un motivo para ello. Y ahora lo sabía. Blair Colm había gastado mucho dinero para enviar hombres que mataran al capitán Robert el Rojo.

Bobbie comenzó a contar los pasos y lamentó su propia audacia. Había al menos seis hombres tras ella. Tendrían que ser los peores espadachines del mundo, y los más borrachos, para caer todos bajo su espada. Bobbie maldijo su propia estupidez y su arrogancia; su creencia de que podría vencer a sus perseguidores en un duelo y obligarlos a revelar hacia dónde se dirigía Colm, dónde podía encontrarlo.

No había pedido a Brendan ni a sus hombres que la acompañaran, porque un cobarde que aceptaba dinero por matar no la habría seguido si hubiera ido acompañada.

Sencillamente, no esperaba que fueran tantos.

Allá adelante, donde el callejón se ensanchaba, se agitaba una sábana blanca. Bobbie apretó el paso en aquella dirección. Sabía que debía elegir el lugar donde se enfrentaría a sus adversarios.

Y eso hizo. Comprobó la cuerda de la que colgaba la colada y esperó allí, sin apenas atreverse a respirar.

Oyó pasos que se acercaban cada vez más aprisa.

—¿Adónde ha ido? —susurró alguien con voz apenas audible.

Un rayo iluminó el cielo durante una fracción de segundo.

Desde su puesto elevado, encima de un escalón, más allá de la cuerda, Bobbie vio a los hombres. Eran ocho. Dos se apoyaban el uno en el otro, y uno de ellos llevaba una botella de ron. No estaban allí para luchar; sólo esperaban la matanza.

Ninguno de ellos iba bien armado. Eran despojos, pensó. Piltrafas que habían logrado llegar a la isla. Sólo había uno (un hombre alto y musculoso, armado con pistoleras y una cimitarra) que parecía ofrecer algún peligro. Era calvo por debajo del sombrero ancho, y tenía un ojo de cristal. Aunque el callejón estaba oscuro, Bobbie se dio cuenta; la luz de la luna se reflejaba en el ojo. Eso estaba bien. Lo atacaría por la izquierda.

Cuando el relámpago se apagó la oscuridad pareció hacerse completa. Había llegado la hora.

Con una violenta estocada, hizo volar la cuerda de las sábanas. Varios hombres cayeron de inmediato. Bobbie saltó desde su escalón, blandiendo la cimitarra mientras avanzaba entre el barullo. Fue fácil enredar a los hombres en las sábanas. La mayoría cayó al suelo. Pero luego descubrió a un hombre a su espalda, listo para atacarla, y cuando se volvió para enfrentarse a él vio que el calvo también avanzaba hacia ella.

Desde una ventana le llegó por fin el sonido de la vida.

—¿Se puede saber qué pasa ahí? —chilló una mujer.

—¡Hay pelea en el callejón! Cierra la ventana, mujer —contestó una voz de hombre.

Unas luces parpadearon allá arriba y un instante después se apagaron. Bobbie oyó el ruido de los postigos al cerrarse a ambos lados del callejón. Al parecer, los vecinos de aquella mísera calle no querían complicaciones.

No recibiría de ellos ninguna ayuda.

Saltó por encima de la maraña de hombres que intentaban liberarse de las sábanas justo en el momento en que un tercer hombre se abalanzaba sobre ella, seguido por un cuarto.

Bobbie le lanzó una estocada y luego se agarró a lo que quedaba de la cuerda de tender y la usó para impulsarse hasta el otro lado del callejón para enfrentarse a los tres restantes.

Envainó su cimitarra, sacó sus pistolas y disparó las dos al mismo tiempo. Dio a uno de los hombres en una pierna y a otro en el hombro. Pero cuando cayeron otros dos lograron por fin desenredarse de las sábanas y se unieron a la refriega.

Sin tiempo para volver a cargar, Bobbie volvió a echar mano de la cimitarra y se agachó para sacar el cuchillo escondido en su bota izquierda. Lo lanzó velozmente y uno de sus adversarios cayó con la hoja clavada en el hombro.

Otro logró liberarse de las sábanas. Era el que antes llevaba la botella de ron, y ahora parecía sobrio. Y mortífero.

Estaba muerta, pensó Bobbie, llena de amargura y arrepentimiento. Esperaba tan poco de la vida... Pero, aun así, no esperaba acabar en callejón sucio de una isla llena de bribones.

—¡Id por el flanco! —gritó el calvo a sus compañeros.

Bobbie comprendió que pensaban acorralarla contra la pared y lanzarse luego hacia ella desde tres lados.

Haría todo el daño que pudiera antes de caer, se dijo.

¿La perdonaría Dios por la vida que había llevado?, se preguntó vagamente.

¿Existía Dios? ¿Dónde estaba cuando su familia fue asesinada?

Pero cuando el hombre calvo caminaba hacia ella tranquilamente, con una sonrisa, se quedó pasmada al oír el disparo de una pistola.

Y, de pronto, el hombre calvo ya no caminaba hacia ella. Su ojo bueno se agrandó y luego le brotó sangre del pecho, como lágrimas rojas, pues la lluvia arreciaba y se mezclaba con la sangre.

Los que se aproximaban a ella desde los lados se detuvieron mientras la noche cobraba vida, llena de gritos y pisadas estruendosas. Brendan estaba allí, y también Hagar, y Patapalo... y su prisionero.

Los demás asaltantes se desprendieron por fin de las sábanas y los heridos se levantaron tambaleándose, ansiosos por salvar la vida. Bobbie se quedó sola junto a la pared mientras sus asaltantes y su tripulación trababan batalla. Un hombre intentó huir, pero Patapalo no era hombre dado a la clemencia. Salió tras el cobarde y el combate que siguió fue rápido. Un momento después, el presunto asesino de Bobbie cayó muerto en medio del charco de sangre que brotaba de su garganta.

Y entonces su tripulación se quedó quieta en el callejón oscuro, mirando en derredor, buscando nuevos adversarios.

Pero no quedaba ninguno. Todos estaban en el suelo, inmóviles.

—¡Rojo! —gritó Brendan, y corrió hacia ella. Bobbie advirtió que dentro de él se libraba una batalla feroz. Brendan intentaba no tenderle los brazos, a pesar de que deseaba estrecharla, lleno de alivio.

—Estoy bien, amigos míos, y os doy mis más sentidas gracias —dijo cuando Patapalo le dio una palmada en el hombro.

—Lo siento —dijo él rápidamente, dándose cuenta de que la palmada había sido muy fuerte—. Pero os estabais defendiendo bien, capitán.

—Muy bien —dijo Logan Haggerty. Ella lo miró y vio desprecio en sus ojos. Habría muerto si ellos no hubieran llegado, por muy bien que hubiera luchado. Y él... era un prisionero. Pero había acudido con los demás, y había luchado bien y... ¿lealmente?

—Capitán, ¿qué demonios...? —preguntó Hagar, sacudiendo la cabeza e interrumpiendo sus pensamientos.

—Esperemos que quede alguno vivo que pueda decírnoslo —dijo ella, y se dio cuenta de que estaba temblando. Qué raro. Nunca había temido la muerte, aunque odiaba la idea de morir antes de conseguir su objetivo. Pero ahora...

Ahora, de pronto, sabía cuánto ansiaba vivir. Y no por vengarse. Quería ver el sol otra vez, saborear la lluvia, sentir las olas bajo ella, zambullirse en el mar cálido, leer más libros...

Sentir una caricia humana suave y tierna...

Borrar esa mirada de desprecio de la cara de Logan Haggerty.

Apretó los dientes y se forzó a dejar de temblar. No había llegado tan lejos para acobardarse ante la mirada de un hombre que la tomaba injustamente por tonta.

—Encontrad a alguno vivo —ordenó enérgicamente.

Mientras sus hombres se movían por el callejón, inspeccionando a los hombres caídos en busca de señales de vida, empezaron a abrirse ventanas por encima de ellos. Volvieron a brillar luces de lámparas que hicieron refulgir misteriosamente la neblina.

—Muerto —dijo Logan, dándole la vuelta a un hombre.

—Éste también —dijo Patapalo.

—Éste no —anunció Logan mientras ponía a uno en pie.

El superviviente era muy flaco y vestía sólo camisa, calzas, botas gastadas y un cinturón para la espada que apenas se le ceñía a las estrechas caderas. Su espada seguía envainada. No tenía ni un solo rasguño.

—Por favor —gimió—, yo no he hecho daño a nadie. Estaba... estaba atrapado. Me enredé en las sábanas.

—Querrás decir que estabas haciéndote el muerto —dijo Logan con aspereza.

—Yo... yo...

—¿Quién os ha enviado? —preguntó Bobbie.

—Yo... eh... ese tipo. Ese calvo de ahí. Nos pagó a todos. Fue a buscarnos a la taberna de Hattie y nos pagó para que fuéramos con él al callejón. Eso es todo —cayó de rodillas y juntó las manos en gesto de súplica—. Yo sólo quería emborracharme, lo juro, y el dinero... como ven, no soy un hombre próspero.

Bobbie se dispuso a darse la vuelta, asqueada.

—No, pero eres un mentiroso —dijo Logan agarrando al hombre por el cuello de la camisa y obligándolo de nuevo a ponerse en pie—. ¿Quién pagó al calvo?

—¡No lo sé! —gritó el hombre flaco.

—Sí lo sabes —afirmó Logan tajantemente.

—¡Me matará! —imploró su cautivo.

—Está muerto —contestó Brendan.

—No, el calvo no...

—Está bien —dijo Bobbie—. Yo sé quién lo mandó.

Los ojos del cautivo parecieron a punto de salirse de sus órbitas.

—Yo no os lo he dicho. ¡No os lo he dicho!

—Él podría matarte. Pero yo voy a hacerlo de veras —dijo Logan con voz baja y amenazadora.

Bobbie sacudió la cabeza.

—No os molestéis. Fue Blair Colm.

Logan la miró bruscamente, y Bobbie no logró adivinar qué estaba pensando mientras la observaba. El tiempo pareció detenerse un instante.

—¡Oh, Dios! —exclamó el hombre flaco, quedando inerte.

—¿Está aquí? ¿Anda por aquí cerca? —preguntó Bobbie.

El hombre volvió a derrumbarse, pero Logan lo obligó a levantarse.

—Contesta al capitán —dijo.

El hombre se limitó a sacudir la cabeza, gimiendo.

—Contesta —insistió Logan amenazadoramente.

—Yo... yo... no. Se ha ido hacia el norte. Se dirige a las Carolinas —los miró al fin—. No es... no es un pirata, ¿saben? Lo reciben en las mesas elegantes. Es libre de navegar por donde quiera y... de matar y saquear a su antojo. Porque lo hace para el gobierno y la Corona, y es... —sacudió la cabeza. Ya no confiaba en esconderles nada. Tal vez ni siquiera confiaba en sobrevivir—. Nunca he conocido a un hombre tan brutal y cruel. Es invencible, así que más vale que me maten ahora. Sólo puedo rezar para que lo hagan piadosamente.

—¿Cómo sabrá que te pagó el calvo? —preguntó Bobbie.

—Lo sabrá —murmuró el hombre, aterrorizado—. La gente habla. Siempre hay rumores. Mañana ya estarán hablando de la pelea de esta noche.

—¿Cómo te contrató? ¿Estuvo aquí hace poco? —preguntó Brendan.

—No... hace meses, pagó al calvo. A Joe el tuerto. Eso es lo que oí decir. Y prometió una gran recompensa. Es lo único que sé. Lo juro.

—¿Pelea? —bufó Logan—. Una ejecución premeditada, más bien.

—Todo el mundo sabía que Robert el Rojo no caería sin llevar a unos cuantos hombres por delante —dijo el hombre quejosamente—. Por eso éramos tantos. Esta isla es el infierno, amigos, y en el infierno la gente siempre habla, y no hay donde escapar.

Hagar miró a Bobbie.

—No podemos llevarlo con nosotros. Es un cobarde.

—¡Me enredé entre las sábanas! —gimió el otro.

—No podemos fiarnos de él —dijo Patapalo.

—Tenemos que matarlo —dijo Hagar.

El hombre comenzó a sollozar suavemente otra vez.

—Oh, cállate ya —le espetó Brendan.

Una puerta se abrió allí cerca. La gente empezaba a salir.

—Recoged las armas que sirvan —dijo Bobbie en voz baja, y Patapalo y Hagar se apresuraron a obedecer, antes de que los cobardes que se habían escondido en sus habitaciones bajaran a saquear a los muertos como buitres.

Bobbie se volvió. Un hombre estaba intentando quitarle la bota a un muerto.

—No tengo zapatos —dijo él con sencillez.

Bobbie asintió con la cabeza.

—Recoged lo que necesitéis... menos las armas. Las armas son nuestras. Y ocupaos de los muertos.

Comenzó a alejarse lentamente.

—¿Qué hacemos con él? —gritó Brendan tras ella.

Bobbie se volvió. No sabía qué decir. No podía ordenar que lo mataran. El marinero tenía razón; de todos modos, seguramente era hombre muerto. Tampoco era de fiar. Pero, en todo caso, no podía hacerles daño.

Antes de que pudiera abrir la boca, el hombre gritó:

—¡Esperad! Sé cocinar. Soy un buen cocinero. En el mar la comida es muy mala, pero yo sé mantener la carne fresca más tiempo que nadie, sé mezclar grog y además conozco una receta que evita el escorbuto.

—Cualquiera sabe hacer grog —dijo Hagar—. Ron, agua y limón.

—Pero yo sé hacerlo con la mezcla justa. Que no esté aguado y que sepa dulce y bueno para beber. Y también sé de especias y hierbas. Llevadme como cocinero. Por favor —suplicó.

—Se esconderá cuando haya pelea —advirtió Hagar.

—Pues que se esconda junto a los cañones, entonces —dijo Bobbie—. ¿Sabes cebar y cargar un cañón?

—Sí.

—¿Cómo te llamas?

—O'Hara, Jimmy O'Hara. Antes era irlandés, pero no orangista; eso jamás. Ahora no tengo país.

Ella bajó los ojos un momento. Habían pasado años, y aquél era un mundo distinto...

—Se viene con nosotros —dijo.

Cuando echó a andar rápidamente hacia el muelle, decidida a tomar el bote de regreso al barco, encontró a Brendan a un lado. Y a Logan Haggerty al otro.

Hagar y Patapalo los siguieron, con Jimmy O'Hara en el medio.

El callejón había cobrado vida de pronto, a pesar de que la lluvia caía más fuerte. Todos los que se habían ocultado en sus casas estaban en la calle.

Las monedas, las baratijas, las pipas y el tabaco que llevaran los muertos en los bolsillos desaparecerían. La ropa y las botas, si no estaban inservibles, correrían la misma suerte. Bobbie esperaba que al menos enterraran los cuerpos.

Era probable que así fuera, se dijo. Los vecinos no querrían convivir con el olor cuando saliera el sol por la mañana y empezara a extenderse el olor de la putrefacción.

—¿Adónde vas? —preguntó Brendan en voz baja—. Creía que habías alquilado habitaciones.

—Los hombres pueden disfrutar de su permiso, como les prometí. Yo vuelvo al barco. Mañana cargaremos las provisiones. Luego pondremos rumbo al norte.

—¿Y qué hay de O'Hara? —preguntó Brendan.

Ella se encogió de hombros.

—Veremos si sabe cocinar.

—Pero intentó matarte —le recordó Brendan.

—No. Acompañó a los otros porque necesitaba dinero.

—¿Y si se propone envenenarnos a todos? —preguntó Brendan sin alzar la voz.

Ella sonrió.

—Bueno, tenemos a lord Haggerty, ¿no?

—El catador del barco —dijo Logan sin mirarla.

—Capitán... —comenzó a decir Brendan.

—No te preocupes. No creo que intente envenenarnos. Ni tampoco lo cree nuestro buen capitán —dijo Logan, y miró a Bobbie al fin—. Me muero por complaceros.

Ella se quedó mirando un rato. Le gustaba aquel hombre, y odiaba que le gustara. Honor de pirata, ¡ja! Logan tenía su propio código. Podía haber escapado esa noche. Pero había luchado por ella, y había luchado bien.

—Con rescate o sin él, dejaremos a laird Haggerty en las Carolinas —dijo.

Él seguía mirándola.

—Os habéis ganado la libertad —añadió ella con sencillez.

Logan sonrió despacio.

—¿De veras? —preguntó en voz baja—. Quizás haya jugado a esto esta noche porque sabía que perderían los del otro bando.

—No te habríamos encontrado sin él —dijo Brendan—. Amenazó a Sonya y luego a un borracho para averiguar por dónde te habías ido. Y ha sido él quien ha matado al cabecilla.

—Podríais haber fallado... y haberme matado a mí —dijo Bobbie.

—Yo nunca fallo —le aseguró él.

—Lástima que no sea un pirata, ¿eh? —dijo Brendan, y se interpuso entre los dos, pasando un brazo por los hombros de ambos.

—Sí, una lástima —masculló ella con sorna.

Y también era una lástima que lo fuera ella.

Aunque mejor eso que sus otras opciones, se dijo, y luego deseó no haber puesto nunca los ojos en laird Logan Haggerty y su barco.

Sentado en cubierta, Logan arrojaba ociosamente trozos de pescado seco a uno de los gatos del barco, un gato atigrado al que había tomado cariño. Lo llamaban Rata porque mantenía la bodega limpia de los roedores que, si no, habrían hecho estragos en las provisiones. Rata tenía un harén de gatas que lo ayudaban en su trabajo. Era un animal enorme que nunca se asustaba, y casi todos los marineros procuraban esquivarlo. Pero Rata sentía debilidad por el capitán y ronroneaba cuando lo tomaba en brazos. Era tan leal a Robert el Rojo como un buen lebrel.

Igual que todos sus hombres.

Tanto los que parecían proceder de una vida más refinada, como los que parecían haber nacido en la miseria.

Patapalo estaba en el camarote del capitán. Logan acababa de terminar de reparar un desgarrón de la vela mayor y estaba a punto de embrear una raja en la bodega, pero hasta los prisioneros podían descansar un rato para comer.

Sobre todo, los prisioneros a los que se había ofrecido pasar un día en tierra y habían preferido volver. De hecho, Logan, que sentía gran aprecio por su salud, se había resistido a los agasajos de Sonya y sus compañeras, y había regresado de buen grado al barco. Estaban cargando las provisiones, y tenía que reconocer que su nuevo cocinero, Jimmy O'Hara, parecía saber cómo comprar sal y almacenar la carne y el resto de las viandas. Logan había probado su grog, y estaba muy bueno, y hasta lo dejaba a uno despejado. Un hombre así podía ser de gran valía, pues Logan había oído decir que los piratas solían atacar para conseguir provisiones, mucho más que para hacerse con oro. Los piratas no podían atracar en los puertos. La carne se estropeaba enseguida. Y los gorgojos hacían polvo el trigo, el pan y el arroz.

Un cocinero que supiera preservar la comida era tan valioso a bordo de un barco como un carpintero.

Jimmy había montado una parrilla en la cubierta en la que había preparado filetes de pescado fresco para la tripulación. No había mentido al decir que tenía buena mano para los condimentos. El pescado fresco y el arroz rancio se habían convertido en una comida digna de un rey. Y si había algún gorgojo en el arroz, había quedado enmascarado por el perejil y el azafrán que había comprado el cocinero.

Logan se había sentido ridículamente contento y satisfecho al sentarse a jugar con el gato y a descansar un poco. Pero ahora el sopor había desaparecido. Estaba alerta, con los sentidos aguzados, mientras oía al capitán discutir sus planes con Patapalo.

—Le perderemos la pista —decía el capitán.

—Ya os lo he dicho, capitán, nos iremos a pique si no paramos para mantener el barco a flote —dijo Patapalo.

Hubo un silencio.

—Deberíais haberos quedado con el barco de laird Haggerty —dijo Patapalo con un suspiro.

—No. Este barco es mejor, y está mejor armado. Ya era un barco pirata.

—El barco de Luke el Negro —masculló Patapalo.

—El barco de Luke el Negro —repuso el capitán—. Es veloz y tiene cañones. Puede esconderse, puede superar casi a cualquier barco, y puede aventurarse en bajíos en los que muchos otros barcos no tendrían nada que hacer. No, es nuestro barco.

—Entonces tenemos que mantenerlo en buen estado —insistió Patapalo.

Hubo otro silencio.

La pesadumbre del capitán casi se palpaba cuando dijo:

—Como quieras. Pero ahora que acabamos de cargar...

—Puedo apuntalar la carga cuando atraquemos —le aseguró Patapalo—. No olvidéis de lo que me salvasteis, capitán, ni olvidéis que por vos estaría dispuesto a morir, y hasta a dar mi pierna buena, si hiciera falta.

—Lo sé, amigo mío, lo sé —dijo el capitán suavemente.

—Porque no tienes ni un pelo de tonta, muchacha —dijo Patapalo.

¿Muchacha?

¿Acaso sabía toda la tripulación que navegaban a las órdenes de una mujer? Qué extraño. La mayoría de los piratas creían que traía mala suerte llevar a bordo a una mujer. Sí, algunas se habían colado aquí y allá; mujeres que buscaban algo que no podían encontrar en la vida reglamentada a la que, por su sexo, estaban condenadas en tierra, pero casi siempre, cuando las descubrían, eran mal recibidas.

Pero Logan nunca había oído hablar de un caso así.

Aquello era...

Robert el Rojo.

Logan dio un respingo. Había creído que, aunque no estuviera locamente enamorado de ella, quería a Cassandra. La quería, sí. Desde luego que sí. En ella todo era amable. Era bonita, bondadosa, paciente, y tenía un carácter que, pese a ser suave y tierno, era también vivaz y divertido. Logan disfrutaba de su compañía. Cassandra encajaba tan bien en la vida que anhelaba para sí mismo...

Y, en ese momento, Logan no lograba recordar su cara.

Aquello era una locura. No se había dejado seducir por ninguna otra mujer, por supuesto; y menos aún por una mujer con el alma endurecida que fingía ser un pirata. No, aquello no era una farsa. Robert el Rojo era un pirata. Logan la había visto dar órdenes a su tripulación. Había luchado con ella. Sabía que podía ser dura, incluso cruel.

Pero también había visto sus ojos.

Había visto el dolor que traspasaba su armadura. ¿Qué lo había causado?

¿Y qué demonios le importaba a él?

Él había cumplido su palabra, igual que ella la suya. Iban a dejarlo libre. Ella seguiría representando su farsa hasta el día que la mataran. Y para entonces él sería libre. Con un poco de suerte, quizás incluso fuera rico. Y estaría listo para casarse. Para regresar a Escocia y recuperar el hogar de su familia...

Pero ¿quería aún esa vida?

Sí. Se lo debía a aquéllos cuya sangre había sido derramada por ello. Aunque ahora la posibilidad de reclamar sus derechos no fuera acompañada de armas, batallas y trompetas, sino que la hubiera propiciado un simple acto de unión, forjado porque la reina legítima de Escocia era al mismo tiempo la reina legítima de Inglaterra, y el parlamento había dado su acuerdo.

Sus músculos se tensaron, como le sucedía a menudo cuando se permitía pensar en el pasado. Entendía el odio. Curiosamente, el hombre al que el capitán Robert y él tanto despreciaban no lo entendería.

Blair Colm no tenía alma. Vivía para sus placeres egoístas, para el dinero, para el poder y la opulencia. Tenía el corazón de hielo, y no le importaba matar a niños, a mujeres, a enfermos, a débiles o ancianos.

Disfrutaba con el dolor ajeno. Y a pesar de ello era cierto que podía pasearse libremente por las colonias. Si alguien le clavaba un cuchillo en el cuello en las calles de Richmond o Charleston, sería colgado por asesinato. Logan pensaba en eso a menudo, temiendo no poder refrenarse; atacar a aquel hombre y matarlo con sus propias manos.

Y acabar luego en la horca.

Claro que quizá no fuera tan difícil de creer. En su propio país, todavía se quemaba a mujeres por brujas y se ahorcaba a hombres por robar una hogaza de pan o unas pocas monedas. Cuando la Revolución gloriosa había elevado a Guillermo de Orange al trono de Inglaterra, en las colonias de América del norte aún se ahorcaba a brujas. Aquél era un mundo cruel. Tal vez no fuera de extrañar que un monstruo como Blair Colm pudiera pasearse libremente por las calles.

O que los piratas tuvieran un sentido del honor más acusado que algunos hombres presuntamente honrados.

Logan se preguntó por qué de pronto lo veía todo tan claro.

Estaban aún anclados frente a New Providence. La tormenta que había estallado la víspera se había disipado. La llovizna se había convertido en chaparrón durante la madrugada, pero ahora el cielo era de un azul cristalino y hermoso, y el mar estaba dulcemente en calma.

La brisa era suave, como un beso tierno en la mejilla.

Y todo lo que él creía saber del mundo había cambiado.

No se había dejado seducir, pero estaba intrigado. O quizás obsesionado.

No, se dijo. No era eso. Era sólo curiosidad por saber qué había llevado a aquella mujer a tales extremos.

—La curiosidad mató al gato, o eso dicen —le susurró a Rata. El gato se había mostrado extremadamente cauteloso con él al principio. Hostil, en realidad. Pero Logan se había esforzado por ganarse su simpatía.

¿Por qué?

¿Porque el capitán se había encariñado con el gato?

La puerta del camarote se estaba abriendo. Patapalo salió y lo vio allí. Los ojos parecieron salírsele de las órbitas y Logan comprendió que temía que hubiera oído su conversación con el capitán.

Logan se puso un dedo sobre los labios.

Patapalo frunció el ceño y cerró rápidamente la puerta a su espalda.

—¿Qué haces aquí, hombre? —preguntó, pero como susurraba por miedo a que el capitán lo oyera, su reprimenda salió con poca fuerza.

—Descansar —contestó Logan, y sonrió.

Patapalo lo señaló sacudiendo un dedo.

—No habrás... no habrás oído... —se detuvo y dejó escapar un suspiro malhumorado—. ¿Qué has oído?

—Nada que no supiera ya —dijo Logan en voz baja.
Patapalo soltó una maldición.
—No pasa nada —le aseguró Logan.
—¡Claro que pasa!
—¿Ah, sí?
—Ahora tenemos que matarte, y a todos nos caes bien, laird Haggerty.

Logan no pudo menos que echarse a reír. No iban a matarlo.

Ella no lo permitiría. Ni siquiera había podido condenar a un hombre al que habían pagado para matarla a ella.

—Basta —le imploró Patapalo, todavía susurrando.

Logan se puso serio. El hombre estaba sinceramente preocupado.

—No se lo diré a nadie. Lo juro por mi alma, por mi honor y ante Dios —dijo.

Patapalo se echó hacia atrás y relajó los puños cerrados.

—¿Lo sabe toda la tripulación? —preguntó Logan.

Patapalo vaciló; luego asintió con la cabeza.

—Tú no lo entiendes...

—Pero me gustaría entenderlo.

Patapalo miró a su alrededor. Los hombres que había a la vista estaban ocupados en sus quehaceres. Sam el Silencioso estaba dándole una mano de barniz al palo mayor, mientras otros dos marineros reparaban la barandilla de babor. En la cofa, un hombre lijaba la madera, preparándola para una nueva capa de pintura.

—Vamos —dijo Patapalo.

Logan enarcó una ceja.

—Te contaré la historia de Robert el Rojo.

CAPÍTULO 5

Patapalo se había ido hacía unos minutos y Bobbie seguía aún mirando fijamente la puerta, exasperada.

Estaba segura de que si partían enseguida, a todo trapo...

Pero sabía que había retrasado las labores necesarias de carenado del barco porque durante mucho tiempo había estado convencida de que su presa estaba a su alcance, siempre sólo un poco más allá del horizonte. Era casi como si él supiera dónde estaba y procurara ir siempre un paso por delante de ella.

Bobbie arrugó el ceño, dando golpecitos con la pluma sobre el escritorio. Era una lástima que Barbanegra no se uniera a ella, pero entendía que tuviera sus propios planes, y que esos planes consistieran en enriquecer a Edward Teach. Tenía que contentarse con que fuera su amigo.

Llamaron a la puerta. Bobbie tocó instintivamente su sombrero, que mantenía pegada a su cabeza la peluca oscura que llevaba puesta. Pero cuando dio permiso para entrar a quien había llamado, sólo era Brendan.

—Están llegando los botes con las provisiones —le dijo él.

—Bien. ¿Tienes la lista de la carga?

—Sí.

Le dio la hoja. Bobbie volvió a sonreír, pensando en Teach. Su amigo le había dado oro en cantidad. Y ella había comprado un montón de provisiones. Mientras revisaba la hoja, vio que se había comprado todo lo que había pedido, hasta el jabón perfumado. Un lujo que no podía permitirse con un prisionero a bordo, pero...

Había jurado liberarlo. Y lo haría.

Cuanto antes mejor, se dijo. Lo sentía observándola demasiado a menudo. Y temía que viera con demasiada claridad. Le irritaba, además, que siguiera demostrando ser un hombre admirable.

Brendan carraspeó.

—¿Qué?

—Ha llegado una carta para ti a la taberna.

—¿Ah, sí? —dijo ella, mirando a su primo, que parecía haberla leído ya.

—Es una oferta de rescate.

El corazón de Bobbie dio un vuelco. Era un capitán pirata. Había pedido un rescate por laird Haggerty, y sus hombres se habían encargado de que la carta llegara a New Providence. Seguramente cartas parecidas habían llegado a Jamaica y a otros puertos semejantes.

Leyó la misiva rápidamente.

Al capitán pirata conocido como Robert el Rojo.
Estimado señor:
Se nos ha hecho saber que sois un hombre que cumple su palabra. Dado que tenéis en vuestro poder a alguien más preciado a nuestros corazones que el oro, confiamos en que esté sano y salvo y se encuentre bien de salud. Estamos dispuestos a ofrecer el precio que pidáis por el regreso de laird Logan Haggerty. Como éste no es asunto que deba tratarse por los medios habi-

tuales, servíos contestar a través de los mismos cauces por los que recibáis esta misiva.

Atentamente,

El honorable lord Horatio Bethany y, en caso de que enfermara, muriera o quedara incapacitado, con iguales garantías, lady Cassandra Bethany.

Bobbie no se dio cuenta de que había crispado los dedos sobre la página hasta que Brendan le dijo suavemente:

—Vas a romperla.

—Contestaré enseguida, diciéndoles que no son necesarias más cartas y que el bueno del capitán será liberado en el próximo puerto en el que atraquemos.

—¿Y el rescate?

Ella intentó encogerse de hombros con indiferencia.

—No nos deben nada. Él ha demostrado su valor.

—Pero te ofrecen un rescate.

—Brendan...

—Los hombres pensarán que te has ablandado.

—Los hombres se acordarán de cuántas veces les he salvado la vida.

—Bobbie, afrontémoslo. Nosotros no nos dedicamos en realidad a asaltar barcos y apoderarnos de tesoros, pero aun así tienes una reputación que mantener.

—Pues que mi reputación sea que respeto a los hombres con honor. Piratas o no.

Brendan hizo girar los ojos.

—Sabía que el capitán debería haber sido yo —ella lo miró enarcando una ceja.

—Está bien, primo, reconozco que me salvaste la vida. Pero tú tienes que admitir que me iba bastante bien, gracias a Lygia.

Él se encogió de hombros.

—Escribe tu carta, entonces, para que podamos mandarla.

Brendan cerró la puerta al salir del camarote. El camarote que en otro tiempo había sido de Luke el Negro.

Pero, cuando su primo se marchó, Bobbie no pensó en Luke el Negro. Miró la carta y sus dedos temblaron. Aquella carta estaba escrita con amor. Logan Haggerty tenía un hogar, un puerto seguro, un lugar donde era querido y admirado. A él nunca lo ahorcarían.

Tenía...

A Cassandra.

Por supuesto que sí. A ningún hombre con su físico le faltaba una novia.

Llena de impaciencia, Bobbie mojó la pluma en el tintero y comenzó a escribir. Haría lo que había prometido, lo que debía hacer.

Pero le dolía. Y estaba enfadada consigo misma por eso, porque era realista y conocía las amargas verdades de la vida.

Aun así, no podía evitar hacerse preguntas. ¿Correspondía él a su sin duda adorable Cassandra? ¿Soñaba con ella por las noches, y la tocaba y la abrazaba tiernamente en sueños?

¿Cómo sería conocer esa ternura? ¿Vivir aunque sólo fuera con un dulce susurro de pasión... de amor?

El suyo era un mundo que ella nunca conocería. Debía escribir la carta. Sacar a aquel hombre de su barco. Recordar su empeño...

—El mar es una amante hosca y cruel, eso todos lo sabemos, muchacho —dijo Patapalo, mirando por encima de la proa.

Era cierto, pensó Logan. Él conocía el mar, sabía que podía ser duro, frío y traicionero. Pero en aquel momento no podría haber sido más hermoso. De lejos, Nassau, New Providence, parecían incluso lugares encantadores, con sus casuchas de colores junto a la orilla y los altibajos del paisaje más allá.

—Y no sólo el mar, sino también los hombres que lo surcan —añadió Patapalo.

Logan se volvió, cruzó los brazos, se apoyó en la barandilla y lo miró fijamente.

—¿Los hombres? —preguntó cortésmente. A fin de cuentas, estaban hablando del capitán Robert el Rojo.

Patapalo pareció inquieto.

—¿Y la historia que ibas a contarme? —preguntó Logan—. ¿Por qué se convirtió el capitán en un pirata?

Patapalo exhaló un profundo suspiro. Miró hacia el camarote del capitán, temiendo haberlo delatado. Tenía una mirada triste y protectora; admiraba profundamente a su capitán.

—Te he dicho que ya sabía que el capitán era una mujer. Es mucho más probable que me acuerde de guardar el secreto si lo entiendo de veras —le dijo Logan.

Siguió otro suspiro.

—¿Patapalo?

Patapalo miró a lo lejos como si estuviera viendo otro tiempo y otro lugar.

—Yo en aquella época trabajaba en un mercante. El barco lo había alquilado una tal lady Ellen Fotherington. ¿Te suena el nombre? —le preguntó Patapalo.

Sorprendido, Logan vaciló.

—Sí, era una vieja mala y flaca como una escoba —reconoció al fin—. Su marido era un buen hombre. Coincidí más de una vez con él en una taberna del puerto de Charleston. Pero murió cuando yo era joven, y a ella sólo la vi una o dos veces. Murió el año pasado, según tengo entendido.

Patapalo sacudió un dedo, mirándolo.

—A lo mejor es cierto que sólo los buenos mueren jóvenes, porque ésa no era una buena mujer y, por desgracia, murió vieja.

—Ahora ya está muerta —contestó Logan pragmáticamente.

—Bueno, es una larga historia, pero, dicho en pocas palabras, el caso es que esa mujer tenía derechos sobre el futuro de cierta joven. Nuestro capitán. Por muy rica y poderosa que fuera esa condenada lady Fotherington, siempre quería más. Era una arpía, desde luego, y me alegra que la conozcas, porque de otro modo quizá no pudiera explicarme como es debido.

Logan sabía que lady Fotherington tenía por costumbre tomar sirvientes contratados, a pesar de que poseía esclavos. Pero también sabía cómo convertir a sus empleados en esclavos, inventando deudas que debían pagar, o acusándolos de algún delito. Logan lo había visto a menudo. En efecto, si no se hubiera encontrado, por casualidad y buena fortuna, en casa de un hombre como el señor George Delaney, él mismo habría corrido una suerte parecida al alcanzar la mayoría de edad. Al llegar a las colonias estaba amargado y resentido, y se revolvía como un gato salvaje. Sólo la bondad de Delaney había cambiado el curso de su vida.

—El capitán estaba preso en aquel mercante, a cuyo mando iba un individuo llamado Nimsby. Nimsby era un hombre malvado y mezquino —continuó Patapalo—. Era duro con la tripulación, y se apresuraba a azotar a cualquiera que cometiera una infracción. Nunca viajaba con hombres suficientes... ni con suficientes cañones. Se sabía que transportaba carga humana desde África, y que dejaba poco espacio para nada que no le diera dinero. Yo estaba bajo sus órdenes porque me habían echado de otro barco y o me enrolaba con el capitán Nimsby o... en fin, o me arriesgaba a que me juzgaran y a acabar en la horca. En las colonias no he visto muchos juicios que acabaran bien. En ese viaje en particular, Nimsby llevaba melaza y otras cosas de comer a Inglaterra antes de seguir hacia el sur, rumbo a África, y luego al este, hasta el Caribe y Charleston, su ruta de costumbre. Lady Fotherington le había dado una bonita suma por llevar a Francia cierta carga: o sea, la mujer a la que ahora se conoce por Robert el Rojo. Fue al zarpar de Charleston, nada más salir del puerto, cuando nos asaltaron.

—¿Piratas? —preguntó Logan.

—Piratas conducidos por una bestia —le aseguró Patapalo.

—¿Una tripulación capitaneada por Luke el Negro?

Patapalo asintió, muy serio.

—El mismo. Yo había visto a Bobbie, claro, pero muy poco. La habían llevado a bordo dos gorilas que la metieron en el camarote del capitán, y allí seguía, encerrada bajo llave.

—¿Ese tal Nimsby la... agredió de algún modo? —preguntó Logan, furioso ante la idea.

—Oh, no. A Nimsby le gustaba demasiado el dinero para ir en contra de los deseos de lady Fotherington. Bobbie estaba destinada a un anciano conde francés.

—¿A cuál? —inquirió Logan con curiosidad.

—Al *comte* de Veille.

Logan hizo una mueca. Aquel individuo acababa de fallecer a los ochenta y tantos años. Había tenido varias esposas, docenas de amantes y, según se decía, cientos de prostitutas. Se rumoreaba que estaba tan lleno de pústulas que apenas se le reconocía, que no podía andar y que padecía la demencia propia de los últimos estadios de la sífilis.

—¿Era ella de su familia? ¿Una sobrina, quizá?

—No. La vendieron. Estaba destinada a la cama del conde de Veille —dijo Patapalo, horrorizado.

Logan se estremeció, dando gracias a Dios por que Bobbie hubiera escapado a semejante destino.

—Continúa. ¿Cómo se convirtió la... querida de un francés, encerrada en un camarote, en el pirata Robert el Rojo?

—Por desesperación —contestó Patapalo—. Y por amor —añadió con tristeza.

—¿Estaba enamorada? —preguntó Logan frunciendo el ceño.

—El joven Brendan es su primo. Seguramente te habrás dado cuenta de que son parientes —dijo Patapalo.

Logan asintió.

—No estaría... enamorada de su primo, ¿verdad?

Patapalo le lanzó una mirada de indignación que lo avergonzó.

—Se criaron juntos y los dos trabajaban en casa de lady Fotherington. A él lo mandaron al mercante a trabajar como mozo de carga, pero era un muchacho despierto y capaz, y algunos miembros de la tripulación le tomaron cariño. Era un buen espadachín. Decía que había en las colonias un criado al que le gustaba enseñar a los chiquillos el arte de la esgrima cuando la vieja arpía estaba ocupada en otras cosas. Verás, la bruja tenía una hija, Lygia. Y era la bondad personificada. Cuando la madre no estaba en casa, Lygia se encargaba de que todos los niños recibieran alguna golosina, tanto los esclavos como los sirvientes. Le encantaba la esgrima, leer y esas cosas, así que... el joven Brendan sabía manejar una espada.

—¿Y luego...?

—Luego las cosas empeoraron —le aseguró Patapalo.

—Sigue, te lo ruego.

Patapalo suspiró.

—Luke el Negro nos asaltó. Nimsby pensaba que no tenía nada que temer, porque era buen amigo de un hombre llamado Blair Colm. Él...

—Conozco ese nombre —lo interrumpió Logan en tono cortante—. Y no sólo porque mandó a esos hombres a matar al capitán.

—Entonces sabrás que suele viajar con muchos cañones y que todos los piratas que se han aventurado a atacarlo han acabado en el fondo del mar, o sin cabeza. Nimsby se había salvado otras veces gracias a que era amigo suyo, pero esta vez se había cruzado en el camino de Luke el Negro. Luke el Negro era un pirata de piratas. No le importaba a quién conociera Nimsby, ni pensaba hundir el mercante. Quería apoderarse del barco y de todos los que iban a bordo —Patapalo respiró hondo, y luego prosiguió—: Cuando empezó el jaleo, Nimsby se asustó. Yo abrí el camarote principal y avisé a la chica de que nos estaba atacando un pirata y de que debía andarse con ojo. Nimsby murió casi inmediatamente, cuando un cañonazo derribó el palo de mesana. Luego, Luke el Negro nos abordó, y tuvimos que luchar por nuestras vidas. El joven Brendan luchaba tan bien que tuvieron que acorralarlo varios rufianes del barco pirata, y luego Luke el Negro en persona. Aquello tenía muy mala pinta, te lo aseguro. Y entonces, de pronto, ella salió hecha una furia del camarote del capitán, blandiendo el florete como una loca. Ocurrió todo muy deprisa. Se armó un gran revuelo y luego, de repente, Luke el Negro estaba muerto. Se había dado la vuelta bramando que iba a aplastar un piojo, creyendo que Bobbie, que se había disfrazado, era un hombre. Pero la subestimó. Ella le lanzó una estocada antes de que acabara de hablar.

»A eso me refería cuando hablaba de amor. Aquel bellaco estuvo a punto de matar a su primo, y fue eso lo que le dio las fuerzas que necesitaba. Creo que estaba tan pasmada como todos los demás. Nos quedamos todos quietos. Cuando miramos a nuestro alrededor, había muchos muertos y el barco estaba hundiéndose. Sin Luke el Negro, los piratas intentaban volver a su barco, pero no quedaban suficientes para gobernarlo. De pronto, la chica que había estado encerrada en el camarote del capitán y había salido de él como la ira de Dios empezó a gritar órdenes. Los piratas que no estaban muertos creyeron que Luke el Negro había muerto a manos de otro pirata que estaba preso en el camarote del capitán, y montaron en los botes del mercante para llegar a la costa, si podían. Y Bobbie se hizo cargo de este barco, como ahora. Los que sobrevivimos de la tripulación... Sam el Silencioso, yo mismo y unos pocos más... en fin, juramos honrarla, y lo mismo hizo Hagar, al que lady Fotherington había mandado para atenderles a ella y a Brendan. Habíamos servido a ese desgraciado de Nimsby y habíamos estado a punto de morir porque no llevaba suficientes armas. Fue... fácil servirla a ella. Y guardar su secreto.

—Entonces... ¿ninguno se dedicaba a la piratería antes de eso?

—El tonelero y el carpintero del barco eran de la tripulación de Luke el Negro. Pero los dos se alegraron de dejar de servir a Luke, y demostraron ser de fiar. Así que... empezamos a recorrer los mares. Nos hicimos una bonita bandera y todos juramos cumplir la ley del filibustero, según la estableció hace años Bartholomew Roberts. No hemos tenido que luchar tan a menudo como puedes creer. Normalmente, la gente se rinde a un barco pirata con sorprendente rapidez.

»No debes delatarla nunca, laird Haggerty. Nunca. Tendría que matarte —le aseguró Patapalo, y añadió en voz baja—: O morir intentándolo, al menos.

—Jamás la delataría.

—¿Ni siquiera cuando paguen tu rescate?

—Jamás. Lo juro —dijo Logan.

—Gracias a Dios —repuso Patapalo, y se rascó la cabeza—. No estoy muy seguro de que pudiera matarte. Tienes muy buena mano para la espada. Y nunca has sido un pirata, ¿no?

—Puede que todos seamos piratas en cierto sentido, Patapalo, puesto que andamos buscando algo que no tenemos.

—Pero ¿qué tiene que ver un señor como tú con los piratas?

—Buena pregunta. Yo podría hacer una parecida. No creo que nuestro capitán sea una arpía avariciosa que surque los mares en busca de riquezas —dijo Logan.

Patapalo se encogió de hombros, dándose la vuelta.

—¿Qué tiene contra Blair Colm? —preguntó Logan.

Patapalo se volvió.

—Ésa es una historia que no puedo contarte —dijo solemnemente.

—¿Por qué no?

—Porque no lo sé —contestó Patapalo—. Verás, joven señor, no he dicho que no quiera contártela, sino que no puedo.

—Si anda tras él, yo navegaría de buena gana a su lado hasta que lo encontrara —dijo Logan.

Patapalo se quedó mirándolo un momento.

—Y yo me alegraría de luchar a tu lado, laird Haggerty. Pero creo que ella tiene intención de dejarte libre en cuanto sea posible.

—Pero hay que carenar el barco —dijo Logan.

Patapalo se sonrojó intensamente.

—Es un buen barco —masculló, avergonzado porque le hubiera oído.

—Entonces... tardará un tiempo —dijo Logan.

—Sí. ¿Quién sabe qué pasará? —respondió Patapalo—. La mar... siempre es una amante traviesa, ¿eh? Tentadora con su belleza y sus promesas, y mortal en su venganza.

¿Hablaba de veras del mar?, se preguntó Logan, y pensó en su capitán. Sus ojos eran tal y como Patapalo acababa de describir las aguas por las que navegaban. Tan azules como el cielo despejado unas veces, y profundos y grisáceos otras, como una tempestad.

—Hoy la mar está en calma —dijo Patapalo, aliviado.

—Sí. Hoy... está serena y hermosa. Suave y dulce —dijo Logan. ¿Qué estaba diciendo? Robert el Rojo nunca estaba en paz. Siempre estaba dividido por dentro, o eso parecía.

Patapalo volvió a observarlo, muy serio.
—Bueno, ya veremos.
—Sí, ya veremos —contestó Logan.

La bodega estaba llena e izaron el ancla. La brisa que se había levantado infló majestuosamente las velas, y el barco se hizo a la mar como si flotara sobre las nubes.

Logan faenaba en la vela mayor junto a Sam el Silencioso y Patapalo. Robert el Rojo estaba en la proa, de pie, con las manos unidas a la espalda, de cara al viento. Había aprendido a cabalgar sobre las olas y se mecía muy suavemente, como si formara parte del barco. No gritaba para dar órdenes; se las daba a Brendan, que se ocupaba de transmitirlas a voces a la tripulación. Llevaban rumbo norte, siguiendo una ruta que los llevaría por la costa de Florida hasta Georgia, y luego hasta los archipiélagos del litoral de las Carolinas. Al principio, Logan pensó que el capitán no pensaba plegarse a los ruegos de Patapalo para que carenaran el barco, pero cuando se acercaron al norte de Florida, comenzó a reconocer algunas islas y se dio cuenta de que ella debía de conocer algún puerto seguro en el que podrían hacer las reparaciones necesarias.

El día había sido perfecto. Sólo cuando cayó la noche comenzó Logan a sentir el cambio del viento, que iba acompañado de un súbito frío. Durante el día había hecho calor, sólo aliviado por el dulce torrente de la brisa. Al anochecer, Logan sintió un cambio y vio que varios hombres también parecían notar que algo andaba mal.

Estaba pensando en el tiempo cuando descubrió a Brendan a su lado.

—El capitán quiere hablar contigo, laird Haggerty —le dijo Brendan.

—¿Ah, sí?

—En su camarote.

Logan asintió. Acababa de ponerse la chaqueta para defenderse del frío, y siguió a Brendan con la camisa bien remetida, el pelo recogido en una coleta, el chaleco en orden y las botas bruñidas. Entró en el camarote cuando ella le dio permiso y se quedó de pie ante su escritorio, esperando a que levantara la vista. Mientras estaba allí parado, examinó los libros que se alineaban en las estanterías. Eran en su mayoría cartas marinas, cuadernos de bitácora y manuales de navegación, pero había también obras de ficción. No pudo menos que preguntarse si no habría añadido ella algún libro a la biblioteca que antaño había sido de Luke el Negro.

—Me han hecho notar que el barco necesita reparaciones —dijo Bobbie sin levantar los ojos. Mojó su pluma en el tintero y siguió escribiendo lo que parecía ser un cuaderno de bitácora.

—Es lo que pasa con los barcos —dijo él.

Ella levantó la mirada.

—Supongo, laird Haggerty, que alguna vez habréis dejado algún barco en dique seco, pero me temo que a nosotros no nos es posible, como podéis imaginar. Confiaba en dejaros a salvo en alguna isla del archipiélago dentro de unos días, pero me temo que eso queda descartado hasta que hayamos completado las reparaciones.

—Estoy a vuestra disposición —contestó él con sorna.

—Hmm —murmuró ella, volviendo a escribir—. Hoy he recibido una carta. Un tal lord Bethany, y una tal lady Cassandra Bethany, se ofrecen a pagar para que regreséis a salvo.

Logan no sabía por qué aquella información le parecía descorazonadora.

—Son buenas personas —se limitó a decir.

—Dejé respuesta. Por lo visto, las buenas personas se rebajan a buscar a quienes estén dispuestos a entrar en ciudades de piratas. La carta llegó a través de El canto del gallo.

Él sonrió levemente.

—Capitán, ya he estado antes en esa taberna, como bien sabéis. Me alegra que vayáis a recibir el rescate.

Ella se quedó mirándolo un momento.

—Respondí que seréis liberado sano y salvo en tierra firme. No vamos a pedir rescate.

—Eso es muy generoso por vuestra parte.

—Al parecer lord Bethany os tiene mucho cariño... al igual que su hija. He creído que debíais saberlo.

Era curioso que pareciera esperar algo de él.

Logan se quedó callado un momento.

—Gracias —dijo. Era casi una pregunta.

—Lady Cassandra Bethany. ¿Es vuestra prometida? —preguntó ella. Hablaba con tono despreocupado mientras mojaba de nuevo la pluma.

—Ahora mismo, no.

Ella volvió a levantar la mirada.

—Ah. ¿Vuestra amada, quizá?

—Una amiga muy querida.

—¿Una joven formal?

—Muy formal, sí. ¿Por qué lo preguntáis?

Ella dejó la pluma y se echó hacia atrás con una media sonrisa en los labios.

—Disculpadme. Sólo estaba imaginando vuestra vida. Los salones, la elegancia... Una joven formal. Ah, pero la formalidad puede significar muchas cosas entre los ricos. Seguramente es rica y tiene un título. Sin duda una buena boda hará avanzar de manera prodigiosa vuestro estatus social.

Aquellas palabras fueron como uñas que arañaran su espalda. La formalidad podía abarcar todas esas cosas. Pero, a pesar de que se preguntaba si estaba sinceramente enamorado o sólo encaprichado o encariñado, las palabras desafiantes del capitán fueron como puñaladas en el alma. Se descubrió dando un paso hacia la mesa y apoyando las manos en ella.

—Es idónea en todos los sentidos, capitán Robert.

Ella se rió de repente.

—¿Significa eso que es fea a más no poder?

Él negó con la cabeza. Podía ser sincero.

—No. Es muy bella, en realidad. Tiene los ojos como esmeraldas y el pelo tan rubio y brillante como el oro. Ésa es la verdad. Pero no importaría que su cara no fuera tan bonita. Tiene cierta pureza de corazón, un temperamento dulce, y siempre está dispuesta a ayudar a los infelices o a quienes se hallen en peligro. Realmente, no puede decirse nada malo de ella.

—Bien, espero que sean muy felices juntos. Parece que forman la pareja perfecta. Reconozco que lo había imaginado —dijo ella, y su risa desapareció. No pretendía zaherirlo.

Sí, harían la pareja perfecta, pensó él.

Y sin embargo...

¿Qué era lo que faltaba? Fuera lo que fuese, se había dado cuenta de que Cassandra merecía mucho más de lo que él podía darle, y ello nada tenía que ver con tierras o riquezas.

—Eso es todo, laird Haggerty —dijo ella.

—¿Cómo?

—Eso es todo. Podéis iros.

Él inclinó la cabeza y salió del camarote. Al cerrar la puerta, sintió que la temperatura había caído aún más y supo que se avecinaba una tormenta.

A lo lejos, veía una cortina de lluvia que cruzaba el cielo por el este. Ignoraba a cuánta distancia estaba la tormenta, pero sabía que sería dura cuando llegara.

Brendan caminaba hacia él con el ceño fruncido. Saludó a Logan inclinando secamente la cabeza. Parecía ansioso por llegar al camarote del capitán.

—Se aproxima una tormenta —dijo Logan.

—Sí.

—Hay que arriar las velas.
—Sí.

Bobbie había sentido el cambio desde dentro de su camarote; salió y se quedó junto a la puerta, como olfateando el aire y buscando de dónde soplaba la brisa, que de pronto parecía haberse aquietado.

—Viene del este —dijo Logan.

—Voy a ordenar que arríen las velas —dijo Brendan.

—No, todavía no. Aprovechad el viento que haya. Isla Blanca no está lejos —dijo ella—. Si llegamos a la ensenada, estaremos más seguros que aquí o que en alta mar.

—No podemos dejar atrás la tormenta —la advirtió Logan.

Ella lo miró, ofendida.

—No intento dejarla atrás, sino llevar el barco a aguas más seguras. Brendan, toma el timón y cambia de rumbo.

Él asintió con la cabeza.

—Y llama a todo el mundo —añadió ella en voz baja.

—¡Todos a cubierta! —vociferó Brendan.

Se oyeron ruidos, pisadas sobre las planchas cuando la tripulación abandonó sus tareas para reunirse en cubierta.

—¡Asegurad las escotillas! —ordenó ella—. Llevad toda la carga abajo, por pequeña que sea. Los cabos sobrantes, las herramientas, todo lo que pueda salir despedido o rodar... ¡abajo con ello!

En ese momento, un silencio sobrecogedor cayó sobre ellos, como si la naturaleza misma se hubiera callado.

Logan conocía aquel silencio, lo mismo que la tripulación, y lo conocía bien. Era la calma que precedía a la furia y el tumulto de una tormenta.

—Ocúpate del aparejo pequeño, Logan —ordenó Brendan mientras iba a sustituir a Sam el Silencioso al timón.

—Comprueba el rumbo. Oeste, noroeste —ordenó Bobbie.

Fue extraño, pero a pesar del viento calmo que precedía, como una broma maliciosa, al temporal, las órdenes de Bobbie lo llevaron a toda velocidad hacia aguas pocos profundas. Logan sabía que había allí muchas islas.

Y también traicioneros bancos de arena.

Al menos estaban muy al norte de los arrecifes que podían destrozar el casco; si lograban mantenerse a flote sobre el oleaje sin que el barco se hiciera pedazos, quizá pudieran capear el temporal. Mientras recogía y guardaba los pesados cabos y las velas, tuvo que admirar la capacidad del capitán pirata.

—¡Arriad todas las velas! —gritó ella cuando llegaron a la ensenada. Hagar repitió la orden, que resonó por todo el barco.

Logan corrió a unirse a los hombres. La tripulación se puso manos a la obra. En sus brazos se marcaban sus músculos poderosos. Un marinero gritó desde la foca:

—¡Ya llega!

Bobbie se hallaba en la popa, con el catalejo en las manos. Hagar andaba cerca, repitiendo las órdenes que ella gritaba.

—¡Bájate de la cofa, Davy! —ordenó el hombretón.

Y entonces empezó a llover.

La lluvia llegó con furia repentina, acompañada del viento, que soplaba tan fuerte que la lluvia parecía levantarse del mar y sacudirlos horizontalmente. Picaba como un enjambre de abejas. Era como si unas garras enormes los arañaran una y otra vez.

—¡Ataos a los palos! —gritó Bobbie, pero era una orden innecesaria: la tripulación parecía saber por instinto que el barco estaba a merced de las olas, y ellos también.

Brendan se ató al timón e hizo lo que pudo por mantener el barco en sentido perpendicular al viento y evitar que la fuerza tremenda del mar y el viento lo golpeara de costado. Pero, pese a los esfuerzos de la tripulación, un cabo del palo mayor se rompió y cayó hacia Brendan. Su gran estrobo de hierro iba derecho a la cabeza del escocés.

Bobbie vio lo que ocurría. Aún no se había amarrado al barco, y echó a correr.

Al igual que Logan y Hagar.

Logan se lanzó a la cuerda y la asió instantes antes de que completara su arco descendente. Voló con ella y chocó con Brendan. Ambos se quedaron sin respiración, pero lo peor había pasado.

Hagar, sin embargo, había caído indefenso hacia la borda cuando el barco se sacudió bruscamente.

—¡No! —Logan oyó el grito de Bobbie y la vio correr hacia el marinero, que estaba a punto de caer por la borda, del lado de estribor. Bobbie lo agarró por el cinto y, cuando el barco se alzó de nuevo y cabeceó hacia el otro lado, Hagar y ella se alejaron rodando del peligro.

Pero el viento era perverso e implacable.

Chillaba como un demonio, girando en torno a los palos desnudos y agitando el mar aún con mayor violencia. El barco volvió a sacudirse, y esta vez fue Bobbie quien salió despedida y, empujada por la fuerza de la tormenta, voló por encima de la borda.

Logan soltó un grito de ira, de miedo y de furia que se alzó por encima del aullar del viento.

Tuvo que moverse en décimas de segundo, incluso sabiendo que, con aquel mar, con aquellas olas, seguramente era un suicidio; no podría encontrarla, ni mucho menos salvarla.

Pero no tenía elección.

Se quitó la chaqueta mientras cruzaba corriendo la cubierta, saltó a la barandilla y se zambulló en el torbellino que se abría allá abajo.

Tal vez fuera un buen modo de morir, se dijo Bobbie.

Sabía nadar, incluso podía capear olas fuertes, y conocía

las corrientes. Sabía que debía entregarse al poder del océano, flotar para ahorrar fuerzas, para ahorrar aliento...

Pero el agua parecía no tener principio ni final. No había olas que se ofrecieran a llevarla hasta la orilla. No había aire, ni cielo, ni superficie. Se estaba hundiendo.

Estaba muerta, o pronto lo estaría.

Podía oírlo todo de nuevo. Los gritos de los niños. Podía verlo todo otra vez. La sangre derramada infinitamente.

No, se dijo. El que chillaba era el viento.

La sangre era el mar.

Luego, unos brazos la rodearon. Debían de ser los brazos de quienes ahora eran sólo vagos recuerdos, susurros de lo que podían ser el amor y la familia. Había un mundo más allá, y ella tenía que cruzar aquella marea para reunirse con ellos allí donde la esperaban.

—¡Respira!

Algo le oprimió con violencia el pecho. Escupió agua salada y sus pulmones comenzaron a aspirar instintivamente grandes bocanadas de aire. Pero hasta el aire estaba mojado, y ella jadeaba y se ahogaba. El dolor era tan intenso que deseó volver a sumergirse y dejar que el agua la meciera y la arrastrara hacia el fondo.

—¡Respira, maldita sea! ¡Tienes que vivir!

Volvió a inhalar. La estaban arrastrando. Arrastrándola por el agua y las olas. Intentó respirar, pero las olas la cubrían una y otra vez.

—¡Agárrate!

¿Agarrarse? ¿A qué?

Entonces sintió algo. Algo sólido. Madera. Y la sostenía por encima de las olas. Sintió que alguien tiraba de sus pies y de pronto ya no se sintió arrastrada hacia abajo. Notaba... los pies. Había perdido las botas. Y oía una voz.

—La chaqueta... maldita sea, hay que quitártela. Tenemos que aligerarte de carga...

Sintió ganas de reír. ¡Ella no era un barco! Pero en el fondo de su mente un argumento luchaba contra la parálisis que se había apoderado de ella, y entonces comprendió que las botas la habrían arrastrado hacia el fondo, y que tenía que agarrarse con fuerza y patalear para mantenerse a flote.

Los fantasmas de los muertos no habían ido a buscarla...

Vio vagamente la cara de Logan Haggerty, su cabello negro pegado a la frente, sus ojos de color ámbar, como extraños faros llenos de fuego, de rabia y determinación.

—Agárrate fuerte —volvió a ordenar él.

Y eso hizo ella. Logró salir a medias del agua con gran esfuerzo, aferrándose a lo que ahora veía era un barril. Logan estaba a su lado; la rodeaba con un brazo y con el otro se agarraba al barril con todas sus fuerzas.

Todo estaba oscuro, el mar se agitaba como un torbellino del que no había escapatoria. La lluvia los azotaba, helada, y Bobbie sintió que sus dedos no aguantarían más...

Entonces...

El chillido del demonio comenzó a disiparse.

—¡Mueve las piernas! —ordenó él.

Y ella lo intentó, oh, Dios, cómo lo intentó...

Y después...

Cuando parecía que habían pasado horas, sintió que sus pies rozaban arena. Entonces se halló de pie, luchando con denuedo mientras las olas se agitaban alrededor de sus pies.

Se tambaleó hacia delante. El mundo seguía siendo húmedo, oscuro y frío.

Cayó.

Pero cayó sobre tierra firme.

CAPÍTULO 6

Logan volvió en sí lentamente.

Primero oyó las olas, suaves ahora, deslizándose sobre la orilla. Había en ellas un ritmo, una cadencia. Era agradable; le daban ganas de cerrar los ojos otra vez y dormir...

Pero entonces sintió la arena rasposa bajo la mejilla y entre la ropa, y pegada a su mandíbula.

Y había brisa. Una brisa dulce, como una caricia delicada, que lo invitaba a olvidarse de todo, a quedarse dormido y soñar.

Hacía sol. Allá arriba, el calor era cada vez más intenso.

De pronto abrió los ojos y la fuerza de la tormenta, su furia y su desesperación volvieron a él. Recordó lo ocurrido.

Bobbie, cayendo por la borda.

Los gritos de Brendan.

Y él...

Lanzándose tras ella a aquel infierno agitado por la tormenta.

No había dudado. Recordaba haber saltado por encima de la barandilla, rezando por que un súbito golpe de mar no volcara el barco sobre él, por no abrirse la cabeza antes de que pudiera salvar a Bobbie.

Y entonces...

El agua. Profunda y turbulenta. Violenta. Se había zambullido profundamente, temiendo no encontrarla. Pero la había encontrado, y luego había salido a la superficie y había encontrado el barril, y de algún modo se habían agarrado a él mientras la tormenta rugía y luego, por fin, amainaba. Él le había hablado todo el tiempo, pero ella no lo oía. Y Logan recordaba haber visto tierra al fin, y dirigirse hacia ella pataleando con las pocas fuerzas que le quedaban.

Era evidente que lo había logrado. Estaba vivo, a juzgar por la luz del sol, la brisa y la áspera arena.

Se sentó.

Tenía la camisa empapada y pegada al cuerpo. Sus botas habían desaparecido. Le quedaba un calcetín. Recordó vagamente que había luchado por quitarse la chaqueta y el chaleco. Y Bobbie... A ella también le había quitado las botas, intentando librarle de todo el peso que pudiera. Y ella...

El pánico le cerró de pronto la garganta y el alma.

¿Dónde estaba ella?

Se levantó a duras penas, mirando a su alrededor.

¿Dónde demonios estaba?

Bajó la mirada hacia la playa y vio el barril roto que había sido su salvación. En la arena había también otros desechos.

Pero no veía a Bobbie.

Echó a correr descalzo por la playa. El corazón le latía con furia cuando pasó junto al barril y se detuvo en seco.

Exhaló, tembloroso, y cayó de rodillas junto a ella. Estaba allí tendida, vestida como él, con la camisa blanca desgarrada, las calzas rotas y, curiosamente, los dos calcetines puestos. Sin peluca, con los ojos cerrados, la cara pálida, perfecta y frágil y el color radiante de su cabello, parecía tan delicada como un gatito.

La garganta de Logan pareció cerrarse de nuevo.

¿Estaba viva?

Alargó la mano y tocó su cuello, buscando el pulso.

Estaba allí.

Cuando los párpados de Bobbie comenzaron a agitarse, retiró los dedos trémulos.

Ella abrió los ojos.

Se quedó mirándolo, confusa. Por un instante, su mirada pareció cándida e interrogativa.

Luego se incorporó de golpe y lo miró con espanto al tiempo que llevaba la mano a la cabeza.

Estaba buscando aquella estúpida peluca.

Logan vio en sus ojos que de pronto lo recordaba todo.

La tormenta...

Caer por la borda...

Y luego...

—¡Tú! —exclamó ella.

Él no supo qué decir. No esperaba que cayera en sus brazos, llena de gratitud por haberle salvado la vida, pero tampoco esperaba aquella expresión de horror.

—Yo —dijo, cruzando los brazos—. La tormenta, el barco... ¿recuerdas? Y luego yo, saltando por la borda para salvarte.

—Sabes... sabes quién soy.

Se apartó de él.

—No seas ridícula —replicó él—. Claro que sé quién eres. ¿Has oído lo que he dicho? Sí, soy yo. ¡El que saltó por la borda para salvarte el pellejo!

Ella volvió a retroceder.

—Yo... soy un pirata. ¡Soy Robert el Rojo!

—Bien, eres Robert el Rojo. Ahora deja de preocuparte por haber perdido la peluca y por ser una mujer, lo cual salta a la vista. Puede que esto te sorprenda, pero estaba tan ocupado por si vivías o te habías muerto que no me importaba ni una cosa ni la otra.

Ella se levantó, muy alta y recelosa, y se rodeó con los brazos como si así quisiera disfrazarse de nuevo.

—¿Dónde estamos? —preguntó, llena de desconfianza.
—En una playa.
—¿Y el barco?
—No lo sé. Me lancé al agua después de ti.
—No hacía falta —le informó ella.
—Sí que hacía falta.
—¿Y los demás? —preguntó, y el temor por su tripulación nubló sus ojos.
—Es un buen barco. Seguramente habrán sobrevivido a la tormenta.
—Vendrán a buscarnos.
—Eso espero. Y también espero que deduzcan adónde nos ha empujado el agua.
—Y ahora ya lo sabes —dijo ella con pesadumbre.
Él no pudo menos que reírse.
—¿Ahora lo sé?
Ella lo miró, sorprendida.
—Claro que lo sé. Lo supe desde el principio.
—¿Sí? —preguntó ella.
Logan la miró con irritación. Casi se le había roto el corazón al pensar que había muerto, y ahora esto.
—Disculpa —dijo—. Voy a dar un paseo. Tengo que averiguar si hay agua en esta isla.
Se volvió y se dirigió hacia la maraña de palmeras y matorrales que crecía no muy lejos de la orilla. Afortunadamente, aquella abundancia de vegetación significaba que había agua dulce en alguna parte.
Estaba de espaldas a ella, pero notó que lo miraba fijamente mientras se alejaba. La arena todavía conservaba la frescura de la noche y la tormenta de la víspera. Logan vio que los árboles eran cocoteros, así que al menos podrían beber agua de coco y comer su pulpa.
Oyó a Bobbie echar a correr detrás de él.
—¿Lo sabías? —repitió ella, furiosa.

—Claro que sí —contestó él, adentrándose en la sombra de las palmeras.

—¿Desde el principio? —preguntó ella.

—Sí —dijo Logan. No era del todo mentira.

Ella lo agarró de la camisa y le hizo dar media vuelta.

—El primer día, en el barco. Cuando luchamos y me heriste en la mejilla. ¿Entonces ya lo sabías?

—Sí —bueno, sabía que había algo raro.

—¡Serás canalla!

Aquel insulto lo dejó atónito. Se paró en seco y la miró con frialdad.

—Tú escogiste luchar, y luchaste como un demonio —le recordó.

Aquello no mejoró las cosas.

—Canalla —repitió ella.

Él se encogió de hombros, siguió andando y luego se volvió.

—Mira, tenemos que encontrar agua y...

Para su asombro, Bobbie arremetió contra él. Y para su profunda humillación, él no estaba preparado. Cayó hacia atrás, con ella encima, golpeándolo frenéticamente con los puños. Por suerte para él estaba tan furiosa que no pensaba con claridad, y enseguida se quedó sin fuerzas cuando él la agarró de los brazos, intentando que no le hiciera daño.

—¡No hay en todo el universo un hombre más despreciable, más odioso, repugnante, inmundo y...!

Dejó de despotricar únicamente porque se quedó sin aliento. Logan aprovechó la ocasión y, asiéndola por los brazos, la tumbó de modo que quedó sentado a horcajadas encima de ella, sujetándola contra la arena.

Ella nunca dejaba de pensar, de hacer planes, de maquinar. Logan lo veía en sus ojos. Consciente de que estaba malgastando sus fuerzas, se quedó muy quieta y lo miró con aquellos ojos azules llenos de furia. Parecía derrotada, pero Logan sabía que no era así.

Sólo estaba esperando un indicio de debilidad, de flaqueza, por su parte. Logan no pensaba dárselo.

—¿Soy despreciable? ¿Porque tú estés jugando a un juego tan peligroso?

Ella entornó los ojos aún con mayor furia.

—Esto no es un juego —le aseguró.

—Tú no eres un pirata.

Para su asombro, la ira de Bobbie pareció desvanecerse, aunque su actitud seguía siendo gélida.

—Me temo que sí lo soy, y mucho.

—¿El grande, el temible Robert el Rojo? —dijo él en tono burlón.

—Derroté a Luke el Negro —le recordó él.

—Ya lo he oído. Todo.

Los ojos de ella se agrandaron, y soltó una maldición.

Como un pirata.

—¿Cuál de esos idiotas te lo ha dicho? —preguntó.

Logan tenía que admitirlo. Cualquiera habría pensado que era ella quien mandaba.

—El gato —contestó.

Ella volvió a maldecir y empezó a forcejear.

—¡Basta! —le dijo él—. Estate quieta y escúchame. Eres asombrosa, increíble. Lo que hiciste fue una locura, pero también fue brillante y valeroso, y salvaste tu vida y la de muchos hombres. Pero... ¿sabes qué pasará al final? —preguntó suavemente.

—No puede sucederme nada peor de lo que estaba previsto para mí.

Él no pudo evitar sonreír, y se sentó en cuclillas, temiendo todavía que a ella le diera otro ataque de furia. Luego se puso serio.

—Pero puedes parar ahora —le aseguró—. La bruja que tenía tus papeles de servidumbre ha muerto.

Ella lo miró sin decir nada.

—Puedes llevar una... una vida decente.

Ella movió la cabeza de un lado a otro.

—Es demasiado tarde. No puedo volver.

—Podrías trabajar para mí —dijo él.

—¿De qué? ¿De fregona? —preguntó, y sus puños empezaron a volar otra vez.

—Yo no he dicho eso —respondió él.

—Entonces tal vez pueda ser tu amante. ¿O quizá sólo tu fulana?

—Eso nunca. Pienso respetar a la mujer con la que me case.

Ella se quedó callada, mirándolo. Por un momento, a Logan le pareció que había una pátina húmeda en sus ojos. Quizás incluso fueran lágrimas.

Luego ella volvió a golpearlo, y Logan tuvo que hacer un esfuerzo para detenerla.

—¡Bobbie! —gritó. Aquel nombre, que había oído pronunciar a Brendan con tanto afecto, acudió fácilmente a sus labios—. Por amor de Dios, no quiero verte colgada. Ni a merced de un hombre como Blair Colm.

Ella se quedó inmóvil.

¿Por qué odiaba tanto a Blair Colm?, se preguntó Logan.

¿Había estado ya a su merced?

Pero estaba viva...

—Soy lo que soy —dijo ella puntillosamente—. O sea, un pirata. Y ahora te agradecería que me soltaras.

Él se relajó lentamente, pero no le soltó las muñecas.

—No sé.

—¿Qué quieres decir con «no sé»?

—¿Vas a volver a pegarme?

—¿Te preocupa que lo haga? Pareces una niñita —le espetó ella.

Él se echó a reír.

—Entonces ¿vas a volver a pegarme?

Ella soltó un suspiro exasperado.

—No.

—¿Prometido?

—Palabra de pirata —dijo ella, irritada.

—Entonces... —se levantó de un salto y le tendió la mano. Ella lo miró con recelo; luego aceptó su mano y dejó que la ayudara a levantarse. Estaban todavía mojados y cubiertos de arena, pero ella no se parecía ya en nada al Robert el Rojo al que Logan había conocido. Era fácil ver por qué había elegido aquel nombre. Sin la peluca negra, su cabello era precioso, incluso revuelto por el mar y cubierto de sal. Era de un color intenso, no tan oscuro como el de Brendan, pero rojo y dorado, y todavía lustroso y fuerte. Muy raro, desde luego. Logan se descubrió imaginándoselo limpio y seco, cayéndole suavemente por la espalda a la luz del sol... o al resplandor de la luna.

Ella se aclaró la garganta.

—Agua —dijo—. Tenemos que encontrar agua.

—Sí. ¿Habías naufragado alguna vez? —preguntó él.

—No. ¿Tú sí?

—No.

Ella sonrió de repente.

—Pero he carenado el barco en sitios muy parecidos a éste.

—Eso está bien. Así no tendrás miedo.

—¿Miedo? ¿Por qué iba a tener miedo?

—Todo el mundo tiene miedo de algo.

—¿De qué tienes miedo tú? —preguntó ella.

—Oh, no soy tan valiente, en realidad. Me dan miedo los disparos, las espadas, los cañones... y morir antes de dejar mi huella en el mundo.

Había hablado a la ligera, pero sus últimas palabras tenían un tono grave. Ella lo observó, frunciendo el ceño con preocupación.

—¿Qué pasa? —preguntó él.

—Supongo que eso es lo que me da miedo a mí también —dijo ella.

—¿Los cañones, los disparos y las hojas de acero? —preguntó él.

—No. Bueno, preferiría que no me hirieran o perder una pierna —dijo ella—. Pero... me refería a lo otro. No quiero morir antes de...

—¿De haber vivido?

—Bueno, eso depende de lo que signifique para ti vivir.

—Vamos a buscar agua y luego seguiremos filosofando —dijo él—. Ven.

Echó a andar por entre la espesa maleza. Si había alguna senda, hacía mucho tiempo que no se usaba y la vegetación la había invadido.

—¿Qué te hace pensar que puedes encontrar agua? —gritó ella a su espalda.

—Mira a tu alrededor.

—En el Caribe llueve —le recordó ella.

—¿Tienes algo mejor que hacer?

—Tal vez.

—¿Y qué es?

—Podríamos hacer un fuego en la playa para que mi tripulación pueda encontrarnos —dijo ella.

Él se quedó callado. A pesar de lo que había dicho antes, no era seguro que su tripulación hubiera sobrevivido, y ambos lo sabían.

—Está bien, otro barco —dijo ella.

Aquella idea inquietaba a Logan. No sabía muy bien por qué. Aunque los encontrara un mercante, él no era un pirata, y con su cabello rojo y su belleza desaliñada, a ella nunca la tomarían por el célebre Robert el Rojo. Aun así, la posibilidad de que los rescataran lo llenaba de desasosiego.

Tal vez fuera porque estaba en una ruta pirata. Era probable que cualquier barco que acudiera en su rescate fuera un barco pirata. Y la mayoría de los capitanes piratas pensarían que su historia era muy cómica y lo dejarían en tierra, o lo pondrían a trabajar en su barco. O quizá decidieran asesinarlo en el acto.

El código pirata afirmaba que no debía tomarse a ninguna mujer decente contra su voluntad. Por las cautivas solía pedirse un rescate. Pero las normas no siempre se respetaban. Bobbie podía verse en serios apuros si los encontraba el barco equivocado.

Y encender un fuego podía atraer al barco equivocado.

Pero ¿qué otra alternativa tenían?

A medida que se adentraban entre la maleza les resultaba más difícil avanzar. Tropezaban con las raíces, y los guijarros y las piedras les herían los pies. Las hojas de las palmeras crecían bajas y espesas. Había diversas variedades de palmeras, uvas del mar, árboles frutales que daban pequeñas limas y otros que parecían dar una especie de higos, y otros muchos. Las limas eran un regalo del cielo, pensó Logan. Y tenía que haber un manantial de agua dulce en algún lugar de la isla.

—¡Allí! —dijo de pronto, señalando.

Se había abierto paso entre un grupo de palmeras altas, en lo alto de una pequeña colina. Y al mirar entre los troncos vio una cascada.

Ella tropezó con una raíz que había roto la fina capa de tierra y chocó contra su espalda.

—Es... es precioso —dijo.

Logan calculó que habían recorrido media milla desde la playa. No había visto indicio alguno de que la isla estuviera habitada y se preguntaba por qué. Tenía el elemento más importante para la vida: el agua. Y había suelo suficiente para que creciera la vegetación.

Ella pasó a su lado empujándolo, ansiosa por llegar al agua.

—¡Espera!

Bobbie se había arrodillado al borde del agua, pero vaciló. El agua le chorreaba entre las manos unidas.

—Permíteme —dijo Logan, acercándose—. El catador oficial, ya sabes.

A pesar de su sed, al principio sólo se mojó los labios. El agua era dulce y clara. Bebió un sorbo.

Ella lo miraba fijamente. Logan sonrió.

—Parece buena.

Ella bebió. Luego se echó agua por la cara, disfrutando de su frescura, y volvió a beber. Logan se descubrió mirándola. Le gustaba el placer que ella parecía encontrar en aquella sensación de frescura y el modo en que echaba la cabeza hacia atrás para disfrutar del agua que caía sobre ella.

—Es un bocado de cielo —dijo Bobbie.

Sí, un bocado de cielo, pensó él. Había naufragado, pero tenía agua dulce, clara y limpia... y estaba con ella.

Se levantó y miró a su alrededor.

—Deberíamos volver a la playa —dijo.

—¿Qué? Pero si acabamos de llegar.

—Y ahora que hemos encontrado agua, tenemos que construir un refugio.

Ella lo miró con estupor un momento, como si por fin comprendiera que podían pasar semanas en aquella isla; tal vez meses.

O más.

Sin decir palabra, ella dio media vuelta y echó a andar delante de él hacia la playa. Logan oía cómo contenía el aliento de vez en cuando, cada vez que pisaba algo duro o cortante.

Estaría bien tener zapatos, se dijo. Y mejor aún un buen cuchillo o una espada. Alargó la mano hacia su pantorrilla, pero en vano. Había perdido su cuchillo al quitarse las botas.

A pesar del dolor de las delicadas plantas de sus pies, ella avanzaba deprisa. Logan le seguía el paso.

Ella pasó junto a una palmera y sujetó una rama para apartarla de su camino. Luego la soltó en la cara de Logan.

—¡Eh! —gritó él.

—Perdona —se apresuró a decir ella.

Pero él notó por su tono que no lo sentía en absoluto. Se preguntó si lo había hecho a propósito.

Bobbie llegó primero a la playa y se quedó allí parada, mirando las olas. Del mismo modo que solía haber un periodo de calma antes de una tormenta, también solía haber uno después.

El mundo parecía limpio y recién barrido. El mar era como un cristal líquido que reflejaba el esplendor del sol. El cielo era de un azul suave y no se veía ni una nube. Las olas seguían rompiendo sobre la arena con un susurro dulce y agradable.

—Voy a buscar el barril —dijo él—. Nos vendrá bien la madera, y puede que dentro haya algo comestible.

Ella lo siguió más despacio cuando Logan cruzó la playa en dirección al barril que les había salvado la vida. Luego, de pronto, soltó un grito y cayó de rodillas.

Él se volvió.

—¿Qué pasa? —preguntó, preocupado.

—¡Nada!

Él volvió a su lado de todos modos. Estaba sentada en la arena, agarrándose un pie.

—¿Te has cortado?

—He pisado una concha.

—Déjame ver.

—No.

—No seas... chiquilla —le dijo él.

Ella le lanzó una mirada amenazadora, pero no dijo nada. Logan se puso en cuclillas a su lado, la agarró de la muñeca y le apartó la mano. Su pie sangraba, pero tenía tanta arena pegada a la piel que no se veía si el corte era profundo.

—Estoy bien —dijo ella, crispada, y apartándolo comenzó a levantarse. Luego se tambaleó un poco, y él se levantó rápidamente y la levantó en brazos, para su indignación.

—¡Suéltame! —gritó.

Él no hizo caso.

—Haz lo que te digo —insistió ella—. Soy el capitán.

—Eras capitán. Y yo también.

—Yo lo fui la última vez —dijo ella, irritada.

Logan la ignoró mientras seguía andando hacia el agua. Ella pesaba poco, a pesar de que estaba rígida y no cooperaba.

Le dio un puñetazo en el pecho.

—¡Eh! Prometiste no pegarme.

—He dicho que me sueltes.

Logan había llegado al agua, y le dieron tentaciones.

—¡Maldito seas, Logan!

La soltó.

Ella se sumergió y volvió a salir rápidamente, escupiendo agua, furiosa. Apartó de un golpe la mano que él le tendía. Pero cuando volvió a tambalearse, Logan la agarró de todos modos para impedir que se cayera.

—Había que lavarte el pie —explicó.

Medio de pie, ella aceptó su ayuda para sostenerse derecha y le lanzó otra mirada venenosa.

—Estoy empapada.

—Eres tú la que cree en los baños —contestó él con sorna.

—Creía que te preocupaba mi pie.

—Pues sí. Una infección aquí podría ser peligrosa. Y el agua salada limpiará la herida y la ayudará a curar.

—Así que ¿necesitaba bañarme entera en agua salada... por el pie?

Él se encogió de hombros, volvió a levantarla en brazos y recorrió los pocos pasos que los separaban de la playa. Ella maldecía, pero Logan la ignoró al dejarla sentada en el suelo y arrodillarse a su lado, volviendo a tomar su pie. Tenía un corte en el empeine. Se alegró de que no pareciera profundo.

—Creo que sólo sangra mucho —dijo con ligereza.

—Duele —reconoció ella.

—Quédate aquí sentada y deja que lo mojen las olas unos minutos —le dijo él mientras cortaba una larga tira de su camisa hecha jirones—. Luego podemos vendarlo —su voz se había vuelto ronca. Eso le pasaba por tocarla, se dijo. Tal vez no debería haberla arrojado al agua. La ropa había vuelto a pegársele al cuerpo, y se ceñía a ella enfatizando cada una de sus curvas. La tela de algodón blanco parecía realzar, más que ocultar.

Logan se levantó rápidamente. Tenía que alejarse de ella.

—¿Adónde vas? —preguntó Bobbie con el ceño fruncido.

—A buscar el barril y a explorar un poco —contestó él en tono despreocupado—. ¿Quién sabe qué tesoros aguardan a la vuelta de la esquina? Seguro que el nuestro no fue el único barco al que sorprendió esa tormenta.

Se alejó de ella, curioso por ver qué había en el barril que les había salvado la vida.

Llegar hasta él no sirvió de mucho. No tenía nada con lo que hacer palanca para abrirlo. El tonelero del barco sellaba magníficamente sus creaciones, lo cual ayudaba a preservar las provisiones del barco. Pero ahora...

Logan consiguió leer las letras grabadas a fuego a un lado y comprendió que tenían un barril de ron... lleno hasta un tercio de su capacidad, a juzgar por su peso, lo cual había dejado espacio suficiente para el aire que lo había hecho flotar y que había asegurado así su salvación.

Ahora sólo necesitaba herramientas para abrirlo.

Miró playa abajo. Ella estaba mirando el mar. Pero tenía

el pie en el agua. Las olas se acercaban poco a poco y rompían con suavidad contra sus piernas ligeramente flexionadas, sobre las cuales había cruzado los brazos. Parecía una sirena varada. Y casi lo era.

Logan se apartó del barril y miró más allá. Sobre la arena había muchas planchas de madera rotas.

Esperaba que no fueran del *Águila*, y que Brendan, Patapalo, Sam el Silencioso, Hagar, Jimmy O'Hara y los demás estuvieran a salvo y pensando en cómo rescatar a Bobbie.

Empezó a amontonar la madera mientras de cabeza ensamblaba los pedazos para construir un refugio. Se desanimó al seguir andando. Estaba cada vez más claro que algún pobre barco había naufragado en la tormenta.

Estaba acumulando mucha madera, desde luego.

Cuando había recorrido unos cien metros, se topó con un gran baúl de carga. Se agachó para examinarlo y maldijo al ver que estaba cerrado con llave.

Encontró una piedra grande y empezó a golpear el candado. Cuando quedó claro que así no conseguiría romper la cerradura, cambió de táctica y empezó a golpear la tapa del baúl. Luego miró dentro.

Estaba lleno de ropa y no de herramientas, como habría preferido. Vio calzas, corpiños, faldas, vestidos, sedas, satenes y encajes. Había zapatos y medias, y hasta broches enjoyados y alfileres de corbata.

Se puso en cuclillas, aliviado. Estaba seguro de que aquel baúl no era de su barco.

Pero también lo lamentaba, porque no cabía duda de que algún mercante había perecido en la tormenta y de que los propietarios de aquella ropa tan fina descansaban ahora en el fondo del mar, sirviendo de pasto a los peces.

Se levantó y contempló el mar. Cada vez había más desechos flotando en las olas, hacia la orilla. Se adentró en el mar para ver qué encontraba.

Había montones de trozos de madera, algunos con jirones de velas y jarcias enredadas a su alrededor. Las sogas les vendrían bien para construir, se dijo.

Y más barriles. Se adentró un poco más en el agua para sacar uno que flotaba allí cerca. Enseguida vio que estaba desfondado y no servía para nada.

Volvió a mirar a Bobbie. Ella se había levantado y estaba mirando el mar con la mano puesta sobre los ojos para hacerse sombra. Mientras Logan la miraba, empezó a meterse en el agua, como había hecho él.

Logan no sabía qué había llamado su atención. Empezó a avanzar hacia ella.

Ella se quedó muy quieta. Y entonces soltó un grito, un grito tan agudo y asustado que a Logan le dio un vuelco el corazón.

—¡Bobbie!

Corrió hacia ella.

Mientras corría, vio lo que había llamado su atención.

Un hombre.

Un hombre que flotaba boca abajo en el agua.

Su cabello, oscurecido por el agua, era rojo, y llevaba una chaqueta parecida a la que solía ponerse Brendan.

Ella estaba paralizada de espanto, de modo que fue Logan quien avanzó y quien, con el corazón en la garganta, dio la vuelta al cuerpo.

CAPÍTULO 7

Había un barco nuevo en el puerto.

Usando su catalejo, Sonya vio que el temporal le había causado algunos desperfectos; los hombres estaban reparando el mástil.

Había habido una tormenta; la habían visto mar adentro. Pero no había azotado New Providence, y Sonya se alegraba de ello. Parecía haber seguido rumbo noreste, atravesando Cuba, quizá, y siguiendo la costa de Norteamérica. Sonya confiaba en que no hubiera hundido el *Águila*, el barco de Robert el Rojo.

Sí, había aceptado unas monedas por traicionar a Robert. A fin de cuentas, aquélla era una isla de piratas, y ella, a su modo, también era un pirata. No era nada personal. Necesitaba el dinero. Y de todas formas la cosa había acabado bien.

Pero desde que el *Águila* había zarpado estaba preocupada. Robert el Rojo le caía bien, aunque pareciera un lechuguino afeminado, pero de Haggerty estaba enamorada desde hacía tiempo. Haggerty no era un forajido, pero parecía entender a los que a menudo se veían obligados a vivir fuera de la ley. Detestaba la violencia, pero no le daba miedo luchar. Y cuando sus ojos brillaban, llenos de buen humor, ella se derretía.

Aunque él nunca quisiera a una de sus chicas. Ni a ella.

Se sobresaltó al ver entrar a Blair Colm en la taberna.

La mañana había sido tranquila. Aunque más de un barco había llegado al puerto para reparar los desperfectos causados por la tormenta, los marineros no tenían tiempo para ir a beber. Los que no estaban heridos estaban ocupados en sus quehaceres, remendando velas, obedeciendo las órdenes de los carpinteros. Y los heridos estarían reponiéndose de sus heridas; los médicos y los barberos de los barcos coserían las heridas abiertas, recompondrían los miembros aplastados o amputarían los que no pudieran salvarse.

Colm estuvo mirándola un rato antes de hablar. Había estado allí otras veces, y ella había aceptado su dinero. A fin de cuentas, se gastaba igual que el de los demás. Pero siempre había odiado a aquel hombre, al que algunos consideraban un monstruo y otros un héroe.

A ella, por su parte, le costaba muy poco creer los rumores que giraban en torno a él.

Rumores que afirmaban que había matado a niños haciéndolos girar por los talones y aplastándoles el cráneo contra las rocas.

Sonya sintió una súbita oleada de mala conciencia. Robert el Rojo podía ser afeminado, pero siempre se había portado bien con ella. Y ella lo había traicionado, sabiendo desde el principio que era Blair Colm quien se escondía tras aquello. Cierto, aquel hombre calvo le había ofrecido una buena suma sólo por saber cuándo se marchaba Robert y en qué dirección.

Ella tenía que sobrevivir, ¿no?

Pero en el fondo sabía que, si un monstruo como Blair Colm buscaba a Robert el Rojo, se estaba preparando alguna fechoría.

Y ella había aceptado el dinero de todos modos.

—¡Sonya!

Ella levantó la vista.

—Capitán Blair.

—Sir Blair —le recordó él.

—Sir Blair —repitió ella.

—Quiero la habitación privada y tu mejor moza. No una vieja, ni ajada —la miró de arriba abajo para asegurarse de que entendía que aquel insulto iba dirigido a ella.

Ella se limitó a sonreír y dijo:

—Como deseéis.

—Y tu mejor ron. No esa porquería que sirves a los borrachos.

—Como deseéis —repitió ella.

Él seguía sin moverse. Sonya era vagamente consciente de que a los camareros del fondo, a los que de pronto parecían temblarles los dedos, las cosas se les caían de las manos. Blair Colm creaba aquel ambiente. Se sabía que había pegado a uno o dos mozos por derramar una gota de ron.

—La habitación es vuestra, sir Blair —dijo ella, confiando en que Colm esperara allí a la pobre chica que ella escogiera para él.

—Vas a venir conmigo.

Ella se sobresaltó. Tratándose de él, se alegraba de ser vieja y ajada.

—¿Sí?

Él soltó una especie de bufido.

—Necesito información.

—No tengo información.

—Yo creo que sí.

Él salió de la habitación. Sonya se levantó despacio. Le daba miedo no seguirlo. Colm tampoco trataba bien a las mujeres que lo desobedecían.

Sonya entró tras él.

—No puedo ocuparme de atenderos, si estoy aquí —dijo. Él se sentó junto a la pared.

—Siéntate —le ordenó.

Ella se sentó inmediatamente.

—¿Dónde han ido? —preguntó ella.

Ella lo miró, sinceramente desconcertada. Colm era un hombre grande. Musculoso. Pero sus rasgos eran afilados, como los de un buitre. Tenía el cabello y los ojos oscuros. Era inglés, pero parecía español. Tenía cierto aire de crueldad, quizá por la estrechez de sus facciones, quizá por su forma de moverse, y tal vez por aquellos ojos oscuros y demoníacos.

—¿Quiénes?

—Robert el Rojo y su tripulación.

—Ah. Sí, estuvieron aquí justo antes de la tormenta —dijo ella.

Blair Colm se movió súbitamente hacia delante. Como una serpiente que atacara.

—Robert el Rojo va detrás de mí, pero esa tormenta lo habrá retrasado.

—Vos intentasteis matarlo. Aquí —dijo ella con suavidad, y los remordimientos la inundaron como una nube negra.

Él agitó una mano con desdén.

—Yo no intenté matar a nadie. Eso no sería honorable, ¿verdad? —preguntó tranquilamente.

Mentía entre dientes, y ambos lo sabían. Sonya odiaba a aquel hombre. Lo único que quería era escapar de allí.

—Zarparon. No dijeron adónde iban.

Antes de que ella pudiera reaccionar, Colm se levantó y la agarró del pelo.

—Robert el Rojo se apoderó de un barco antes de llegar aquí y viaja con un cautivo.

—¡Sí! —gritó ella. Él la sujetaba con fuerza. Sonya sentía

cómo le arrancaba mechones de pelo. El corazón le latía con violencia.

Podía gritar, pero sabía que nadie acudiría.

—El cautivo es lord Haggerty —dijo él.

—Sí —repitió ella con un gemido. Siempre se había considerado dura por dentro y por fuera. Había visto tantas cosas... Se había acostado con más hombres de los que conocía la mayoría de las mujeres. Los despreciaba, y ellos la despreciaban a ella.

Pero ahora tenía miedo.

Él la miraba con dureza.

—Van detrás de mí. Juntos. Me están buscando.

—¡Yo no sé nada de eso! —insistió ella, frenética—. ¡Pensadlo! ¿Creéis que hablarían de sus asuntos con alguien como yo?

Él se inclinó hacia ella, mirándola a los ojos.

—Muchos hombres hablan contigo, muchacha.

¿Qué demonios quería que le dijera?

—Puede que os estén buscando. No lo sé. Se fueron y les sorprendió la tormenta. Seguramente estarán todos muertos. ¡Soltadme!

—Todavía no. Ahora, la verdadera pregunta. ¿Quién es Robert el Rojo?

—¿Qué?

Otro tirón de pelo. El dolor le atravesó el cráneo. Los ojos se llenaron de lágrimas.

—Robert el Rojo es... Robert el Rojo —dijo.

—¡Mientes!

La arrojó sobre la mesa y se abalanzó sobre ella.

—¡La verdad! ¡Quiero la verdad!

—¡No lo sé! ¡Lo juro por Dios, no lo sé! —Colm estaba a horcajadas sobre ella, y Sonya sabía que era inútil resistirse, pero no pudo evitarlo.

Le escupió.

Debería haberlo esperado. Él la abofeteó con tanta fuerza que la dejó inconsciente, aunque por poco tiempo.

Sonya notó vagamente que se levantaba, que le apartaba las faldas. Demasiado débil para forcejear, demasiado aturdida para protestar siquiera, volvió la cara. No dijo una palabra.

Y al acabar, él arrojó una moneda sobre la mesa mientras se estiraba las calzas.

—¿Quién lo sabe?

—Idos al infierno —logró responder ella.

Estaba preparada para el siguiente golpe. Merecía la pena.

—Encontraré a Teach y se lo preguntaré a él —dijo Colm.

Ella se rió, sin molestarse en levantarse.

—Hacedlo, por favor —sugirió—. Él os ayudará a iros al infierno.

Un último golpe y se fue.

Sonya ni siquiera rompió a llorar.

Se dijo que era demasiado dura, pero en realidad estaba sencillamente demasiado aturdida.

Cuando por fin se levantó, fue a hablar con sus chicas y les dijo que Colm tenía el pene más pequeño que había visto nunca y que ni siquiera podía mantener la erección el tiempo suficiente para acabar.

Las chicas hablaban. La noticia correría por toda la isla.

Sonya empezó a rezar para que Robert el Rojo encontrara a Colm en alta mar.

Y para que lo matara.

Logan vaciló, pero tenían que saber la verdad, fuera como fuese.

El muerto flotaba boca abajo.

Bobbie miraba el cuerpo horrorizada, como Logan no esperaba verla nunca. ¿Valiente pirata? Valiente actriz, más bien. Quería a su primo. En aquel momento parecía increíblemente frágil y vulnerable, y Logan mismo tenía miedo. No quería darle la vuelta al cuerpo, porque se sentía indefenso ante la angustia de Bobbie.

Tragó saliva con esfuerzo. Una lección que le había enseñado la vida: afrontar todos los demonios. Nada podía cambiar la realidad, y la resignación lo ayudaba a uno a seguir adelante.

Dio la vuelta al cuerpo.

Ella sofocó un grito y retrocedió, temblando.

No era Brendan, sino otro pobre diablo. Los peces ya le habían mordisqueado la nariz, y su cara presentaba una estampa al mismo tiempo espantosa y patética.

Pero no era Brendan.

Logan alargó el brazo para sujetar a Bobbie. Y por un momento ella se apoyó en su fuerza. Luego se apartó, como si estuviera furiosa con él. Pero no estaba enfadada con él, y Logan lo sabía. Estaba enfadada consigo misma. Robert el Rojo, que tan bien había representado su papel durante tanto tiempo, estaba arruinando el espectáculo por culpa de la debilidad.

Pero la visión del cadáver era horrenda. Se había hinchado en el agua, y tenía la apariencia macabra de algo irreal, de algo que jamás hubiera sido humano.

—Voy a enterrarlo —dijo él en tono cortante.

—No es... no es uno de los nuestros —musitó ella.

—Sea quien sea, se merece un entierro decente —no añadió que un cuerpo en descomposición en la playa crearía un hedor espantoso. Logan se volvió y, tirando del cadáver por el agua, avanzó en paralelo a la playa. Ella se quedó quieta un momento; luego, Logan oyó un chapoteo a su espalda. Bobbie lo seguía para ayudarlo.

Él llevó el cuerpo a rastras hasta un grupo de palmeras que había muy por encima del agua.

No quería que la marea alta deshiciera su trabajo.

Todavía no había encontrado ninguna herramienta, pero un coco roto le sirvió de pala. Quince minutos después, cuando ya chorreaba de sudor por el esfuerzo de trabajar con una herramienta tan pequeña, levantó la mirada y vio que ella había encontrado en la playa una sopera de plata que servía mucho mejor como pala y había empezado a cavar a su lado.

—Déjame —dijo Logan.

Ella trabajaba enérgicamente y ni siquiera lo miró. Sacudió la cabeza, concentrada en su tarea. Parecía casi frenética, desfogando sus energías. Logan la dejó, convencido de que intentaba disipar su temor a que, aunque el cuerpo que habían encontrado no fuera el de Brendan, la tripulación de su barco pudiera haber corrido la misma suerte. Cuando estuvo seguro de que su emoción se había consumido por completo, Logan volvió a acercarse y, agarrando la sopera, volvió a mirarla.

—Has hecho más en unos minutos que yo en veinte. Déjame acabar —dijo con suavidad.

Ella lo miró, parpadeó, bajó la cabeza y al fin asintió.

La sopera fue de gran ayuda. A Logan le dolían la espalda y los hombros, pero al final logró cavar una tumba bastante profunda. Introdujo al hombre en ella y se disponía a cubrirlo de arena cuando ella lo detuvo.

—Espera.

—¿Sí? —dijo él, y la miró con expectación.

—¿No sabes... alguna oración?

—¿Tú sí?

—Tú eres capitán.

—Tú también.

—Yo nunca he perdido un marinero —dijo ella con orgullo.

—Yo tampoco —le informó él.

—Pero tú...
—¿Yo qué?
—Tú todavía crees en Dios —dijo ella tajantemente.

Logan la miró un momento. «Tú también», quiso decirle, pero algo en sus ojos lo advirtió de que se mordiera la lengua.

—Señor, acepta el alma de este tu siervo —dijo, y se santiguó.

—Y que esté en el cielo una hora antes de que el diablo se entere de que ha muerto —dijo ella, e hizo lo mismo.

Una oración extraña para un hombre que ya estaba muerto.
—Amén —dijo él, y ella se alejó.

Echar la arena no fue ni la mitad de duro que sacarla. Logan acabó en unos minutos. Para su sorpresa, Bobbie había hecho una cruz con unas hojas de palma y, cuando él acabó, la puso en la arena que cubría el cuerpo.

—No va a durar, ¿sabes? —dijo él suavemente.
—Bueno, pero está ahí, para el viaje —contestó ella.

Dio media vuelta y echó a andar de nuevo por la playa. Cuando ella se alejó, Logan sintió que le sonaban las tripas. Ahora que ya no podía distraerse con el esfuerzo, su cuerpo le recordaba que no habían comido.

Bueno, por lo menos había cocos. Y ron.

Pero Bobbie no parecía tener hambre aún, mientras examinaba los restos que seguían llegando a la playa. Logan la siguió, recogiendo madera, y luego soltó un grito de júbilo al ver lo que parecía una caja de herramientas de carpintero junto a un canasto roto.

—¡Ajá!
—¿Qué? —preguntó ella, sobresaltada, temiendo lo que pudiera haber encontrado.

Logan ya estaba de rodillas junto a la caja, golpeando la cerradura con una piedra afilada. Cuando la piedra se rompió, tomó otra y siguió golpeando.

Por fin la anilla que sujetaba la cerradura cedió y Logan miró a Bobbie con una sonrisa triunfal. Se sentía como si acabara de encontrar un cofre lleno de doblones de oro.

—¡Clavos! Tenemos clavos. Y un martillo, un torno... ¡y una aguja para cuero!

Ella no respondió con el mismo entusiasmo.

—¿Qué ocurre? —preguntó Logan.

—No es... no es nuestra, ¿verdad? —murmuró ella.

Él se puso en cuclillas.

—No hay ninguna marca —le dijo.

Ella dejó escapar un suspiro.

—La nuestra tenía iniciales. No es ésa.

—No hay nada en esta playa que sugiera que el *Águila* naufragó —le aseguró él.

Ella pareció más tranquila, al menos de momento.

—Está bien, toma la caja —dijo él.

—¿Yo?

—A no ser que quieras llevar la madera.

—¿Y adónde vamos? —preguntó ella.

Logan se levantó y miró a su alrededor. Luego señaló un lugar a unos veinte metros tierra adentro y a cien metros al este de su cementerio improvisado. Había allí un claro rodeado de palmeras cuya sombra había mantenido la tierra desnuda de matorrales y maleza.

—Venga, vamos —dijo él.

—Aquí el capitán soy yo —insistió ella.

—Está bien. Construye tú el refugio.

—Estoy dispuesta a que el carpintero seas tú.

—Ah. ¿Y pensabas sentarte por ahí mientras yo trabajo? —preguntó él—. En un barco pirata, el capitán no tiene ese privilegio.

—No, sólo quería... dejar las cosas claras.

—Vamos.

—Sigues siendo mi prisionero.

—¿Ah, sí? Pues este prisionero tiene hambre y sabe que va a hacerse de noche. Y que quizá vuelva a llover. Y le gustaría tener donde refugiarse. Así que espero que me disculpes si no finjo estar encadenado y que tú llevas un par de pistolas.

Ella tomó la caja de herramientas y echó a andar delante de él. Luego se quedó apartada mientras él comprobaba la solidez de los árboles y su posición. Logan se puso de inmediato a allanar el terreno que había elegido y a dibujar de cabeza el refugio que pensaba construir. Después empezó a trabajar con la madera y los clavos para fabricar un marco. No podía estar más contento con su hallazgo.

En cierto momento se dio cuenta de que Bobbie no estaba y empezó a maldecir en voz baja. ¿Había pasado de ser un pirata a ser una princesa?

Pero al volverse para regresar a la playa en su busca, oyó un ruido, como si alguien estuviera arrastrando algo por la arena.

Bobbie tiraba de un enorme trozo de lona.

Una vela del barco hundido que les había regalado su carga y el cadáver.

Mientras tiraba de la vela, ella parecía delgada y frágil. Y sin embargo Logan se dio cuenta de que era también musculosa y que, de tanto fingir ser un pirata, tenía un físico excelente. Pero estaba cansada, y él se apresuró a ayudarla.

—Me ha parecido que tal vez necesitáramos un tejado —dijo ella con sorna.

—Ya tenía uno pensado, desde luego —dijo él—. Pero las hojas de las palmeras no habrían sido suficientes.

—Es mejor la lona.

—Estoy de acuerdo.

Ella sonrió.

—Entonces reconoces que he servido de algo —dijo.

La lona pesaba mucho. Él tenía que admitirlo: estaba impresionado porque hubiera logrado arrastrarla hasta tan lejos.

—Voy a subir una parte a ese árbol para atarla y luego la extenderé sobre el marco. Tendrás que alcanzármela.

—Sí, señor —dijo ella, pero parecía irritada.

—¿Qué pasa?

Ella no dijo nada, se limitó a empujar la lona hacia él. Una vez atado aquel lado, Logan tuvo que bajar y trepar a otro árbol más alejado para inclinarse y extender la lona. Logró a duras penas que ella no se diera cuenta de que había estado a punto de caerse. Aquello le preocupó. Una cosa era quedar varado en una isla. Y otra bien distinta quedar varado con una pierna rota.

Cuando bajó del segundo árbol, estaba sudoroso y exhausto. Bobbie también debía de estar cansada, pero no se quejaba, y miraba su patético refugio sin ánimo de criticarlo.

—¿Y bien? —preguntó él.

—Bichos —dijo ella.

—¿Bichos?

—Los bichos salen de noche.

—No hay duda de que los mosquitos van a darse un festín con nosotros... a no ser que los pobres diablos de ese barco llevaran mosquiteras.

—¿Qué hay de la comida?

—Podemos empezar aquí —dijo él, tomando un coco, un cincel y un martillo. Abrió el coco y le ofreció la mitad, rebosante de leche—. Bebe.

La sed se impuso a los modales. Bobbie engulló la leche y comenzó a arrancar la pulpa a mordiscos. Él le lanzó un cuchillo de la caja. Ella lo tomó hábilmente y lo hundió en la pulpa. Logan se concentró en su mitad, dándose cuenta de que estaba hambriento.

—¿Volvemos a la playa? —preguntó ella cuando acabaron su comida improvisada.

—Volvemos a la playa —contestó él.

Se llevó el martillo y el cincel. Esta vez, abrió los barriles en un abrir y cerrar de ojos.

Tenían montones de ron.

Y agua rancia.

Pero en el quinto barril había galletas secas.

Se abalanzaron sobre ellas. No sabían a nada, pero al menos no tenían gorgojos, y Logan sabía que les servirían de sustento. Pero después de unos cuantos bocados Bobbie volvió a levantarse.

—¿Ya has acabado?

Ella lo obsequió con una sonrisa. Estaban los dos sudorosos y sucios, pero había algo atrayente en las manchas de su cara.

—No he empezado, pero tenemos que hacer un fuego.

Él miró el mar. Necesitaban que los rescataran, pero seguía temiendo que apareciera el barco equivocado.

Se levantó, masticando todavía. Las galletas estaban... duras.

—Está bien —dijo cuando logró tragar—. ¿Quieres cocer agua para ablandar esto?

Ella le lanzó otra sonrisa por sorpresa.

—Y mejorarlo —dijo.

Agarró las herramientas y empezó a rebuscar entre los barriles. Parecía estar buscando algo en concreto y, cuando lo encontró y lo abrió, lanzó un grito de alegría.

—¡Logan! ¡Tenemos azúcar! —exclamó alegremente—. Y está bien envuelta en arpillera y... ¿Dónde está el fuego? —preguntó dulcemente.

Él se volvió, encogiéndose de hombros, y empezó a buscar algo con lo que encender una llama.

—¿No tienes pedernal? —preguntó ella, esperanzada.

Él la miró con enojo.

—Mis bolsillos, señora, están vacíos.

Cuando echó a andar cansinamente hacia los árboles en busca de piedras y ramitas para encender el fuego, la oyó gritar de nuevo de alegría.

—¿Qué pasa ahora? ¿Es que has encontrado una vela encendida? —le gritó él.

Pero Bobbie no había encontrado una vela. Había encontrado algo mejor: una lupa. Corrió hacia los árboles buscando madera seca. Las hojas secas prenderían rápidamente.

Pero necesitaban ramas para mantener vivo el fuego.

Había muchas junto a la choza, y él se dirigió hacia allí. Un minuto después, Bobbie llevó su manojo de hojas secas al lugar donde él estaba preparando la hoguera. Logan se dio cuenta de que el sol empezaba a ponerse y deseó quitarle la lupa de la mano para aligerar la tarea, pero ella estaba decidida. Al fin, la madera prendió. Logan sopló suavemente y la llama creció. Un momento después las ramas estaban ardiendo y ellos tenían un fuego de verdad, aunque humeaba mucho, porque al parecer no toda la madera estaba tan seca como parecía.

—Es un fuego horroroso —dio ella.

—Es un fuego.

Bobbie se levantó.

—¿Dónde está esa sopera? —fue a buscarla y luego volvió a corriendo a buscar el azúcar y las galletas—. ¡Agua! —le gritó—. Necesitamos agua dulce.

Él empezó a rezongar y la siguió. Después de rebuscar un rato encontró una jarra y una tetera de plata y fue a llenarlas. Cuando regresó, vio que ella había encontrado una sartén y estaba calentándola al fuego. Bobbie le quitó la tetera y echó un poco de agua en la sartén. Luego puso la galleta y el azúcar.

Después se quedó mirando la jarra.

Logan se la dio.

—Bebe despacio.

Ella no le hizo caso. Se bebió hasta la última gota. Luego lo miró con expresión culpable.

—No pasa nada. Yo he hecho lo mismo en el manantial.

Ella se sonrojó.

—Iré a ver si tenemos platos —se ofreció él.

Tenían platos. Logan estaba francamente sorprendido porque no hubieran aparecido más cuerpos en la orilla, teniendo en cuenta la cantidad de carga que había. En un baúl había una vajilla de porcelana china para veinte comensales. También había plata. Logan decidió arrastrar el baúl hasta su refugio, diciéndose que más valía tener de sobra que no tener nada.

Sacó cubiertos y dos platos y se sentó con las piernas cruzadas delante del fuego. Iba a servirse un trozo de galleta convertida en tortita azucarada cuando ella habló.

—La verdad es que ahora mismo estaría muy bien tomar un grog —dijo, mirándolo.

Él le devolvió la mirada, dispuesto a recordarle que era ella quien se empeñaba constantemente en demostrar que sabía valerse por sí misma. Pero en vez de hacerlo se levantó y volvió a la playa. Arrastró primero el barril de azúcar, y luego volvió en busca del barril medio lleno de ron que los había llevado hasta la isla. Cuando regresó, vio que Bobbie también se había levantado y estaba arrastrando otro baúl.

—Tazas —le dijo.

—Ah.

Luego, sonriendo, ella hizo grog para los dos mezclando azúcar, agua y ron.

Al fin se sentaron de nuevo frente al fuego. La galleta estaba mucho mejor empapada con azúcar, y Logan tenía que reconocer que el grog estaba suave y que pareció calentar y aliviar sus músculos en un instante. Comieron en silencio, todavía hambrientos, y él comprendió que componían una estampa ridícula, sentados con su porcelana china delante de una hoguera y de su refugio de palmas, lona y madera rota.

Tal vez fuera el cansancio.

Tal vez fuera el ron.

Tal vez fuera el sol poniente, que pintaba el cielo con pinceladas de naranja y rosa. El cielo coloreado besaba el agua, y las olas rompían con ritmo suave y sedante en la playa.

Fuera cual fuese la razón, aquél fue un momento extrañamente apacible.

Logan se dio cuenta de que tenía la camisa rasgada y hecha jirones, las calzas deshilachadas y ambas cosas manchadas de tierra. Ella tenía el pelo enmarañado y de un color tan intenso como el atardecer. Su ropa, tan ajada como la de él, parecía ceñir todavía su cuerpo. Y nunca le había parecido más atractiva.

Logan apuró su grog y se preparó otro.

Ella enarcó una ceja, pero no dijo nada.

—¿Qué pasa, capitán? —masculló él, luchando por mantenerse alejado de ella—. ¿Es que querías que llevara el timón?

—Aún no hemos acabado —contestó ella.

—¿Ah, no?

—Necesitamos mantas.

—Yo podría dormir aquí mismo.

—Pero... no lo vas a hacer.

Él sonrió lentamente, relajándose después del arduo trabajo del día.

—Mantas. ¿También quieres que busque un colchón?

—No eres nada gracioso, ¿sabes?

—Ah, en cambio tú... Es tan difícil saber qué eres, capitán Robert...

—No hay nada que saber. Soy exactamente lo que ves.

—¿De veras? ¿Y lo dice alguien que se disfraza de hombre y finge ser el terror de los mares?

—Soy el terror de los mares —le informó ella fríamente.

—Y vas detrás de un solo hombre.

Ella lo miró con fijeza.

—Tú eres más complicado.

—¿Yo? Soy un libro abierto.

—Ah, sí. Puede que ahora seas laird Haggerty. Pero tengo la impresión de que no siempre ha sido así.

—No —reconoció él—. Procedo de la guerra, de la traición, del asesinato...

—Y has acabado llevando una buena vida.

—Me acogió un buen hombre.

—¿Te acogió? —preguntó ella suavemente.

—Estaba a su servicio, y lo serví bien. Pero era un buen hombre y no tenía hijos, y yo llegué a quererlo como un hijo. Y luego llegó la Ley de Unificación, y volví a ser laird. Gracias a una cédula de mi país.

—Eres un hombre afortunado.

—Me he permitido serlo.

Bobbie se echó a reír.

—¿Crees que una persona elige tener buena o mala suerte?

—Creo que una persona puede elegir dejar que el pasado se apodere de su vida y arda hasta que no quede nada en su corazón, excepto odio.

—El odio puede mantenerte vivo —dijo ella.

—Y puede consumirte por dentro —la advirtió él.

—¿Y tú no odias a nadie?

—Sí, capitán. Sé lo que es el odio. Pero también quería vivir.

Ella sacudió la cabeza, apartando la mirada.

—Te enamoraste —le dijo.

Él vaciló.

—Tuve buena compañía —dijo.

—¿Qué hay de tu querida Cassandra?

—Es... formal.

—Debe de quererte mucho.

—Es una persona cariñosa.

Bobbie se levantó.

—Pues no temas, laird Haggerty. Es muy posible que salgamos de esta isla y, como te dije, no hace falta ningún rescate. Eres un hombre libre.

Hablaba de forma extraña. Logan no le recordó que ya era un hombre libre. Los dos lo eran.

Y eran ambos prisioneros. De una isla.

Ella echó a andar por la playa. Logan se levantó y se unió a ella. A medida que el sol se ponía iba haciendo frío, y vio que ella estaba tiritando.

Pasó a su lado, buscando de nuevo. Había barriles rotos dispersos por la playa, los que habían abierto ellos y otros aún por abrir. Los desechos cubrían media milla, pensó. Todavía había muchas cosas que descubrir.

Encontró más porcelana, copas de cristal, jarras de peltre, pieles y un baúl lleno de finos mantos de lana. Eligió unos pocos para llevárselos, por si no encontraban mantas. Aquello era casi absurdo. Tenían más cosas entre las que elegir en aquella isla que si les hubieran dejado entrar en el guardarropa de un rey.

—¡Sábanas! —gritó ella.

—Bien —contestó Logan.

Al fin dio con un baúl que contenía varias mantas de lana y hasta una almohada de plumón. Se llevó todo lo que podía acarrear y regresó al refugio. Bobbie había llegado ya y había extendido las sábanas.

Una cama a un lado del refugio.

La otra, al otro lado, lo más lejos posible.

Naturalmente.

Logan extendió las mantas y le dio la almohada. Ella se quedó mirándolo con los ojos como platos.

—Una almohada —dijo, maravillada.

Él se encogió de hombros.

—Disfruta.

—Pero la has encontrado tú —dijo ella amablemente.

—Te la cedo con gusto —dijo él con galantería.

Volvió junto al fuego, notando un escalofrío. Se preparó otro grog y se volvió hacia ella.

—¿Os sirvo, mi capitán?

—Yo... sí —dijo ella. Para sorpresa de Logan, se bebió el grog rápidamente. Luego se estremeció—. Gracias —dijo.

—Ven a disfrutar del fuego.

—Estoy muy cansada —reconoció ella.

—Pues siéntate —él dio unas palmadas sobre la arena—. Tú ya sabes mi historia. Quiero saber el resto de la tuya.

—Sólo hay... lo que ves.

La noche había caído a su alrededor. La luna se había alzado. No era llena, pero ayudaba a iluminar la escena. Las estrellas habían salido. Y el fuego ardía bajo y agradable.

La brisa se movía suavemente.

Bobbie seguía allí de pie, desafiante, al mismo tiempo frágil y fuerte. Logan deseó tenderle los brazos, estrecharla, cuidar de ella.

A decir verdad, quería mucho más. Casi podía sentirla. Sentía latir su corazón, sentía su respiración incluso desde lejos. Notó que se excitaba y comprendió que lo que quería era algo sencillo, elemental, instintivo.

Pero había algo más. Mucho más.

Bobbie lo fascinaba.

Hizo una mueca, bajó la mirada y pensó en Cassandra. La quería. Pardiez, ella se merecía ser amada.

Y sin embargo...

Entonces se dio cuenta de que lo que sentía por Bobbie

era lo que le faltaba con Cassandra. Algo que no era formal. Algo que era bueno y noble, pero también primitivo y carnal. Fascinación, admiración, deleite... pasión.

Casi gruñó en voz alta.

Estaban solos en una isla. Ella llevaba días cautivándolo, y ahora... estaban solos.

—Hay más. Sé que lo hay. Si me lo contaras... —dejó que su voz se apagara, llena de expectación.

—Eres un noble realmente extraño, a tu modo —dijo en voz baja.

—¿Extraño? —preguntó él.

—Bueno, eres noble, tienes título, y sin embargo te codeas con personas como Sonya y Edward.

—¿Barbanegra?

—Sí.

Él se encogió de hombros, sonriendo.

—Un tipo bastante decente, en las circunstancias adecuadas.

Bobbie asintió.

—Bastante decente, sí.

—¿Sabe lo de tu disfraz?

Ella volvió a asentir.

—¿Cómo lo sabe?

Ella vaciló. Luego se encogió de hombros.

—Había oído contar cosas de mí. Que me había enfrentado a Luke el Negro en el mar, que lo había matado y me había apoderado de su barco. Cuando me vio en el puerto, se echó a reír y me invitó a su camarote a tomar un ron. Luego me pidió que le contara mi historia. Y se la conté.

—Pero no quieres contármela a mí.

—Ya sabes casi todo. Me voy a dormir. Con mi almohada nueva. Gracias, y buenas noches.

—Buenas noches —dijo él, y echó mano del grog.

Bebió mientras las olas oscuras lamían la orilla y el cielo

se tendía sobre él como un lienzo de terciopelo negro salpicado de diamantes.

La brisa susurraba, y él siguió bebiendo.

Aquella sola palabra parecía burlarse de él.

Noble.

Iba a ser muy difícil comportarse como tal.

CAPÍTULO 8

Al despertar, Logan no se levantó; esperó a asimilar de nuevo dónde estaba y en qué circunstancias. Soplaba la brisa fresca de la mañana en las islas, se sentía el sol, que iba elevándose suavemente entre la bruma y la penumbra de la noche en retirada. Notaba la arena dura y la sábana bajo él, y la lana que lo envolvía.

Y luego estaba...

La mujer tendida al otro lado de su exiguo refugio. Tan cerca...

Tan lejos.

Ella seguía dormida, con el cabello radiante extendido sobre la tosca manta de cuadros.

Logan se preguntó qué pasaba en sus sueños.

La dejó dormir y fue caminando por la playa hasta el baúl de la ropa. Rebuscó en su interior, encontró calzas y una camisa y optó por no ponerse nada más. Sin duda iba a hacer mucho calor durante el día. Se desperezó, estirando los músculos, desacostumbrados a pasar la noche en el suelo. No estaba mal del todo. En sus tiempos, había dormido en sitios mucho más incómodos. Pero había tardado mucho en dormirse. Sabiendo que ella estaba allí. Escuchando su respiración.

Debía inspeccionar el resto de los desechos arrojados por el mar. Debía empezar a recoger las cajas y barriles que contenían cosas útiles para arrastrarlos luego hasta el refugio.

Pero eso podía esperar. No tenían que cumplir un horario.

Encontró varias toallas de hilo, que sin duda les vendrían bien. Encontró jabón perfumado e hizo una mueca; después decidió que aquello era mejor que nada.

Ella seguía dormida cuando pasó por el refugio camino de la cascada, y no quiso molestarla.

Mientras se desvestía y se zambullía en el manantial de agua dulce, se preguntaba por qué nadie se había establecido aún en aquel lugar. Era un puerto de abrigo natural. Había colinas, pero no montañas. Alguien podía crear un paraíso allí.

El agua estaba fresca. Logan disfrutó sintiendo cómo resbalaba por su cuerpo. Esa noche habían dormido cubiertos por una costra de sal del océano, y aunque adoraba el mar el agua dulce sobre la piel desnuda era un suave consuelo.

Se zambulló varias veces, explorando aquel paraíso acuático. Descubrió extrañas formaciones rocosas bajo la superficie y tomó nota de su geografía mientras sondeaba la profundidad de la laguna. Entre cinco y nueve metros, calculó.

Estaba todavía sumergido cuando tropezó literalmente con ella. Incluso bajo el agua oyó el gritito que se le escapó.

Y allí, bajo la superficie y el sol, en el refugio fresco de la laguna, al darse la vuelta vio a Bobbie en todo su esplendor.

Tenía los ojos como platos y una expresión asustada. Pero, pese a sí mismo, Logan bajó la mirada. Era delgada, fibrosa y muy bella, y pelirroja natural. Su cintura era minúscula, sus pechos perfectos.

Logan se apartó de ella de un salto al tiempo que ella hacía lo mismo.

Emergieron separados por varios metros, pero el agua, que antes parecía esconder casi todo, ahora parecía magnificar su visión.

—¿Cómo te atreves? —lo acusó ella.

—¡Yo! ¿Cómo te atreves tú? —replicó él.

—¡Me estabas espiando! —lo acusó ella.

—Mi querida niña, llevo ya bastante rato en el agua —contestó él, y luego masculló—. Pirata, y un cuerno.

—¿Cómo has dicho?

—Un capitán pirata corriente no se indigna cuando se tropieza con sus hombres en una charca.

—Yo no soy un capitán pirata corriente.

—No, desde luego —él sonrió.

—Sal del agua —exigió ella.

—Sal tú —sugirió él.

—¡No! —gritó ella sin dejar de mirarlo, aunque se impulsaba desesperadamente hacia atrás para alejarse de él—. No estoy visible.

—Ni yo. Y yo llegué primero.

Ella lo miró con enojo, disgustada, y sacudió la cabeza. Luego sus ojos se entornaron.

—¡Y yo que dije que eras noble! Eres como todos los demás, sólo os interesan las mujeres para... para entreteneros.

Aquello era un golpe bajo.

—¿Cómo sé que no sabías perfectamente que estaba en el agua, y que no has venido con la esperanza de echar un vistazo al... al futuro de mi familia y mi honor?

—Yo jamás haría eso —le aseguró ella, con la cara tan colorada como el pelo.

—Ni yo.

—Ah, claro. Tú tienes a Cassandra.

Su tono sorprendió a Logan. Tenía aquella nota de desdén que ya había oído antes, pero había también algo más. Sólo un atisbo de celos, quizá.

—En realidad, ahora mismo ninguno de los dos tiene nada, salvo esta isla —le dijo.

Y entonces se dio por vencido. La laguna cristalina le parecía de pronto helada. Dio media vuelta y se alejó de ella nadando. No le dijo que se volviera cuando se acercó a la orilla, de espaldas a ella, sin importarle si lo miraba o no. Recogió la toalla que había llevado, se secó rápidamente y se puso unas calzas limpias. Sólo entonces se fijó en el jabón que había dejado junto a su ropa limpia.

Se volvió hacia ella y vio que seguía flotando lejos de la orilla.

—¡Eh!

—¿Qué?

—Jabón —dijo, y lo levantó para enseñárselo.

Ella lo quería. No había duda.

Pero no se acercaba.

—No puedo lanzarlo tan lejos.

Ella se acercó por fin.

Logan le lanzó el jabón.

Cayó no muy lejos de la orilla, donde quedó flotando sobre la superficie.

Ella le lanzó una mirada venenosa.

—Gracias.

—No hay de qué.

—Quizá deberías volver y buscar algo de desayuno —sugirió ella.

—Sí, capitán. Eso voy a hacer.

Pero se quedó donde estaba.

Ella lo miró fijamente y empezó a rezongar en voz baja; luego pareció aceptar su desafío y se acercó nadando al jabón.

Sin dejar de mirarlo. Sin dejar de maldecirlo. Y, en efecto, sabía jurar como un pirata.

Ah, en fin. Logan echó otro largo vistazo y se preguntó

cómo una mujer así había logrado hacerse pasar por un hombre.

Después se volvió, sonriendo, y regresó a la playa.

—¿Brendan?

Brendan apenas se volvió cuando Sam el Silencioso se acercó al timón; tenía los ojos fijos en el horizonte.

—¿Sí?

—Deja que tome el timón.

—Estoy bien.

—No, no estás bien. Todo el mundo necesita dormir alguna vez.

—Están ahí. En alguna parte —dijo Brendan con vehemencia.

Sam el Silencioso se quedó callado.

—Están ahí —insistió Brendan.

—Puede ser. Y si es así, los encontraremos. Confía en el hombre de cofa. Iremos a todas las islas de la costa, navegaremos hasta morir de viejos. Pero no servirás de nada si no descansas.

Aquél era el discurso más largo que Brendan había oído proferir a Sam el Silencioso. Lo miró y vio que su lealtad a la causa (a Bobbie) era sincera. Al fin asintió con un gesto cansino y se apartó del timón para que Sam ocupara su lugar.

—¿Quién está en la cofa? —preguntó.

—Hagar.

Brendan asintió.

—Estaré en su camarote —dijo.

Sam el Silencioso inclinó la cabeza.

En el camarote, Brendan se dio cuenta de que Bobbie y él no eran sólo primos; ni siquiera hermanos, como sentían que eran a menudo, después de pasar juntos por tantas cosas. Eran supervivientes. La búsqueda de Bobbie era la suya. Y no podía creer que, después de tanto padecer, pudiera perderla a ella también.

No quería creerlo.

Necesitaba creer que estaba viva. Logan se había lanzado tras ella, y él también era un superviviente. Logan la habría salvado.

Si había podido encontrarla entre el agua negra y turbulenta.

Si habían encontrado un modo de llegar a tierra.

Si...

Estaban allí fuera, en alguna parte, juntos. Tenía que ser así. Y tenían que estar...

Vivos.

Y él iba a encontrarlos. O, como Sam el Silencioso había dicho, moriría en el intento.

Ser firme y constante. Aguantar el viento. Era el lema por el que Bobbie había sobrevivido.

Llevaba quieta tanto tiempo que le parecía que el agua estaba fría, casi helada. Lo había visto irse, pero seguía mirando fijamente la orilla, a pesar de que habían pasado largos minutos.

¿Qué importaba aquello, en realidad?, se preguntaba en tono burlón. Podían pudrirse allí durante años. Podían morir allí.

Otra idea pasó por su cabeza.

¿Tanto importaría?

La vida le había ofrecido muy poco, salvo miseria y sufrimiento. Había aprendido a manejar la espada y las pistolas y a navegar no por el placer de hacerlo sino porque era una forma de distraerse después de pasarse el día fregando suelos, o porque le ofrecía una vida mejor, aunque no fuera ideal. Se había enfrentado a un hombre y lo había matado porque la vida era preferible a la muerte.

No había salida. Todos los caminos llevaban a una familia masacrada, a una matanza en un pueblo y al fin de la promesa de una vida decente. Sabía que la pena, que incluso el terror visitaban la vida de cada cual. La muerte no les era desconocida a los ricos, pero era más dura para los pobres, y a menudo llegaba por orden de la realeza. Porque los reyes podían enviar a hombres desalmados a conseguir sus fines, sin pensar en cómo lo hacían, ordenándoles únicamente que no hubiera supervivientes, para que no quedara nadie que contara lo sucedido.

Pero Blair Colm era avaricioso, además de cruel. En las colonias podía conseguir un buen precio por una niña sana capaz de trabajar. Pero había cometido un error. Blair Colm no era consciente de cuánto tiempo podía arder el odio en el corazón humano.

Aquel día, en el barco pirata...

Había sido su salvación. Le había dado la vida cuando no tenía ninguna. Y saber que él estaba allí, en el mar, le había dado un motivo para seguir adelante. Había comprado su libertad, y con ella una oportunidad de cumplir su ardiente deseo de vivir, de vengar la horrenda crueldad que él había ejercido sobre otros.

Y luego...

Como una tonta, había tomado un prisionero.

Un hombre inteligente. Y encantador. Ingenioso y valiente.

Y además era hermoso.

Fuerte como una roca, esbelto y terso. Ella se había creído inmune. Pero al alejarse, con los músculos marcados y la piel reluciente por las gotas de agua tocadas por el sol, Logan estaba irresistible. Cautivador. Seductor.

Lo que ella sabía sobre el sexo no era especialmente atrayente; había visto suficientes manoseos en las tabernas que frecuentaba como para considerarlo un asunto violento y desagradable. Lo que había visto de los hombres no le parecía atractivo. Eran feos, peludos...

Pero Logan...

Cerró los ojos. El agua parecía estar fría, pero se alegró de ello porque se sentía acalorada, como si ardiera por dentro.

Se obligó a pensar en otra cosa, recordando el horrible momento en el que había visto el cadáver y pensado que era Brendan. Había sido peor que la muerte creer que él podía haber muerto.

¿Y qué había de la vida de ese pobre diablo? ¿Había sido buena? ¿Estaba casado? Si su esposa iba en el barco con él, ¿había sobrevivido a la tempestad? ¿Eran buenas personas, o ricos, nobles y crueles? Se descubrió rezando porque aquel hombre hubiera tenido una buena vida, porque hubiera conocido el placer, porque hubiera sido amable y honrado.

No sirvió de nada.

Por más que intentaba pensar en otra cosa, sus pensamientos volvían constantemente a Logan. Se despreciaba por interesarse por él, por estar tan fascinada por su cuerpo y su mente. Logan podía desafiarla, podía provocarla, podía mofarse de ella, pero nunca era cruel. Ella se preguntaba no tanto por el sexo (del que había visto muestras en tabernas y callejones oscuros), sino por cómo sería sentir una caricia tierna. Sentirse abrazada por él. Tenerlo allí para defenderla, como había hecho cuando aquellos hombres le tendieron la emboscada en el callejón.

Se preguntaba cómo sería sentir la palma de su mano sobre la cara, la presión suave de sus labios en los suyos, oír sus susurros dulces y tiernos. Olvidarse de todo, aunque sólo fuera por un instante, aunque no fuera...

Lo correcto.

Ella no era una joven formal. Era hija de un irlandés asesinado por orden de Guillermo de Orange. Había crecido de rodillas, fregando suelos. Y cuando se había vuelto presentable, de pronto se había visto en poder de una mujer que al final había vuelto a venderla. Y luego... luego se había convertido en un pirata.

No, la suya no era una vida formal, en absoluto.

No creía que alguna vez la invitaran a los salones elegantes de Charleston o Savannah.

Pero ¿qué importaba, si lo único que buscaba era un momento?

Pero había más.

Estaba Cassandra.

Otro misterio. Si era bella, inteligente y tierna como decía él, ¿por qué vacilaba Logan? ¿Por qué no estaban prometidos? Era evidente que Logan la conocía bien y se interesaba por ella, como ella por él. Pero ¿por qué...?

Un minuto más y se quedaría helada, a pesar de que el sol estaba ya lo bastante alto para calentar el aire. Se frotó a conciencia con el jabón y luego se acercó corriendo a la orilla, haciendo una leve mueca al pisar un saliente de roca. Se apresuró a recoger la toalla y la ropa que había elegido, y se maldijo por no haberse dado cuenta de que Logan había hecho lo mismo antes que ella.

Se vistió rápidamente con unas calzas y una camisa de hombre y a continuación se puso unas medias y unos zapatos.

Después se detuvo. Sus pensamientos habían vuelto inevitablemente a Logan.

Era un hombre decente.

Otro, en su situación, ya la habría violado. A fin de cuentas, ella había capitaneado un barco pirata. Era de su ralea. Otro la habría considerado una presa fácil.

Pero Logan no.

A su modo...

A su modo, parecía conocerla. Comprenderla. Quizás, incluso, admirarla.

Ella había conocido a hombres decentes (a pesar de que a algunos de ellos, como Teach, se los considerara animales). Muchos eran buenas personas. Tenían criterio y principios morales.

Pero nunca había conocido a nadie que le diera tanto que pensar, que le hubiera hecho llegar a la conclusión de que tal vez le gustara vivir de verdad, en lugar de vivir sencillamente para la venganza. Hasta que había conocido a Logan.

Y eso era al mismo tiempo ridículo y peligroso. No se atrevía a sentir afecto por él. No podría soportar sufrir más.

Pero ¿y si Brendan y toda su tripulación se habían... perdido?

No podía ser. El *Águila* necesitaba una limpieza, pero era un barco hermoso y bien construido. Habría aguantado la tormenta.

Y sus hombres irían en su busca. Tenía que creerlo, se dijo mientras echaba a andar otra vez.

Lo creía.

Se detuvo.

Su corazón latía demasiado fuerte. Estaba temblando. Tenía que rezar para que llegaran pronto. Muy pronto.

El segundo cuerpo llegó a la orilla mientras ella estaba aún en el manantial.

Logan tiró de él hasta la playa y lo arrastró hasta el lugar donde habían empezado su cementerio. No sabía cómo iba a reaccionar Bobbie ante aquel segundo muerto.

Bueno, se dijo adustamente, ella quería ser un pirata duro de pelar. Debía de haber visto muertos otras veces. Su reacción de la víspera se había debido a su temor a que el barco naufragado fuera el suyo y a que el cadáver fuera el de su primo.

Pero así y todo...

Había un núcleo vulnerable bajo su fachada, un núcleo que tal vez él nunca hubiera descubierto si no hubieran acabado en aquella isla.

Caminó por la playa, confiando en encontrar algo mejor con lo que cavar que la sopera del día anterior. Mientras caminaba, descubrió un trozo de madera rota que llevaba pintado el nombre del barco. «D-E-S-T-I», leyó. ¿*Destino*? Seguramente. Un nombre irónico (y triste), teniendo en cuenta su fin. Debía de ser un mercante, y parecía llevar efectos personales, además de mercancías. Tal vez llevaba a una novia que debía encontrarse con su futuro esposo en las colonias. O quizás el dueño llevaba a su esposa a pasar una temporada con sus parientes en el nuevo país. O en el viejo, se dijo. No había modo de saber en qué dirección viajaba el barco. El hombre al que habían enterrado la víspera parecía ser un caballero, en cualquier caso.

Destino.

El destino encontraba a todo el mundo.

En una caja, rota en parte, encontró lo que andaba buscando.

Una pala.

Una herramienta muy útil, dado que temía que el día les llevara más moradores para el cementerio.

Volvía al cementerio cuando vio a Bobbie caminando hacia él y se detuvo. Se había vestido con sencillez, con unas calzas y una camisa de hombre. Logan se había preguntado si escogería alguna prenda del elegante vestuario femenino que habían encontrado, pero al parecer creía que debía mantener el disfraz incluso allí, estando aislados.

Lo que la ayudara a sobrevivir, pensó. Pero se preguntó si

sabía que, excepto la chaqueta y otros accesorios, la ropa que había elegido se le pegaba al cuerpo y no hacía otra cosa que realzar sus formas, en lugar de ocultarlas.

Aunque, de todas formas, poco importaba, teniendo en cuenta que él podía imaginársela como la había visto en la laguna, sin ninguna ropa.

Se sacudió mentalmente; tenían que vérselas con un muerto, y luego ocuparse de encontrar más comida.

—Mi querido prisionero laird Haggerty —lo saludó ella en tono ligero, como si no se hubieran visto en el manantial esa mañana—. Creía que el desayuno ya estaría preparado.

Él se quedó callado y deseó poder replicar con la misma ligereza y decirle que hiciera ella el desayuno.

Ella vio su cara y se detuvo con expresión preocupada.

—¿No habrá...?

—Me temo que ha llegado otro pobre diablo, pero no es de tu barco, capitán —se apresuró a tranquilizarla él.

Aun así ella palideció.

—Dios mío —murmuró—. Me pregunto cuántos habrán muerto.

No era un verdadero pirata, ni mucho menos, pensó él. Un verdadero pirata habría pensado en el cargamento que el mar arrojaba a la orilla.

—La mar puede ser una amante cruel para quien se aventura en sus olas —contestó—. ¿Por qué no echas un vistazo, a ver si hay algo más que galletas? Yo me ocuparé de ese pobre hombre.

Ella cuadró los hombros y estiró la columna.

—No —dijo con suavidad.

Él la miró inquisitivamente.

—Alguien debe llorar su muerte —dijo ella.

—Como quieras —le dijo Logan—. Pero sólo he encontrado una pala.

Ella tragó saliva.

—Con una basta.

Logan cavó y, cuando ella se ofreció a sustituirlo, sacudió la cabeza y le dijo que podía arreglárselas, así que ella se quedó a su lado, observando.

No miró la cara del muerto, de lo cual Logan se alegró. Aquel cadáver estaba aún peor que el anterior, por culpa de los peces y la hinchazón.

Logan hizo un agujero profundo y luego amontonó la tierra.

De nuevo, Bobbie preparó una cruz y dijeron una oración, como la vez anterior.

Logan se dio cuenta de que estaba empapado y exhausto, y de que le dolían los brazos de cavar en la arena apelmazada. Se apoyó en la pala y miró hacia abajo.

Cuando levantó los ojos, ella se había alejado por la playa.

Guardó la pala en el refugio, a salvo de la lluvia que sin duda iba a caer, y pensó en construir unos estantes y en levantar las camas por encima del suelo para alejarlas de los roedores y los cangrejos que pudieran entrar.

La oyó gritar con una nota de júbilo en la voz justo cuando empezaban a sonarle las tripas, y confió en que hubiera encontrado comida.

Salió del refugio y corrió por la playa, hacia ella.

—¿Qué pasa?

—Cañas de pescar —dijo ella.

Él se quedó mirándola.

—Cañas de pescar. Podemos pescar —le dijo ella.

—Entiendo.

Ella sonrió lentamente.

—¿No has pescado nunca?

—Claro que sí —le aseguró él. Luego se sonrojó y dijo—: Bueno, en realidad, no.

—¿Nunca?

—Era el capitán de mi barco —le dijo él.

—Y yo el del mío —le recordó él, y luego lo miró con curiosidad—. ¿Qué hay de tu vida... fuera del mar, laird Haggerty?

—Digamos simplemente que pescar no estaba entre mis responsabilidades. Pero creo que me las arreglaré para descubrir cómo se usa.

Ella seguía sonriendo. Logan soltó un gruñido ofendido y dio un paso adelante para tomar una caña de pescar. Parecía un utensilio bastante simple.

Le quitó la caña y echó a andar hacia la orilla. A su espalda, ella se aclaró la garganta.

—¿Qué? —repuso él, más bruscamente de lo que pretendía.

Ella sonrió aún más. Quizá Logan debía alegrarse de hacerle tanta gracia.

—Creo que encontraremos unos manglares... por allí. Allí habrá peces. Y... un cangrejo muerto será un buen cebo. O un cangrejo vivo, si podemos atrapar uno.

Siguieron andando juntos y él vio un caparazón de cangrejo en la playa, pero al examinarlo vio que otras criaturas se habían comido hacía tiempo el cuerpo que había dentro.

—Podríamos comer cangrejos, pero no están muy buenos. Si podemos pescar un pargo en los manglares... Estaría muy bien.

Logan logró atrapar un cangrejo vivo que trepaba por uno de los baúles. Consiguió mantenerse alejado de sus tenazas y luego, enfadado porque a ella le hiciera tanta gracia su falta de experiencia, seccionó rápidamente el cangrejo. Si los cangrejos sufrían, aquél no sufrió mucho tiempo.

Ella siguió andando; luego se dirigió hacia el interior de la isla, hacia una parte en la que el mar se adentraba entre los árboles.

Era una zona fresca y a cubierto, y Logan vio que había escogido bien. Se veía a los peces en el agua poco profunda.

Quizá porque había decidido demostrar de nuevo su valía, fue él quien pescó el primer pez. Y era un pargo. Grande.

Ella lo miró en silencio cuando atrapó el pez.

—¿Y bien?

—Te has portado muy bien, prisionero —repuso ella.

Él masculló una maldición, se volvió con su presa y regresó al refugio.

Ella lo siguió, pero por el camino se detuvo junto a su alijo de tesoros y se puso a rebuscar hasta que encontró algo que la entusiasmó. Logan procuró no mirar mientras hacía el fuego, pero, cuando volvió, ella parecía tan satisfecha que tuvo que preguntarle:

—Bueno, ¿qué has encontrado?

—Té. Y ese fuego no está nada mal —dijo ella.

Se pusieron manos a la obra, cada uno con su tarea. Él preparó el pescado mientras ella hacía el té.

Era una escena casi doméstica.

El pescado fresco estaba delicioso y el té caliente, mezclado con azúcar, era el complemento perfecto. Los dos disfrutaron de la comida en silencio, pero mientras saboreaba su último bocado, Logan se dio cuenta de que ella lo estaba mirando.

—¿He cometido algún error, capitán? —dijo.

Ella negó con la cabeza.

—¿Cómo y dónde creciste? —preguntó.

—Me parece que tu pasado es más misterioso que el mío.

—No es ningún misterio. Sólo es una pesadez. Pero tú...

—Si tu misterio es una pesadez, mi historia también lo es.

Ella sacudió la cabeza sin dejar de mirarlo.

—Pero no es lo mismo. Quiero decir que es evidente que hay muchas personas que te quieren y te tienen en gran estima.

—Como a ti.

Ella agitó una mano.

—No conozco a nadie dispuesto a pagar una fortuna por mí.

—¿No? —preguntó él en tono cortante—. Hay más de una docena de hombres dispuestos a dar su vida por ti. A mí eso me parece todo.

Ella bajó la cabeza. Logan había tocado un nervio sensible.

—No estábamos hablando de mí.

—Yo sí.

—Bueno, pues no vamos a hablar de mí —dijo ella, levantando la mirada—. La historia de tu vida es mucho más amena, un buen modo de pasar el tiempo hasta que mis hombres nos encuentren y tú seas libre.

—Yo ya soy libre —repuso él y, al ver que ella no decía nada, continuó hablando—. Es posible —sugirió— que venga otro barco a rescatarnos. Seguramente, un barco legal. En cuyo caso yo, desde luego, haré lo que es debido y te presentaré como una pobre muchacha perdida en la tormenta. No mencionaré que eres Robert el Rojo, porque no me gustaría que te acusaran de piratería y te colgaran hasta la muerte.

—Eres muy amable —dijo ella con sorna—. Y dime ¿qué será de mí?

—Bueno, la leyenda de Robert el Rojo acabará en misterio, y tú podrás llevar una vida formal.

—Una vida formal —repitió ella.

—Sí —dijo él suavemente.

Ella sacudió la cabeza.

—Serías muy generoso si me ayudaras a llegar a algún puerto amigo. Pero yo no persigo una vida formal. Tú eres laird Haggerty. Tienes a Cassandra, tus tierras, tu título.

—Pobre Bobbie, no tiene nada, así que debe seguir siendo un pirata.

Ella lo miró con fiereza.

—Tengo algo por lo que vivir. Y no lo encontraré en Savannah, ni en Williamsburg, ni en ningún otro sitio elegante.

—Sí, vives para la venganza. Para vengarte de Blair Colm.

Ella se encogió de hombros y se levantó.

—Estoy cansada de hablar —le dijo.

—La vida es algo más que la muerte.

—No siempre —le aseguró ella. Y, dando media vuelta, volvió a la playa.

Había libros.

¡Libros!

Quedaban todavía muchas cajas por abrir, pero cuando Bobbie encontró los libros, se volvió loca de alegría. Eran preciosos, encuadernados en cuero, con las páginas sobredoradas. Pero no se alegró porque fueran tan bonitos, sino porque podría leer. Había libros sobre astrología y astronomía, navegación, barcos, sobre los viajes de exploración del Caribe, sobre la flora y la fauna, y había también obras de ficción. Chaucer y Shakespeare, y hasta una traducción de Cervantes. Estaba de rodillas en la arena, abrazada a un libro, cuando Logan apareció a su lado.

—Así que hay amor en tu alma —dijo él con buen humor.

Ella se sonrojó.

—¡Mira! ¡Libros!

—Entonces sabes leer.

—Claro que sé leer.

Logan se acuclilló a su lado. Una sonrisita jugueteaba en sus labios.

—Más de un capitán pirata no sabe —le recordó.

Ella agitó una mano en el aire.

—Teach sí sabe. Y muchos otros también.

Era cierto. Aunque la mayoría de los marinos no sabía leer, los piratas que habían elegido aquel camino después de ganarse la vida con una patente de corso tenían cierta educación y sabían leer bastante bien.

Pero él nunca había visto un pirata que se entusiasmara tanto al ver un libro, por muy bello que fuera.

—Cervantes. En inglés —dijo, sonriendo.

—¿Lo has leído? —le preguntó ella.

—En efecto —le aseguró él, muy serio—. Las fatigas de Don Quijote de la Mancha. Las tribulaciones de un hombre cuya fantasía cambiaba la vida de quienes lo rodeaban.

—Lo sé.

Ella se levantó bruscamente.

—A Cervantes lo apresaron piratas berberiscos.

La sonrisa de Logan se hizo más honda.

—Puede que fueran sus sueños y su idealismo los que lo mantuvieron vivo.

Abrazada al libro, Bobbie se alejó camino de su refugio. Miró hacia atrás una vez, rápidamente, y vio que él la seguía. Y que arrastraba el baúl de los libros.

Ella se sentó a la sombra de una palmera y empezó a leer; luego se dio cuenta con fastidio de que estaba más pendiente de los movimientos de Logan, que estaba construyendo unas plataformas para sus camas con madera, clavos y martillo, que de las palabras de la página. Sólo cuando el martilleo se detuvo y él se alejó pudo enfrascarse en el libro.

Un rato después se dio cuenta de que había vuelto. En realidad, llevaba ya algún tiempo allí, porque la sartén que había puesto sobre el fuego despedía un olor delicioso. Ella dejó el libro y se acercó a él.

Logan acababa de preparar los platos. Había gajos de lima junto a la galleta, que tenía trozos de mango encima. Unos filetes de pargo seguían tentando su olfato. Él añadió una última rodaja de lima a un plato y luego se levantó para alcanzárselo.

—Capitán —dijo amablemente.

—Gracias —dijo ella.

—Me ha parecido adecuado preparar un grog para la libación nocturna —añadió él, dándole una taza.

—Gracias otra vez.

Ella se sentó delante del fuego.

—¿Te está gustando tu libro? —inquirió él.

Ella bajó la cabeza. No sabía si reír o llorar. Podían haber sido una pareja casada sentada para cenar; ella la esposa mimada y él el marido, un hombre de negocios que estaba deseando mantener una conversación cultivada al final del día.

—Me está gustando, sí, gracias. ¿Y tú? ¿Qué has estado haciendo?

Se sorprendió cuando él vaciló antes de decir:

—He encontrado una cueva cerca del manantial. He pasado algún tiempo explorándola y camuflándola.

—¿Por qué? —preguntó ella.

—Cuando llegue un barco, si es que llega... En fin, tendremos que ver la bandera antes de decidir si queremos que nos encuentre o no.

Ella sacudió la cabeza.

—Pero... si nos encuentran piratas, lo peor que puede pasarnos es que saqueen la isla y nos dejen aquí. Pero lo más probable es que nos lleven a bordo; quizás incluso que nos lleven a New Providence.

—Puede que sí. Y puede que no.

—Pero...

—Bobbie, muchos hombres piensan que una mujer en un barco pirata trae mala suerte. Y puede que haya muchos piratas que vivan conforme a un código, pero los hay también que preferirían matarnos. Así no habría discusiones con el botín. Y...

Se quedó callado.

—¿Qué?

—Muchos pensarían que eres una presa fácil.

Ella no creía que pudiera sonrojarse tan fácilmente.

—Conviene tener un lugar donde esconderse —le dijo él—. Y también esconder algunas cosas que necesitaremos para vivir. Aunque lamento mucho que haya muerto gente en ese barco, sus restos van a hacernos mucho más fácil la vida aquí de lo que podría haber sido.

Ella desvió la mirada, preguntándose por qué todo en su vida parecía ir acompañado de un toque de angustia. De pronto se sintió al borde de las lágrimas y se levantó.

—Gracias por una cena estupenda, laird Haggerty —dijo.

Dejó su plato sobre la arena y se dirigió a su refugio, con la esperanza de que él no se empeñara en que fregara los platos.

No se empeñó.

Ella se tumbó, sintiéndose vacía por dentro. Y con la noche, llegó el sueño.

CAPÍTULO 9

Logan se despertó en cuanto ella hizo un ruido, pero al principio mantuvo las distancias.

Ella hablaba en sueños. Luchaba en sueños. Mascullaba las mismas palabras una y otra vez.

Logan se acercó a ella y se sentó. Quería tocarla, despertarla. Bajo los párpados, sus ojos se movían erráticamente. Un fino reguero de lágrimas corría por sus mejillas.

Y luego gritó, y él no pudo soportarlo más.

La estrechó suavemente entre sus brazos y la apretó con fuerza, susurrándole.

–No pasa nada, no pasa nada. Ya pasó. Estás a salvo.

Tardó un buen rato en tranquilizarla, durante el cual ella luchó por despertarse. Luego, por fin, se despertó con un sobresalto. Y entonces se acurrucó contra él y lo miró. Por un instante, sus ojos parecieron tan desnudos y llenos de dolor que Logan deseó mandarlo todo al garete y prometerle por su vida y su alma que todo le iría bien. Pero luego aquel escudo siempre presente cayó de nuevo sobre sus ojos, cambiando su color. Ella se tensó como si hubiera recibido una bofetada. Pero no se apartó de sus brazos.

–Te he despertado –dijo–. Lo siento.

Él sacudió la cabeza. Seguía apretándola con fuerza mientras la miraba. Había algo en ella que se filtraba en su interior como la suave brisa del océano que respiraban. La abrazaba con ternura, pero también con firmeza.

—¿Qué horrores persigues en tus sueños? —preguntó—. ¿O te persiguen a ti?

Ella puso una mano sobre la suya. Todavía estaba temblando, pero el calor de su cuerpo parecía prender una llamada dentro de él.

—Lo siento —dijo de nuevo con dignidad, eludiendo la pregunta.

Logan no se movió.

—No pasa nada —insistió ella—. No siempre tengo pesadillas. Espero no volver a despertarte.

Seguía temblando, parecía incapaz de detenerse, su voz sonaba trémula.

Logan volvió a tumbarla sobre la almohada, pero no se alejó. Se tumbó a su lado, apoyado en un codo, dejando claro que no pensaba marcharse.

—¿Con qué demonios luchas en sueños? —preguntó.

Ella se limitó a mirarlo fijamente. Estaban tan solos... Sobre ellos, el cielo era un lienzo de terciopelo tachonado de estrellas, y la brisa era tan suave como violento había sido su sueño. Las palmeras susurraban quedamente, y las olas rompían en la orilla con un murmullo adormecedor.

—¿Qué quieres de mí? —gruñó ella.

—La verdad. El pasado.

—¿Por qué el pasado, si no hay futuro? —preguntó ella débilmente.

Sus palabras, dichas en un tono tan cargado de pesadumbre, sorprendieron a Logan.

—Hay futuro.

La miró fijamente. Ella no iba a decir nada, así que él volvió a hablar.

—Puedo intentar recomponer tu pasado –dijo–. Blair Colm era uno de los hombres claves de Guillermo III en Irlanda. Mató a tu familia. Mataba a mujeres y niños indiscriminadamente, pero a Brendan y a ti os llevó consigo, y quizá también a otros, porque podía venderos como sirvientes en las colonias.

Ella se tumbó de espaldas.

—Has hablado con Brendan.

—Si es así o no, no importa. Conozco la historia.

—¿Cómo es posible?

—Blair Colm pasó mucho años vendiendo niños –le dijo él.

Ella lo miró con fijeza.

—¿También... también destruyó a tu familia?

Logan se sentó sin dejar de mirarla, con los brazos alrededor de las rodillas.

—Mi padre presentó batalla. Una batalla inútil. Creía haber dejado abierta una ruta de escape para mi madre y para mí. Pero Blair había matado a su hombre y ocupado su lugar. No sé si habría matado también a mi madre, pero ella intentó resistirse, y también murió. Y a mí me llevaron a América.

Ella se puso de rodillas y se apartó un poco de él, mirándolo como si de pronto se hubiera convertido en su enemigo.

—¿Mató a tu madre delante de ti y no has invertido tu vida, tu prestigio y tus recursos en perseguirlo? –preguntó en tono acusatorio.

—Crecí en casa de un buen hombre. Pasé años sin ver ni oír hablar de Blair Colm. Estuve unos años en el ejército, y hace poco descubrí que Colm era bienvenido en los salones de Savannah y Charleston, que por el norte solía llegar hasta el puerto de Boston y que luego volvía a hacerse a la mar. Nunca he coincidido con él en un puerto.

—¡Yo le habría clavado un puñal en la calle! —exclamó ella.

—No me estás escuchando. Nunca tropecé con él.

—Deberías haberlo intentado.

—Francamente, prefiero que aparezca ante el mundo como el monstruo que es, despojado de sus títulos, que la autoridad legítima lo condene por sus crímenes y lo haga colgar.

—¿Mataba él con autoridad legítima? —preguntó ella, y luego respondió a su propia pregunta—. Sí, en cierto modo. Le dijeron que sometiera a los irlandeses, fuera como fuese. Así que sus brutales asesinatos de niños quedaron impunes, y ahora, por su culpa, se sentencia a niños a muerte por robar pan. Para sobrevivir. Porque Blair Colm les robó sus tierras y mató a sus familias. Así que ¿qué justicia podría ejecutarlo, si actúa a las órdenes del rey?

Él dejó escapar un suspiro.

—¿Por qué crees que me he hecho amigo de piratas y que tenía negocios en sitios como New Providence?

—¿Esperabas encontrarlo? —preguntó ella con escepticismo.

—Claro que esperaba encontrarlo. Tú, con tu búsqueda y tu pasión... tú habrías querido apuñalarlo en la calle —la reprendió él—. Pero no habrías podido acercarte a él. Es muy cuidadoso cuando sale al mundo. Va siempre rodeado de guardias elegidos cuidadosamente entre quienes lo ayudaron a cometer sus crímenes atroces. Te habrían apresado y colgado, sin conseguir nada.

Ella se echó hacia atrás y lo observó con perplejidad.

—Entonces tenía razón desde el principio —dijo—. Ser Robert el Rojo es mi única esperanza.

—No tienes razón. No es tu única esperanza.

—Claro que sí. No estoy equivocada.

—Eres irlandesa y terca, y al parecer te gusta la idea de ser una mártir.

—No pretendo serlo.

Él levantó un dedo, señalándola.

—Entonces tienes que creer en el futuro —se acercó a ella y la asió de los hombros—. Lady Fotherington ha muerto, igual que el hombre al que te vendió. Reconozco que no puedes volver a casa. Jamás te sugeriría que volvieras a Irlanda. Sólo sentirías dolor y amargura. Pero puedes forjarte otra vida.

—¿Y cuál sería mi hogar, entonces? —preguntó ella—. ¿Una casa en la que sería de nuevo una criada?

—La vida ofrece mucho más que eso —le dijo él—. Mucho más.

—Para ti —contestó ella sombríamente.

—Para cualquiera. Vivimos en un mundo nuevo —repuso él.

—Un mundo nuevo con los amos de siempre —dijo ella.

Logan sacudió la cabeza con firmeza.

—Un mundo nuevo en el que los edictos del rey cruzan lentamente el océano. Un rey que es un extranjero, que sólo puede actuar a través de la ley inglesa.

—Yo no puedo olvidar. No quiero olvidar.

—¿Crees que yo he olvidado? —preguntó él—. He aprendido a esperar mi oportunidad. Igual que debes hacer tú —añadió secamente—. Toda tu ira y tu odio, por muy justos que sean, no servirán para que te cobres venganza mientras estemos en esta isla, esperando nuestro... sino —estuvo a punto de decir «destino», pero se acordó del barco naufragado y se refrenó.

Ella no contestó.

—¿Te das cuenta de que estás dejando que Blair Colm te robe cada día de tu vida, y no sólo por el asesinato de tu familia? —ella lo miró con el ceño fruncido. Ferozmente—. También a ti te ha quitado la vida —añadió él con suave vehemencia.

Ella se encogió de hombros.

—Morí en aquel campo, aquel día. Desde entonces estoy en el purgatorio.

—¿Y si te juro darle caza y matarlo?

Ella lo miró con desdén.

—Cuando tropecé contigo —le recordó—, estabas muy ocupado transportando un tesoro por la ganancia que te traería. Una auténtica estupidez.

—Sí, así es —contestó él—. Pero eso no significa que no estuviera también buscando a Blair Colm. No quiero sólo que muera. Quiero que muera mientras yo sobrevivo y prospero. Ese me parece mejor modo de vengarme.

—Tú y yo somos distintos —dijo ella en voz baja.

—Sí. Tú quieres ser una mártir.

—¡Claro que no!

—Entonces, piensa en lo que estás haciendo —le dijo él.

Ella se levantó, rodeó con un brazo la viga, hecha con un tronco de palmera, de su refugio y se quedó mirando la noche iluminada por la luna.

—Todo lo demás pierde brillo cuando pienso en él —dijo.

—Entonces seguirás teniendo pesadillas hasta que mueras por culpa de tu farsa, y será otro quien se vengue —la advirtió él—. Dime, ¿está Brendan tan obsesionado con la venganza como tú?

Ella se volvió, furiosa.

—Desde luego que sí.

—¿No desea probar a vivir como un hombre libre?

—Lo vendieron como sirviente junto a mí. Está tan empeñado en vengarse como yo.

—Creo que él preferiría vengarse teniendo alguna oportunidad de sobrevivir.

Ella lo miró con enojo.

—Laird Haggerty, lamento mucho haber perturbado vuestro sueño. Habéis sido de tremenda...

—¿Ayuda?

—Y también un fastidio. Por favor, dejadme en paz, y yo haré lo mismo con vos.

—¿Cómo demonios voy a dejarte en paz si estás siempre luchando?

—Entonces deja que sea yo quien libre las batallas de mi vida y de mi mente —respondió ella con aspereza—. Por favor, vete a soñar con tus riquezas y tu Cassandra.

—¿Por qué la sacas siempre a relucir? —inquirió él, decidido a no enfadarse, a mantener la cabeza fría.

—Porque... porque has dejado claro que valoras una... una vida formal por encima de todas las cosas.

—¡Santo cielo, ampárame de los necios y las mujeres! —adiós a su intento de mantener la calma.

—¡Vaya! ¡Ya empezamos! Si fueras tú el empeñado en vengarse, sería la furia justa de un hombre. Pero si soy yo quien trata de hacerlo, soy una necia y una mujer.

—Eres una mujer que actúa como una necia, eso es todo. Eres don Quijote luchando contra los molinos de vientos, jugando a ser un pirata mientras buscas a Blair Colm. ¿Por qué es más noble que recorras los mares atacando barcos inocentes mientras persigues a ese hombre que el hecho de que yo busque una vida respetable mientras hago lo mismo?

—¡Porque tú tienes elección! —gritó ella, enfadada.

Logan tomó aire y, entre las sombras, allí, solos los dos, comprendió que ella tenía razón.

—Perdóname —dijo con sencillez; luego se acercó a ella y la tomó de las manos—. Has hecho lo que había que hacer, cuando había que hacerlo. Pero yo puedo cambiar el resultado, ¿es que no lo entiendes?

—No —contestó ella tajantemente.

—Tú... has conseguido un buen botín. Y yo voy a vivir desahogadamente, aunque no sea rico; tendré un título y propiedades, y puedo ofrecerte una buena vida.

—¿El camino hacia la decencia? —preguntó ella en tono burlón.

—Bobbie —comenzó a decir él, y su nombre sonó como una caricia—, hay muchas formas de vivir.

Ella sonrió.

—No. En nuestro mundo, sólo hay dos. La tierra y el mar. Yo vivo una vida libre de fingimientos. Tu mundo está lleno de farsas.

—¿Y eso lo dices precisamente tú?

—Mi farsa no es peor que las que se representan a diario en tu mundo.

Él sacudió la cabeza.

—Eres la mujer más terca y cabezota que he conocido nunca.

—Estoy muy lejos de la dulce Cassandra —repuso ella.

Él se enojó de pronto.

—¿Quieres dejar eso de una vez? —dijo.

—¿Por qué?

—Porque, por más que la admire, ya te lo he dicho... ¡no voy a casarme con la dulce Cassandra!

—¿Por qué no? —preguntó ella—. La carta en la que prometía rescatarte... estaba escrita con amor y admiración.

—Ella merece algo mucho mejor que lo que yo puedo ofrecerle. No sería justo.

—¿Porque no eres tan rico como otros? Logan... tú puedes aportar muchas buenas cualidades a un matrimonio.

—No sería justo porque no la quiero. Es decir, la quiero, pero me he dado cuenta de que no estoy enamorado de ella —suspiró—. Querida mía, puedes tomar a dos personas perfectamente formales, que se gusten y se admiren y se respeten mucho mutuamente (los sentimientos que la mayoría de la gente cree necesarios para el matrimonio), y quizá puede que incluso crean que se quieren, hasta que... hasta que algo les demuestra que no es así. Cassandra y yo somos esas dos personas. Si consigo recuperar mi bolsa, habrá en ella alguna que otra moneda, y desde luego Cassandra y yo nos tenemos cariño. Podríamos envejecer juntos como amigos, pero ella merece algo mucho mejor.

Ella lo miraba con pasmo.

—Pero...

—Pero ¿qué? —preguntó, irritado.

—¡Dios mío, eres un romántico! —exclamó ella.

—No. Sólo intento ser... noble.

¿Noble? No, nada de eso. ¿Por qué ahora no quería casarse con Cassandra? Porque ella merecía lo mejor, un hombre que la valorara por encima de todas las cosas.

No un hombre que miraba a otra mujer y ardía.

Que ansiaba portarse como un villano y tomarla apasionadamente en sus brazos, sin dejarle escapatoria.

Todavía abrazada a la palmera, ella se volvió para mirar de nuevo el lugar en el que el mar y el cielo se encontraban, donde las sombras se fundían con la noche y la espuma blanca de las olas reflejaba la luz de la luna.

—Mira —dijo al cabo de un momento—. Está empezando a salir el sol.

Y era cierto. Logan vio una línea muy fina allí donde el sol pugnaba por renacer. Era de un amarillo suave, con una pincelada de rosa. Mientras miraba, la línea se hizo más ancha, un torrente de marrón y oro. Y lentamente las pinceladas doradas del sol comenzaron a disipar la oscuridad.

—Qué día tan hermoso —dijo ella, y echó a andar hacia la orilla. Logan sintió deseos de seguirla.

Pero ella parecía tan fuerte y solitaria, silueteada sobre los colores del alba, que la dejó marchar.

—¡Tierra!

El grito procedía de la cofa, y en cuanto lo oyó, Brendan se levantó de la cama de un salto en el camarote del capitán.

Corrió fuera y vio a Sam el Silencioso en la cofa y a Patapalo en el timón.

—¿Una isla? —preguntó a voces.

Sam el Silencioso lo miró y asintió con la cabeza.

Veinte minutos después, habían arriado las velas y echado el ancla. Seis hombres llevaron los pequeños botes hasta la orilla.

Brendan se quedó en la playa. Había algunos restos en la playa, pero no muchos, y llevaban allí mucho tiempo. No tuvo que esperar a que los demás volvieran de su incursión tierra adentro para saber que no habían encontrado a Bobbie y Logan. Sintió que el corazón se le encogía. Y, sin embargo, no podía permitirse cejar.

Patapalo se acercó a él unos minutos después y dijo:

—Lo siento, Brendan.

—Creo que estamos buscando en la dirección equivocada —dijo Brendan, resistiéndose a permitir que el otro viera sus miedos—. Tenemos que volver a calcular el viento de esa tormenta y su efecto sobre las mareas. Creo que debemos navegar más hacia el oeste.

Patapalo se quedó callado un momento. Luego dijo:

—Sí, Brendan. Hacia el oeste. Y menos mal que no llegaron a este triste peñasco. No hemos encontrado ni una gota de agua.

Agua. Brendan rezaba por que hubiera agua dulce donde Bobbie y Logan hubieran tocado tierra.

Vivos.

—Amigos míos —dijo a la tripulación—, volvemos a zarpar.

En cuanto regresaron al barco, dio orden de levar el ancla y zarpar. Mientras estaba junto al timón, contemplando sombríamente el océano, Jimmy O'Hara se acercó a él.

—Brendan... —dijo, titubeante.

—¿Sí?

Aquel hombrecillo flaco al que le habían perdonado la vida lo miró con ojos asustados.

—Creo que está ahí.

Brendan se quedó desconcertado un momento.

—¿Quién?

—Blair. Blair Colm.

—¿Qué?

—Estaba en la cofa, de guardia, mientras vosotros echabais un vistazo a la isla. Había un barco a lo lejos. Tengo buena vista. Habría jurado que vi la bandera británica, con la de Colm debajo, en un barco que se dirigía al oeste.

Brendan lo miró y notó que el corazón se le volvía de plomo.

—Entonces debemos navegar a todo trapo —dijo.

Otro día. Otra vez a explorar su botín de sorpresas. Bobbie se había contentado con hacer té y comer un poco de galleta a secas esa mañana, y parecía que después de pasarse la noche hablando (y discutiendo) los dos tenían pocas ganas de conversar.

A mediodía, ella se marchó hacia el interior de la isla con su libro y una toalla. No dijo nada al irse; era evidente adónde se dirigía.

A media tarde, Logan había acabado de construir las tarimas para las camas y de levantar paredes en las que apoyar el techo de lona de su refugio, y le pareció que había hecho una buena obra de ingeniería, reconstruyendo su hogar de forma que les sirviera de protección y al mismo tiempo dejara pasar la brisa fresca del mar. Había puesto lienzos de lona a modo de puertas, porque era inevitable que los acosaran las tormentas.

Luego se fue a pescar y otra vez salió airoso, aunque no

creía que ello se debiera a su destreza, sino a que había muchos peces en los bajíos del manglar.

Al atardecer estaba cansado, sucio y hastiado. Tomando una toalla, se dirigió hacia el interior de la isla.

Al acercarse a la laguna, vio la ropa de Bobbie en la orilla.

Ella estaba de pie, de espaldas a él, sobre una de las afloraciones rocosas que había en medio del manantial, escurriéndose el pelo. El sol brillaba en las gotas que perlaban su espalda. La piel tersa de su espalda bastó para recordarle dolorosamente que era un hombre y que llevaba demasiado tiempo en el mar.

También era un hombre que había construido un refugio para ellos y pescado pacientemente para proveerles de sustento.

No iba a permitir que ella, ni que cualquier otra tentación, le privara del placer del baño que tanto se merecía.

Ella lo oyó mientras Logan se quitaba la ropa y se volvió.

—Disculpad, laird Haggerty. Ahora estoy yo aquí —le informó.

Logan no le hizo caso. Siguió dándole la espalda mientras doblaba su ropa.

—Si mi presencia te incomoda, tendrás que marcharte.

—¿Cómo has dicho?

—No eres dura de oído. Llevo toda la tarde trabajando para mejorar nuestra supervivencia, capitán Robert, mientras tú estabas jugando. Ahora me toca a mí.

—¿Te he pedido yo que te convirtieras en maestro de obras?

—Te quedes o te vayas, voy a meterme en el agua.

Ella se había dado la vuelta. Logan se alegró. No le apetecía meterse en el agua ante sus ojos, con una erección tan visible. Corrió al agua. Sin duda el agua fresca del manantial lo ayudaría.

Pues no, maldición.

A pesar de todo, siguió ignorándola y se puso a nadar, pensando que le vendría bien hacer un poco de ejercicio.

Tampoco fue así.

Nadó con más empeño, sin resultado alguno. Al sumergirse profundamente, notó que sus músculos hendían el agua. Al fin se dirigió hacia donde hacía pie, confiando en que a ella se le hubiera ocurrido llevar jabón.

—Capitán Robert —dijo.

Sólo la cabeza de Bobbie sobresalía del agua.

—¿Laird Haggerty? —contestó ella.

—¿Jabón?

—¡Toma!

Se lo lanzó. Logan lo atrapó ágilmente y le dio las gracias con una inclinación de cabeza. De nuevo, por desgracia, volvería a oler ligeramente como una chica de harén.

Pero mejor eso que...

Bobbie se estaba acercando a él.

Él se dio la vuelta, atónito. Ella estaba sólo a unos pasos de distancia. Tal vez pretendía pasar a su lado de camino a la orilla.

Entonces se detuvo. Logan se dio la vuelta y la miró a los ojos.

—Dices que eres un hombre libre —musitó ella.

Él frunció el ceño. Bobbie estaba demasiado cerca. Al alcance de su mano. El sol brillaba en el agua, y ella era como la elegancia hecha carne, un fuego tan tentador que resultaba insoportable. Se erguía, alta y orgullosa. Su piel era tan tersa como la más fina porcelana, sus pechos grandes y su cintura tan estrecha que podía abarcarse con una mano.

—¿Un hombre libre? —repitió él, helado, temiendo moverse por si la locura se apoderaba de él—. Tú me has hecho libre —le recordó suavemente.

—No —contestó ella con un susurro—. No hablo de esa

clase de libertad. Me refiero a que... a que no estás comprometido con otra.

Logan apenas oyó esto último. Leyó aquellas palabras en el movimiento de sus labios.

«Es una locura, pero estoy comprometido contigo», pensó.

Ansiaba decírselo, pero no le salían las palabras, así que se limitó a mirarla a los ojos y a sacudir la cabeza.

Ella se acercó, y a Logan dejó de importarle lo que dijera o no dijera, porque habían intercambiado toda la información que necesitaban.

La vida era una farsa...

Pero Bobbie se había quitado la máscara, y ahora estaban frente a frente, desnudos no sólo de cuerpo, sino también de alma. Logan no supo si fue ella quien dio el último paso, o si fue él quien recorrió los últimos centímetros que los separaban, pero de pronto Bobbie estaba en sus brazos. El agua fresca debería haberse convertido en vaho, se dijo, teniendo en cuenta el fuego que salía de él. Ella estaba allí, una tentación, una caricia, aquella carne satinada apretándose contra la suya. Y entonces la rodeó con los brazos, la obligó a pegarse a él, sus músculos se encontraron, vibrantes, los pechos de ella se aplastaron contra su torno y sus sexos se tocaron. Los labios de Logan tocaron los de Bobbie como un susurro al principio, saboreando el tacto de su boca. Luego, cuando el beso se hizo más hondo, la presión de su boca se volvió insistente.

Húmeda y caliente, ella respondió como un eco al jugueteo de su lengua. Abrió los labios y su lengua se unió a aquel duelo lento y después febril. Un calor insoportable pareció atravesar a Logan, como si estuviera junto a una forja, y el deseo carnal se convirtió en la fuerza que lo impulsaba. En algún lugar de los más remotos recovecos de su mente, habló la voz de la cordura, y luego enmudeció. Sus manos exploraban el cuerpo de Bobbie. Era perfecta, cada palmo de su cuerpo terso era pura seducción.

Ella pasó suavemente los dedos por sus hombros, pero cada una de aquellas caricias leves como plumas atravesó a Logan como un rayo. La locura se apoderó de él. Hacía tanto tiempo...Y nunca había sido así, un deseo tan desesperado, una necesidad tan arrolladora. Aquella ansia. La levantó en alto y luego la hizo descender con fuerza sobre él. El aire era fresco, el agua corría deliciosamente alrededor de sus cuerpos desnudos.

Unos segundos después, Logan comprendió que era el primer amante de aquella fabulosa reina pirata. Se quedó paralizado por la sorpresa, y sólo el susurro de Bobbie lo hizo volver a la vida.

—Por favor...

No era una protesta.

Era una súplica.

Al principio, él tuvo cuidado. Pero luego la sed, el ansia, se descontrolaron. Hacía mucho tiempo. La deseaba desde que sabía lo que era, la había ansiado durante largos días y noches aún más largas...

En algún punto del camino perdió su alma. Perdió el fino hilo de la cordura. Desapareció por completo, y ellos se movieron como el viento, como la tormenta que los había unido, como las olas que se estrellaban contra la playa cuando los elementos montaban en cólera. Logan oía la respiración de Bobbie, entrecortada y rápida, sentía sus dedos, duros y fuertes, al clavarse en sus hombros, notaba los músculos de sus muslos rodeándolo. Y, más que cualquier otra cosa, sentía la tensión de su carne ciñendo su sexo mientras se hundía febrilmente en ella: una agonía tan dulce que temblaba, esclavizado por ella.

Alcanzó el clímax con una violencia tan fuerte como la de cualquier tormenta que hubiera vivido, estrechándola todavía entre sus brazos, con los muslos de ella trabados alrededor de sus caderas. El grito de Bobbie había sido tan desesperado como el suyo, y ahora que el calor de su pasión empezaba a disiparse, seguía abrazándolo con fuerza. Ella había apoyado la cara entre el cuello y el hombro de Logan, y él se quedó allí, abrazándola y sintiendo el latido estruendoso de su propio corazón y el eco del de ella. Le echó el pelo hacia atrás y susurró suavemente:

—No lo sabía.

La sintió. Cansinamente, dejó que se irguiera, que se desasiera, que se sostuviera sola. Ella se pasó una mano por el pelo mojado y se delató: le temblaban los dedos.

Se encogió de hombros.

—¿Qué hay que saber? Yo elijo lo que quiero.

Logan se dio cuenta de que estaba mirándola fijamente, buscando algo en sus ojos, aunque no sabía qué.

Pero al parecer lo que ella vio en sus ojos la desarmó, porque añadió:

—Cielo santo, laird Haggerty, soy un pirata. He matado a hombres. Soy... despiadada. Esto... esto es... insignificante.

Él se esforzó por no sonreír. No quería forzarla a revelar más debilidades, pues ella le había confiado ya su mayor vulnerabilidad.

—Bobbie —dijo muy suavemente—, has matado a hombres en defensa propia y te has mantenido firme frente a la injusticia. Eso no te hace despiadada.

Ella sacudió la cabeza.

—Yo elijo lo que quiero y, a diferencia de muchas mujeres que sólo buscan un futuro, vivo el presente —por un instante, la confusión se dejó ver en la bella inmensidad azul de sus ojos. Luego, sus pestañas descendieron, ocultando rápidamente sus pensamientos—. Estás bien constituido, te bañas... y no quería morirme sin... saber... Puede que perezcamos en esta isla, y no quisiera morirme conociendo sólo la sangre y la muerte... y lo que he visto de la vida siendo una criada y en las tabernas...

Él no pudo evitarlo. Soltó una carcajada.

—Espero haber sido un candidato mucho mejor que los hombres que hayas conocido en las tabernas de New Providence o de cualquier otra parte —ella se sonrojó. Estaba enfadada—. Perdóname, te lo ruego. Simplemente, me alegro de haber sido idóneo para... servir a mi capitán en todos los sentidos —le aseguró él.

Ella dio vuelta y se alejó, cada vez más furiosa.

Logan alargó la mano y la agarró del brazo.

—No te engañes, Bobbie. No te engañes. Todos somos animales por naturaleza, y lo que has visto en las tabernas es sólo el resultado de la necesidad física de un hombre y, normalmente, de los apuros económicos de una mujer. Lo que tú buscabas era mucho más. Y lo que yo creo poder darte se eleva mucho más alto. Me importas. Debería ser más que evidente que me preocupo profundamente por ti.

—Pues no lo hagas —replicó ella—. Tú eres laird Haggerty. Escocia está unida a Inglaterra, pero Irlanda no. Tú eres, de hecho, tan enemigo mío como cualquier inglés.

Él la asió por los hombros, tan tenso como ella, y volvió a estrecharla en sus brazos, asombrado porque su estallido de mal genio pudiera excitarlo de nuevo con tanta violencia y tan rápidamente. Le hizo levantar la barbilla y la obligó a mirarlo a los ojos.

—Estamos en un mundo nuevo. Y yo no soy tu enemigo.

Esta vez no vaciló, no le ofreció delicadeza. Se apoderó de su boca con dureza, sin cuartel. La levantó del agua sin apartar la boca de la suya. La tumbó en la orilla, donde el agua los cubría apenas, y ella se enarcó contra él y cedió a la presión de su beso. Luego comenzó a responder con mayor urgencia. Y parecía haber aprendido los placeres del amor rápidamente, se dijo Logan, porque era como si cada uno de sus movimientos estuviera calculado para volverlo loco. Y así hicieron el amor.

Despacio.

Muy lentamente.

Tomándose su tiempo...

Atormentándose el uno al otro. Los dedos de Logan se deslizaron por las curvas sedosas de los pechos de Bobbie, y sus labios les siguieron con una caricia levísima. Recorrió su carne con las manos y con la caricia húmeda de su lengua, saboreándola, paladeándola... muriendo...

Ella se movía con hermosa fluidez, y sus manos se hacían cada vez más osadas; sus nudillos rozaban los músculos tensos del pecho de Logan, su espalda, sus muslos... y luego sus dedos, tan leves al principio, se atrevieron también con su sexo. Logan se hallaba al borde de la locura, de una locura explosiva y volátil. Pero disfrutaba de aquella agonía, de aquella dulce desesperación que hacía resonar en su cabeza un grito que lo impulsaba a seguir y a seguir adelante.

Nadie pidió cuartel.

Nadie lo dio.

Logan comprendió que el olor de Bobbie quedaría para siempre grabado en su alma. El tacto de su carne. La mirada de sus ojos. Aunque viviera cien años, nunca la olvidaría. Nunca dejaría de recordar como un tesoro aquel momento. Porque de improviso los escarceos habían desaparecido, el orgullo había perdido y estaban simplemente ellos dos, y ya no los impulsaba la curiosidad o el ansia, sino otra cosa.

Algo más profundo.

Ella también lo sentía. Logan lo veía en sus ojos.

Y allí radicaba la diferencia entre necesitar una mujer... y necesitar a una mujer para vivir, para respirar, para seguir adelante...

Él siguió besándola y acariciándola. Le hizo el amor con la lengua, íntimamente, ansioso porque ella conociera aquel placer arrollador. Ni siquiera le importaba su propio placer. Los susurros y los gritos que dejaba escapar Bobbie eran como la música del paraíso, el acompañamiento perfecto para el ritmo que latía en su cuerpo y su mente. Ella lo tocaba. Sólo por eso merecía la pena morir.

Y finalmente, cuando la pasión amenazaba con hacer estallar a Logan, volvieron a unirse, y él se hundió de nuevo dentro de ella de una forma que parecía más emocionante que cualquier otra cosa que hubiera conocido, que cualquier promesa, que cualquier sueño.

Intentó (oh, Dios, cómo lo intentó) ir más despacio, tratarla con más ternura...

Pero no pudo ser. Estaban frenéticos, se aferraban el uno al otro, se empujaban, se arqueaban, resbalaban, y el golpeteo de sus cuerpos se oía levemente por debajo de los sonidos inarticulados que emitían. Logan gozó del grito de asombro de Bobbie y de su propio clímax, que lo sacudió como un terremoto, estremeciéndolo por completo. Con los ojos muy abiertos, miró los árboles, el cielo... y a ella.

Después se quedaron tumbados largo rato, empapados y exhaustos, jadeando. Los rayos del sol, que atravesaban los árboles, los iluminaban entre luces y sombras. El ruido de la cascada y el susurro de las palmas volvieron a oírse. El mundo regresó.

Abrazarla era tan delicioso que Logan no decía nada. No podía hablar. Movía perezosamente los dedos sobre su piel mientras recuperaban el aliento.

Con el paso del tiempo, la brisa comenzó a enfriar sus cuerpos desnudos.

Al fin, Bobbie pareció volver en sí y se apartó de él. Ya no mostraba una falsa modestia, sino que parecía orgullosa de su espléndida desnudez. Se levantó ágilmente y lo miró con una sonrisa sagaz.

—La verdad —dijo— es que creo que ha sido un poco más... agradable que lo que he visto en las tabernas.

Con ésas volvió al agua para bañarse. Y un rato después buscó su ropa sin mirarlo y se alejó.

CAPÍTULO 10

Cassandra estaba en cubierta, contemplando la belleza del agua. El día era soleado y sin embargo la brisa bastaba para refrescar el aire y hacía que se estuviera mucho mejor fuera que en su camarote. Sólo hubiera deseado que aquella brisa se llevara la preocupación que le desgarraba el corazón.

Un rato antes se habían cruzado con un mercante y habían sabido de la tormenta que había hundido más de un navío. Y al parecer, como no había noticias del temido pirata Robert el Rojo, muchos suponían que él también se había ido a pique.

Cassandra hizo una mueca. Siempre había sido una niña mimada. Pero responsable, se dijo. Ahora, la lección que su padre se había esforzado por inculcarle había calado en ella de golpe.

El dinero no lo compraba todo. No podía detener el viento, ni controlar los mares. No podía vencer a la muerte.

Cassandra sintió que su padre se acercaba.

–Lo encontraremos –la consoló él en voz baja.

Ella titubeó, sin saber qué decir. Quería a Logan. Era su mejor amigo. Pero no se atrevía a decirle a su padre que no estaba segura de querer pasar toda la vida con él. No quería explicarle que no deseaba estar allí, donde estaban, navegando por aquellos mares peligrosos que tanto amaba Logan. A ella le gustaba la tierra firme. Le encantaban las fiestas y los bailes. Y los libros. Logan era guapo, fuerte y excitante, y a ella le encantaba oírle contar sus aventuras. Adoraba la pasión y la emoción de su mirada cuando hablaba de su vida en el mar. Pero... no estaba segura de querer compartir esa vida.

Había veces en que temía no poder sobrevivir a aquella enloquecida mezcla de pasión y fogosidad que componía la vida de Logan.

Pero no iba a intentar explicarlo en ese momento, cuando su padre estaba arriesgando su vida y su fortuna por Logan, primero para encontrarlo y rescatarlo de los piratas y luego... esperando contra toda esperanza que estuviera vivo. En alguna parte. En un mar que parecía más extenso que el universo entero.

—Claro que lo encontraremos, padre —dijo, y con una sonrisa lo abrazó con fuerza. Era tan buen hombre... Siempre defendía sus convicciones, incluso cuando ello significaba disentir con el gobernador, y aunque sus opiniones no siempre fueran del gusto de todos. Pero nadie podía reprocharle nada. Era firme, pero de una manera serena, nunca violento. Sus armas eran el intelecto y la elocuencia. Había fundado hogares para huérfanos, ancianos y moribundos. Le había dicho una vez que Dios se había portado tan bien con él que sin duda se pudriría en el infierno si no intentaba emular la bondad celestial de Dios allí, en la tierra.

Cassandra se apartó y lo miró con atención. Tenía un físico fuerte y sólido, para ser un hombre tan apacible. Era alto y robusto. Su cabello blanco como la nieve era abundante, de modo que nunca necesitaba peluca. Sus pómulos eran altos, sus cejas pobladas y ligeramente más oscuras que el cabello. Siempre iba impecablemente vestido, y muy derecho, salvo cuando se detenía para abrazar a un amigo, a un niño o a su amada hija.

—Lo encontraremos, padre —repitió ella—. No tengo miedo —le aseguró, aunque en su fuero interno hizo una mueca, porque ¿acaso no era culpa suya que Logan estuviera allí, preso, en el mejor de los casos, y en el peor...?

Porque Logan se había hecho a la mar, al menos en parte, para ganar dinero suficiente para pedir su mano.

Había también, sin embargo, razones más oscuras, y ella lo sabía; siempre lo había sabido. Había intentado disuadirlo de que buscara venganza, aunque sabía que, si lo conseguía, sin duda cambiaría al hombre al que tanto admiraba.

Su mejor amigo.

No. Por bueno, cariñoso y razonable que fuera su padre, aquél no era el momento de explicarle que, cuando volviera a ver a Logan, tendría que decirle que no estaban hechos para ser marido y mujer, compañeros de por vida.

—Logan es un superviviente, niña. Está ahí fuera. Puede que el barco haya sufrido algún daño. Puede incluso que estén varados en algún lugar, haciendo reparaciones. Sea lo que sea lo que ha pasado, lo encontraremos, pequeña.

—¡Barco a la vista!

El grito procedía de arriba. Cassandra se cubrió los ojos para que el sol no la deslumbrara y levantó la mirada mientras el marinero de la cofa gritaba de nuevo:

—¡Barco a la vista!

Su padre buscó apresuradamente su catalejo. Cassandra oyó correr al capitán, y su padre y ella se apresuraron a reunirse con él en la proa.

—¿Y bien? —preguntó su padre.

—Parece que... acaban de arriar la bandera británica.

—Entonces... ¿es un barco inglés?

—No lo sé —dijo el capitán Reynolds. Era grueso, aunque su cuerpo todavía mostraba indicios de su antigua potencia y sus piernas cortas y arqueadas eran fuertes. Su cara era una máscara llena de arrugas de preocupación.

—¿Un barco británico que cambia su bandera? —dijo Cassandra.

—Es un barco pirata —dijo el capitán.

—¿Un barco pirata? Podría ser... ¡Robert el Rojo! —exclamó Cassandra, llena de esperanza. El pirata mantendría su palabra; lo creía con todo su corazón.

Pero el capitán negó con la cabeza lentamente.

—Conozco la bandera bajo la que navega Robert el Rojo —tenía el ceño fruncido.

Mientras observaban, vieron que el otro barco izaba la bandera con el cráneo y las tibias cruzadas.

Las escotillas de los cañones se abrieron.

El capitán se volvió bruscamente y gritó:

—¡A los cañones! ¡Al este toda, y rezad a Dios para que no nos alcance!

Jimmy O'Hara encontró a Brendan sentado a la mesa del capitán, estudiando con desaliento las cartas náuticas. Había tantas islas... Tantas ensenadas...

¿Estaban vivos Logan y Bobbie?

Tenían que estarlo. La búsqueda de Bobbie había sido la suya. La vida era... la lucha, la oportunidad, la esperanza que le había dado Bobbie. Que les había dado a todos. Ella estaba allí fuera, viva, y él iba a encontrarla. Y no había más que hablar.

Brendan había dado permiso a Jimmy para que entrara, pero estaba tan concentrado en los mapas que ni siquiera levantó la mirada. Cuando O'Hara carraspeó, Brendan lo miró por fin.

—¿Sí, O'Hara?

—He pensado que quizá pueda ser de ayuda.

Brendan parecía escéptico. Jimmy era muy buen cocinero, pero también era un cobarde, y había aceptado dinero para atacar a Bobbie, a pesar de que ella no le había hecho ningún mal. Y eso no era muy digno de elogio, especialmente entre piratas.

—¿Quieres ayudar? —preguntó Brendan con descreimiento. O'Hara asintió con la cabeza—. ¿Cómo?

O'Hara se acercó y tomó la brújula de Brendan, colocando la punta sobre un lugar en el mapa. Parecía ser sólo agua, rodeada de pequeñas islas.

Brendan lo miró enarcando una ceja.

—Mi hermano se dedicaba a hacer mapas, y me contó un secreto de la hermandad de los cartógrafos: la existencia de Isla Muerta. Los que dan con ella por casualidad, no la marcan en los mapas. Es un acuerdo tácito.

—¿La isla de la muerte? —preguntó Brendan, confuso.

O'Hara se encogió de hombros.

—Es un oasis que más de un capitán no quiere compartir, y de ahí el nombre. Una formación volcánica, un manantial de agua dulce, y mangos y pescado en abundancia. Si os fijáis en nuestra posición antes de la tormenta y pensáis en el viento y las corrientes... —trazó una línea invisible.

Brendan asintió con la cabeza, sintiendo una oleada de esperanza.

Y una punzada de recelo.

No le costaba creer que los hombres que se habían topado con la isla y aprovechado sus recursos no quisieran que se conociera su existencia, pero...

Miró a O'Hara con fijeza.

¿Le había contado aquello de buena fe, por amistad sincera?

¿O era una trampa?

Ah, sí, saciar la sed, y luego desaparecería.
No. No desaparecería.

Bobbie deseaba que Logan fuera cruel. Que fuera estúpido, que desconociera los libros y el mundo. Que poseyera la arrogancia propia de los hombres con título. Deseaba poder encontrar una sola cosa en él que le repugnara.

Deseaba...

Deseaba con todo su corazón no haber puesto nunca los ojos en él. Y deseaba con desesperación no haberlo tocado nunca, no haber dejado que la tocara, porque ahora conocía una pasión que era mucho más dulce que la venganza.

Sintió el calor del sol y se preguntó cuánto tiempo llevaba mirando las olas, con la mente hecha un torbellino.

Sabía que debía parecer minúscula y patética frente a la vastedad del cielo y el mar. Insignificante. El Viejo Mundo estaba muy, muy lejos, y hasta el Nuevo Mundo parecía lejano allí. Toda su rabia y su odio no eran nada comparados con la extensión del océano, y sin embargo el océano en sí mismo no era nada comparado con el dolor de su corazón y su alma.

Porque tarde o temprano los encontrarían.

Y entonces...

El vínculo que habían creado allí no significaría nada cuando volvieran al mundo, del mismo modo que ella no era nada en comparación con la enormidad del mar.

Estaba tan absorta en sus pensamientos que se sobresaltó cuando unas manos cayeron sobre sus hombros. Se volvió bruscamente para mirarlo y luego retrocedió de golpe, asustada por su cercanía como no lo había estado nunca antes.

—La cena está servida, capitán —dijo él.

Ella parpadeó.

—¿Qué?

—La cena. Un delicioso menú a base de galleta reblandecida con azúcar y delicias de coco.

—Qué maravilla.

—Eso por no hablar de la cecina adobada con no mucha

delicadeza que acabo de encontrar. Me temo que, aunque lleva un rato en remojo, sigue siendo un reto para la dentadura.

Ella bajó la cabeza y sonrió.

—Dios mío, no me había dado cuenta de que llevaba tanto tiempo aquí. Has... preparado un auténtico festín.

—¿Un festín? Eres muy amable, mi querido capitán.

—Sí, bueno, últimamente mi definición de un festín es bastante... laxa.

—Vamos, pues, si lo deseas —Logan hizo una elaborada reverencia—. Es uno de esos festines que vale más disfrutar en caliente, antes de que su verdadero sabor empiece a hacerse notar.

Ella bajó la cabeza, sonriendo, y echó a andar por delante de él de vuelta a su morada.

—¿Sirvo? —preguntó amablemente.

—Por supuesto —dijo él, y ella sirvió el té con mucha ceremonia, imitando a la perfección el ritual del té de la tarde en la más fina mansión de las colonias.

—Lo haces muy bien —dijo él.

Ella se encogió de hombros.

—Brendan decía que podría haber sido actriz.

—Mejor eso que pirata.

—Yo no elegí hacerme pirata, me eligió la piratería a mí —ella estaba concentrada en la comida que él había preparado.

—¿La piratería te eligió a ti?

Ella lo miró con una mezcla de desafío y naturalidad.

—Sí.

—Más de un pirata ha encontrado el modo de ganarse la vida en tierra firme.

—Algunos sí —reconoció ella—. Pero suelen acabar en brazos de una soga.

—Porque no cambian de costumbres antes de que les

atrapen los que dan órdenes al verdugo —repuso él en tono duro y enojado.

Ella levantó de nuevo la vista, pero se refrenó para no responder con la misma exasperación.

—Laird Haggerty, no vas a cambiarme, ni a disuadirme de mi propósito.

«Qué mujer más terca», pensó él con enfado. ¿Acaso no veía que sólo pretendía ayudarla? Tenía que hacerle ver el error en el que estaba, por muy apasionadamente que ella odiara a Blair Colm. Él podía vérselas con aquel hombre, y lo haría (en algún momento, en algún lugar, de algún modo). Tenía tanto derecho o más que ella.

—Tienes que darte cuenta de que...

—Me doy cuenta de muchas cosas, laird Haggerty. Y eso no cambia nada.

—Eres terca como una mula, y además imprudente.

—Tomarte prisionero fue una imprudencia —repuso ella, y Logan vio que se estaba enfadando tanto como él.

—No tiene sentido que sigas persiguiendo a Colm con tanto empeño.

—Estoy varada en una isla —le recordó ella—. No estoy persiguiendo a nadie.

Logan se acercó y se inclinó sobre ella. Sus caras quedaron tan cerca que ella no pudo ignorarlo.

—Yo lo encontraré. Los dos quedaremos vengados.

Ella entornó los ojos.

—Ah, sí, el laird, el todopoderoso laird irá tras él.

—Yo tengo un poder que tú no tienes.

Ella se quedó mirándolo un rato sin acobardarse. Y luego sonrió de nuevo.

—¿Quién era el prisionero, laird Haggerty? ¿Y quién tenía el poder?

Él masculló una maldición y se apartó. No tenía una buena respuesta para su pregunta, y aquello colmaba su paciencia. Deseó poder alejarse de ella. Que hubiera una puerta que cerrar de un portazo.

Pero, como no la había, se puso otra vez a rezongar y se alejó para mirar el mar.

Un momento después, la oyó acercarse a él.

—¿Qué? —preguntó ásperamente.

—Deberías comerte lo que has preparado —dijo ella. Logan se volvió y la miró con fijeza—. Puedo irme a otra parte, si quieres, y dejarte en paz mientras comes —se ofreció ella.

—No creo que sea posible. Ya te conozco. Ahora nunca tendré paz —masculló Logan. Pero echó a andar hacia el fuego, la comida y el té. Estaba hambriento, maldición, y a fin de cuentas la comida la había preparado él. Hizo una mueca. ¿Había algo de orgullo viril en todo aquello? Que Dios se apiadara de él. ¿Era instintivo? Habían hecho el amor. Habían hecho el amor, maldición. Porque lo que habían compartido no era simplemente un acto de sexo frenético.

¿Por qué no veía ella que sólo intentaba protegerla con todas sus fuerzas?

Ella lo siguió.

—Recuerda que eres tú quien me está atacando. Yo no he dicho ni una sola palabra contra ti o tu forma de vida. Por estúpida que pueda ser.

—¿Cómo dices?

—Sabías que el mar estaba lleno de piratas cuando decidiste hacer ese viaje cargado de riquezas cruzando el Caribe.

El hecho de que tuviera razón no mejoraba las cosas lo más mínimo. Logan sabía que no debería haberse arriesgado a hacer ese viaje. Lo sabía. Pero se la había jugado. Tenía derecho a jugársela... y además lo necesitaba. ¿Cómo, si no, iba a conseguir dinero para abrirse paso en sociedad y reconstruir el hogar que tan brutalmente le habían arrebatado?

Necesitaba hacer esas cosas en nombre de su padre. Y sí, antes Cassandra parecía formar parte de ese sueño. Pero también él había buscado siempre la venganza.

—Sabía lo que hacía —ella se limitó a lanzarle una mirada cortante—. Fue un riesgo calculado.

—Pues calculaste mal.

Él sonrió amablemente.

—Estoy vivo —le dijo.

—Porque soy piadosa.

—Y ahora mismo estás viva gracias a mí —le recordó él en tono cortés.

—Yo no te pedí que me salvaras la vida —repuso ella.

—No. Disculpa, fue un acto instintivo.

Ella habló lentamente.

—Me salvaste la vida, y te lo agradezco. Pero sigue siendo mi vida.

—La verdad es que, en ciertas culturas, ahora serías mi esclava.

—Pero tú eres mi prisionero.

—Nada de eso. Creía que ya lo habíamos dejado claro.

Un destello de ira brilló en el semblante de Bobbie.

—No hemos dejado nada claro. Decidí dejarte libre por pura decencia. Entre tanto, no sabemos quién llegará primero a esta isla, ¿no? Sé que mis hombres me estarán buscando. Esta noche haremos una hoguera para que nos encuentren.

—Yo no estoy tan seguro de que debamos hacer eso.

—¿Por qué no?

—¿Sabes cuántos barcos piratas hay ahí fuera?

—¿Exactamente? No —contestó ella, irritada—. Pero no importa. Los piratas tienen honor.

—Entre piratas. Y sólo algunos —replicó él.

—Honrarán el nombre de Robert el Rojo.

Él la miró lentamente de arriba abajo. Luego se echó a reír.

—¿Se puede saber qué demonios te pasa? —preguntó ella.

—Veamos, la peluca ha desaparecido. Y aunque te has puesto ropa de hombre, no creo que parezcas un hombre en lo más mínimo. ¿Honor de pirata? ¿Qué pirata creería que eres el famoso Robert el Rojo?

—Pero yo soy Robert el Rojo.

—Tonterías. Robert el Rojo sólo es un mito.

—Yo soy muy real.

Él se encogió de hombros.

—Entonces ¿qué sugieres que hagamos? —preguntó ella.

—No llamar la atención. Brendan buscará en todas las islas hasta que nos encuentre.

—Suponiendo...

—El barco sobrevivió —dijo Logan tajantemente—. Estoy seguro de ello.

—¿Cómo lo sabes? —preguntó ella con una nota de angustia en la voz.

—Porque estaba capeando bien la tormenta cuando... cuando nos fuimos a nadar.

Ella sacudió la cabeza.

—No puedes saberlo.

Logan se encogió de hombros.

—Pero lo sé.

—¿Y si no viene?

Él movió la cabeza de un lado a otro mientras miraba el horizonte.

—Te guste o no, será mejor que reces para que venga un mercante. Me gusta considerarme hábil con la espada... y sé que tú lo eres —añadió rápidamente—, pero es imposible que mantengamos a raya a toda una tripulación. Lo más probable es que me mataran.

Lo que le ocurriría a ella quedó tácitamente suspendido en el aire.

Ella sacudió la cabeza.

—Los piratas no... hacen daño a las mujeres que se resisten. Es la ley.

—¿Y todos cumplen la ley?

Ella se volvió.

—Brendan vendrá. Tú mismo lo has dicho.

—Pero no hace falta que tentemos al destino haciendo una gran hoguera esta noche.

—Me lo pensaré —dijo ella—. Por esta noche, haremos las cosas a tu modo.

Él sonrió agriamente. Esa noche y todas las noches. Él se encargaría de ello.

Pero no dijo nada. La comida se había enfriado, pero se forzó a comérsela de todos modos. Ella se metió en el refugio y buscó su libro. Como la luz del día estaba apagándose, volvió junto al fuego, se sentó y se puso a leer en silencio. Logan acabó de comer y se llevó sus utensilios al agua para lavarlos.

Allí, al borde del agua, se sentó. La luz se estaba disipando y el mar se fundía con el cielo sin que ninguna vela lo quebrara.

El sol siguió bajando. El azul se fundió en un púrpura intenso. El púrpura volvió negro el azul turquesa del mar. Los rayos del sol brillaron y se apagaron en un susurro de despedida al día. Y luego los colores desaparecieron y llegó la noche.

Logan se levantó y volvió junto al fuego. Ella se había ido.

Él oyó un leve movimiento y miró hacia el interior del refugio. Estaba allí, en la cama, pero había arrastrado su cama y su pequeña plataforma hacia el centro de la pequeña estancia.

Logan se quedó mirándola un rato, pero en la penumbra no veía si estaba despierta o dormida.

Luego, ella habló en voz baja.

—¿Estás arrepentido?

—¿Arrepentido? ¿Por navegar? —preguntó él—. ¿Por saltar del barco detrás de ti? ¿Por lo de esta tarde?

—Por cualquiera de esas cosas o por todas.

Él sonrió, acercó su cama y se tendió a su lado.

—Por navegar... como un necio, como tú has dicho... No, curiosamente, no me arrepiento. Por tirarme detrás de ti... De eso jamás podría arrepentirme, en toda la eternidad. Y lo de esta tarde, mi querida Bobbie, puede que haya sido el mejor momento de mi vida.

Ella lo miró entre las sombras y sus labios se curvaron en una sonrisa que pareció lanzar rayos de fuego líquido a través de los miembros de Logan, directamente hacia su alma.

—Con cuánta nobleza hablas —dijo ella.

—Sólo digo la verdad —repuso él.

Los separaban apenas unos centímetros y, en un instante, esos centímetros se evaporaron como rocío tocado por el sol. Ella estaba en sus brazos, dulce y vibrante, una criatura llena de vida y sensualidad. Delicada y vulnerable, suave y entregada. Y él descubrió que tocar sus labios era al mismo tiempo nuevo y embriagador por su familiaridad. Ella era tan adictiva como el buen vino, pensó Logan. Ansiaba conocerla de nuevo, estar dentro de ella, ser parte de ella, y sin embargo ansiaba igualmente sólo tocarla, saborear su piel satinada, cerrar los ojos y explorar la forma de su cuerpo, y luego abrirlos y disfrutar de la belleza escultural de su rostro y su figura. La noche era suya. El mundo era suyo. Y si seguían así, juntos y abandonados, toda la eternidad, Logan no creía que pudiera cansarse de estar con ella. Cada caricia de los dedos de Bobbie era como un nuevo despertar; sus susurros agitaban la mente y el cuerpo de Logan y, cuando se hundió en ella, fue como si hubiera descubierto todas las riquezas de los siete mares.

¿Se arrepentía?

Dejó escapar un gruñido.

Jamás.

Nunca, en toda su vida, había dicho una verdad más grande.

Al despertar, Bobbie se encontró a Logan apoyado en el codo, mirándola. Y sonriendo.

Ella le devolvió la sonrisa.

Y un instante después estaba de nuevo en sus brazos.

Había salido el sol y el día empezaba a cobrar vida suavemente. Todavía no hacía calor, ni tampoco frío. Un resplandor dorado parecía flotar en la brisa que se movía a su alrededor.

Estaban desnudos a la intemperie y a la luz del día, y no les importaba lo más mínimo. Estaban solos, y estaban juntos, con sólo el sol y el mar como testigos. Su amor era en cierto modo puro y también, sin embargo, deliciosamente pecaminoso. Era descubrimiento y exploración. Con los ojos muy abiertos, ella examinó cada músculo de Logan, la diminuta peca que tenía junto a la oreja, la risa de sus ojos, el color de humo que parecía tocarlos cuando el deseo se apoderaba de él...

Hicieron el amor y luego ella se levantó, riendo, y corrió hacia la laguna.

Logan la siguió.

Y allí, mientras las palmeras se mecían ligeramente sobre ellos y el agua parecía llena de sonido y movimiento, fue como si hubieran encontrado un pedazo de paraíso. Jugaron, despreocupados; corrieron, se provocaron, se acercaron nadando el uno al otro y luego huyeron, antes de dejarse caer, exhaustos, en la orilla. Por fin se levantaron, muertos de hambre ahora que habían satisfecho un ansia más elemental.

Ella hirvió agua y preparó té mientras él servía la galleta y la cecina.

Mientras masticaba un trozo muy duro de cecina salada, Bobbie se descubrió sonriendo.

—¿Qué pasa? ¿Está mala la comida? —preguntó él, ofendido después de su esfuerzo.

Ella se rió.

—No, está mucho mejor que lo que he comido a veces a bordo del barco. La piratería no es una profesión en la que se satisfagan las tentaciones del paladar.

La sonrisa de Logan se desvaneció cuando recordó el oficio de Bobbie, pero no dijo nada. Se limitó a desviar la mirada.

Ella comprendió que había sido una necia por recordarle el abismo que separaba sus mundos.

Él seguía siendo laird Haggerty, un noble. A su padre le habían arrebatado brutalmente sus tierras, y su madre había sido asesinada. Bobbie no creía que él lo hubiera olvidado, y sin duda Logan había pasado muchas horas soñando con la venganza y haciendo planes para cumplirla.

Un hombre como él podía tener un idilio en una isla con una mujer como ella, pero no pasar su vida con ella. Jamás la pediría en matrimonio.

Y ella jamás sería la querida de nadie.

No podía ser lo que él quería, una gobernanta, una criada, ni siquiera una mantenida rodeada de toda clase de comodidades. Había emprendido un camino y tenía que llegar hasta el final.

¿Se equivocaba, o era simple obstinación?

No. Blair Colm seguía allí fuera. Y mientras estuviera vivo, otras personas verían destruidas sus vidas, como le había sucedido a ella.

Estaba a punto de hacer una broma cuando vio que él ya no la miraba. Tenía la vista fija en la playa.

Bobbie frunció el ceño y se volvió.

El mar había empujado a la orilla un trozo grande del casco de un barco.

Y sobre él se veían dos cuerpos.

Logan ya se estaba levantando. Ella se puso en pie de un salto, con el corazón acelerado.

Echó a correr, temiendo que fuera un trozo de su barco y que uno de los cuerpos fuera el de Brendan.

Logan la agarró del brazo y la detuvo.

—Por amor de Dios —dijo con vehemencia—, deja que vaya yo.

Ella se volvió, indecisa.

—Quédate aquí —dijo él.

Echó a andar por la playa, pero cuando ella se movió para seguirlo, se volvió bruscamente.

—Quédate aquí —ordenó de nuevo.

Ella no podía estarse quieta; le dolía el corazón, y necesitaba saber.

Pero él andaba a grandes zancadas y llegó antes de que ella tomara una decisión.

—¡Logan! —gritó.

Él se volvió rápidamente para mirarla.

—No es Brendan, ni ninguno de tus hombres. Me temo que son del barco del que hemos sacados todas nuestras provisiones.

Ella se quedó donde estaba. Ya había visto suficientes muertos, y estaba claro que él no quería que viera más.

Pero Logan parecía tan terriblemente triste allí, junto a los cadáveres...

—¿Logan? —dijo ella con suavidad.

Él se levantó, sacudiendo la cabeza.

—Es sólo que... creo que sobrevivieron bastante tiempo en el mar. Intentaron... intentaron sobrevivir con todas sus fuerzas, y casi lo logran.

Bobbie se sintió ridícula allí parada, y se acercó a él.

—No te ahorras nada, ¿eh? —preguntó él, pasmado, volviéndose para mirarla.

—La vida no nos ahorra nada —respondió ella. Entonces miró los cuerpos, y se le escapó una suave exclamación de dolor.

No eran jóvenes. Ése era el único consuelo. Tenían unos sesenta años, quizá más. Estaban atados juntos a las maderas que los habían llevado hasta allí, y por el modo en que se abrazaban saltaba a la vista que habían pasado juntos muchos años felices.

Habían vivido más que la mayoría, se dijo Bobbie.

Los ojos se le llenaron de lágrimas inesperadamente. Había tanta ternura en aquella pareja, a pesar de la muerte... Ella tenía el pelo cano y arrugas, y él estaba perdiendo el cabello. El tiempo les había robado la juventud y la belleza, pero el amor había permanecido.

Bobbie sintió una tristeza casi insoportable. No quería que Logan la viera sufrir, y se volvió hacia el agua.

—¿Por qué será que imagino que eran buenas personas? —preguntó, mirando a lo lejos.

—Se les nota en la cara, incluso ahora —respondió él.

Echó a andar hacia el refugio, y ella comprendió que iba a buscar la pala.

Cuando se marchó, Bobbie cayó de rodillas junto a la pareja. Tocó suavemente la cara fría de la mujer.

—Lo siento muchísimo. Que Dios os conceda un viaje rápido hacia sus brazos.

¿Existía Dios? Tenía que existir. Si no creía que existía, que al final se hacía justicia, se volvería completamente loca.

—Por lo menos os teníais el uno al otro, y no... no habéis tenido que llorar la muerte del otro, porque estáis juntos.

Vio que Logan había empezado a cavar y cerró los ojos con fuerza un momento. Luego los abrió y miró de nuevo a la pareja. Podían haber estado dormidos, él sin su peluca y el chaleco torcido y ella con el pelo enmarañado alrededor de la cara y la falda tiesa por la sal y la arena a la luz del sol. Pero no estaban dormidos, y eso también saltaba a la vista.

—Gracias, y perdonadnos por usar vuestras pertenencias —dijo.

Fue entonces cuando vio el relicario que la mujer llevaba alrededor del cuello. Se inclinó y lo abrió. Allí estaban, sonriendo en una miniatura descolorida por el mar. Junto a ellos había tres jóvenes altos y guapos. Había también un niño pequeño sentado sobre el regazo de la mujer. Un nieto, sin duda. Una mujer de aspecto afable se asomaba por detrás de uno de los jóvenes. La esposa. Se apoyaba en el brazo de su marido, como si buscara seguridad y refuerzo.

La suya había sido una buena vida...

Levantó la vista y se preguntó cuánto tiempo llevaba mirando el relicario. Logan estaba allí, sudando, con la camisa arremangada, los botones abiertos y el pecho mojado reluciendo al sol. Respiraba trabajosamente, y Bobbie comprendió que había hecho un hoyo profundo.

Él se sacó un cuchillo del bolsillo y empezó a cortar la gruesa cuerda con que se había atado la pareja a la balsa. Los cuerpos estaban rígidos.

—Espera —le dijo Bobbie cuando alargó el brazo hacia la mujer.

Él la miró, sorprendido, cuando le quitó delicadamente el relicario.

—Puede que alguna vez logremos encontrar a su familia. Al menos... al menos podemos decirles que estaban juntos. Que... que murieron abrazados.

Él asintió con la cabeza.

Ella tomó el relicario y se lo guardó en el bolsillo de los pantalones. Luego se levantó y acompañó a Logan al agujero que había cavado. Él había trabajado con ahínco. Podría haber arrojado los cuerpos uno encima del otro, pero había hecho una tumba lo bastante ancha para que pudieran yacer el uno al lado del otro.

Aquel hombre descansaría para siempre junto a su esposa.

Taparon la tumba con arena y hojas de palma.

Bobbie hizo una cruz.

Logan, que la miraba, dijo una oración solemne.

Cuando acabaron, ella se levantó, se fue al refugio y se tumbó. Él la siguió y la abrazó.

Simplemente la abrazó.

Estuvieron despiertos mucho tiempo.

Y cuando llegó la noche, seguían allí tumbados, juntos.

A pesar de la oscuridad, Bobbie comprendió que él aún estaba despierto cuando al fin cerró los ojos y se durmió.

CAPÍTULO 11

El día se había convertido en noche y la batalla había acabado por fin.

Pero la oscuridad no ocultaba nada.

A la luz de la luna, había sangre por todas partes.

Cassandra estaba en cubierta, temblando, con los ojos como platos.

Estaba ilesa.

Su padre estaba ileso.

Pero los demás...

Oh, Dios. Había tanta sangre por todas partes... Mientras ella estaba allí parada, custodiada a punta de espada por un marinero que apestaba (a pesar de su estado de conmoción, Cassandra notaba su olor), miraba a la tripulación pirata manosear los cuerpos masacrados de los marineros del barco de su padre y arrojarlos por la borda después de quitarles cuanto llevaran de algún valor.

No había supervivientes, excepto ellos dos.

Era horrible, demasiado horrible. Había visto a hombres heridos chillar al ser arrojados por la borda. Las cosas no debían ser así; ni siquiera los infelices a los que había visto colgar de la horca estaban acusados de atrocidades como aquélla. Habían matado, sí, pero a los vivos los habían abandonado en botes, a la deriva. No mataban por el simple placer de matar.

—Por al amor de Dios —suplicaba su padre—, les daré todo lo que quieran, pero no hagan daño a mi hija.

—Cállate, viejo —dijo alguien.

—Malditos piratas —replicó su padre.

«No, padre, no», pensó ella. «Por favor, no te enfrentes a ellos o te harán daño, te... matarán».

—¿Piratas? —preguntó una voz profunda. Una voz que Cassandra estaba segura de haber oído antes.

El hombre había hablado tranquilamente, como si les estuviera ofreciendo un té...

Cassandra se volvió bruscamente para mirar al hombre que bajaba desde el castillo de proa. Era alto y, por serlo tanto, daba la impresión de ser muy flaco, pero sus hombros eran anchos y, de cerca, se veía que era fornido y musculoso.

Se llamaba sir Blair Colm y Cassandra lo había conocido ese verano, en una barbacoa, en Charleston. Él acababa de llegar a tierra con cartas del rey Jorge para el gobernador. Algunas chicas se habían reído por lo bajo, y habían cuchicheado luego acerca de su pasado turbio y peligroso.

Pero a ella le había puesto la piel de gallina.

Había algo en él. Una frialdad en sus ojos. Una especie de crueldad bajo su barniz de cortesía.

—¡Sir Colm! —exclamó su padre, pasmado—. ¿Estáis... estáis con estos piratas?

Para asombro de Cassandra, Colm sacudió la cabeza, riendo.

—Santo Dios, hombre, ¿acaso creéis que me dejo engañar? Sois vos quien vais con piratas. Vos y ese condenado capitán vuestro, intentando encontraros con un sujeto como Robert el Rojo.

Se acercó. Sus ojos parecían llenos de hielo, y sus labios se habían vuelto hacia arriba en una sonrisa agria y sardónica.

La muerte le divertía, pensó Cassandra.

Su padre estaba temblando, pero no de miedo. Era un hombre valiente, y había luchado junto a la tripulación hasta que ella se vio amenazada. Temblaba de rabia y de indignación. Había visto lo que había hecho Colm.

La matanza.

La sangre.

Oh, Dios, los gritos de los hombres al ser arrojados por la borda como desechos...

Blair Colm lo señaló con un dedo.

–Vos, lord Bethany, pensabais encontraros con uno de los hombres más perversos y despiadados que navegan por estos mares, hasta que la tormenta trastocó vuestros planes. ¿Creéis que el gobernador no sabe que sois astuto y malicioso, y que planeabais toda clase de desmanes contra la corona, las colonias y el rey, y sus leales servidores?

Su padre se quedó boquiabierto de asombro. Luego cerró la boca y dejó de temblar. Se irguió en toda su estatura, lleno de dignidad.

–Nunca, ni de pensamiento, palabra u obra, de ningún modo y en ningún momento, he sido desleal a mi rey, a mi país o al gobernador. Vos, señor, os mofáis por completo de la ley y la justicia.

–Eso dice el condenado cuando el nudo de la horca aprieta –replicó Blair meneando la cabeza, aparentemente impasible ante las acusaciones de su padre.

–Os equivocáis. Sois vos quien acabará en la horca –respondió su padre.

–Yo no lo creo. He sometido a los enemigos de nuestro país, en nombre de Dios y del rey. Soy un héroe de muchas batallas, como sin duda sabéis –dijo Blair.

La ira de su padre se inflamó tan bruscamente que hasta Cassandra se quedó atónita.

—¿Un héroe? Sois un asesino a los ojos de Dios.

No gritó, pero su desprecio se hizo evidente en su tono de voz y en la vena que palpitaba en su cuello.

—Por el mismo Dios del que habláis estáis condenado al infierno. He oído hablar de vuestras hazañas. Cometéis el error de vender a vuestros prisioneros en las colonias, y las historias acerca de la suerte que corren viajan deprisa. Para mi vergüenza, me negaba a creer lo que oía contar sobre vos. Creía que esas historias eran producto de la amargura de personas que habían perdido sus hogares y a sus seres queridos en la batalla. Personas arruinadas y sometidas. Que Dios me perdone a mí, y a todos los hombres de posición de las colonias que no se encargaron de que fuerais llevado ante la justicia y acabarais en el patíbulo.

Blair Colm sonrió fríamente mientras miraba a su padre, pero Cassandra sabía que la elocuencia y la ira justificada de lord Bethany le habían hecho mella.

Con la sonrisa aún en la cara, Blair hizo una reverencia.

Luego se volvió con la velocidad y la furia de una víbora, y golpeó a su padre en la cara, haciéndolo caer de rodillas. Cassandra chilló y, desasiéndose de los hombres que la rodeaban, corrió a arrodillarse a su lado.

—¡Padre!

—Ten cuidado, hija querida —dijo él con los labios manchados de sangre, antes de que la arrancaran de su lado. Después miró a Colm con ira—. Si le hacéis daño, juro por Dios y por todo lo que es sagrado que su madre se levantará de su tumba para que se haga justicia con vos.

Mientras luchaba por regresar a su lado, Cassandra rezó para que a su padre no le fallara el corazón. La sujetaban dos marineros, y sus forcejeos no servían para aflojar sus garras.

—¿Hacer daño a la chica? ¿Por confraternizar con un pirata? —preguntó Blair.

—Laird Haggerty no es un pirata —le informó ella.

—Se ha unido a Robert el Rojo. Y por ello bailará la danza del ahorcado —repuso Blair solemnemente—. Y en cuanto a ti, chiquilla, vigila tu lengua y tal vez me apiade de ti. Compórtate y dejaré que sean los tribunales los que decidan vuestro destino —se volvió hacia sus hombres—. ¡Llevadlos abajo!

Su padre intentó levantarse, pero estaba mareado por el golpe, y los marineros se limitaron a tirar de él hasta que se puso en pie.

Les ataron las manos, los empujaron hacia los escalones que llevaban abajo y los condujeron a las entrañas del barco.

Y estaba claro que «entrañas» era la palabra adecuada.

Cassandra había pensado que la tripulación de Blair Colm apestaba, pero el olor de las bodegas era aún más rancio.

Mientras bajaban, rezó para no marearse...

—Respira por la boca, hija —dijo débilmente su padre.

Ella no veía nada. Todo estaba negro como boca de lobo, el ambiente era agobiante y ni un soplo de brisa marina aliviaba el calor acumulado y el aire enrarecido de la pequeña bodega en la que los metieron por fin a empujones.

—Respira, Cassie, y procura ahorrar fuerzas —dijo su padre. Cassandra sabía que intentaba parecer valeroso y seguro por su bien.

¿Respirar...?

¿O saltar por la borda a la primera ocasión?

¿Los ayudaría alguien?

Oh, Dios...

Tocó el hombro de su padre en la oscuridad. Al menos estaban vivos.

Y siempre valía la pena luchar por vivir.

—Estoy bien, padre. Y tú eres inocente, y el mejor hombre sobre la faz de la tierra. Jamás te condenarán. Ese hombre está loco —dijo, y ella también intentó que su voz sonara fuerte y valerosa, y llena de convicción.

—Mi querida niña...—dijo él.

Y esa vez Cassandra notó su miedo.

Al despertarse, Bobbie se dio cuenta de que, por primera vez desde que podía recordar, estaba en paz. Sintió los brazos de Logan a su alrededor, y comprendió que estaba observándola.

Él le echó el pelo hacia atrás.

—Buenos días.

—¿Lo son?

—Hubo un tiempo en el que, cualquier mañana en la que me despertaba y vivía, respiraba y podía luchar, era un buen día —le dijo él, y sonrió con desgana.

Ella se descubrió sonriendo reflexivamente.

—Sí, así es.

Logan se desasió de ella. Y ella temió de pronto la solemnidad que se había instalado entre ellos.

Se apartó de él, se levantó y salió a recibir el día, intentando ignorar los montones de arena lejanos que les recordaban a los que habían muerto en el mar.

—El último hace el desayuno —dijo en cuanto lo oyó salir, y echó a correr.

Logan la alcanzó al borde del agua, la levantó en vilo y la hizo girarse. Ella no pudo evitar echarse a reír. Luego, Logan siguió adentrándose en el agua. Iban los dos completamente vestidos y jadeantes.

Chapotearon y jugaron, y Bobbie se preguntó si alguna vez había jugado de veras, antes de conocer a Logan.

No estaba segura, pero era maravilloso.

Cuando cerraba los ojos, veía tan claramente la cara de Logan...

Y sus caricias las recordaría incluso después de muerta, se dijo.

Sus caricias, y todas las emociones que despertaban.

Hicieron el amor en el agua, y de nuevo en la arena. Después se quedaron allí tumbados, juntos, enredados, dejándose llevar por sus sueños. Era tan dulce sentir los brazos de Logan a su alrededor, tiernos y protectores...

El sol se alzó en lo alto, y pareció besar el mundo entero.

—Me parece que nos hemos saltado el desayuno, amor mío —dijo él alegremente.

Amor mío...

No hablaba en serio, desde luego, se dijo ella. Era sólo una forma de hablar, propia de la placidez y la alegría de la mañana. Lógica, si se tenía en cuenta que estaban juntos como si estuvieran jugando a las casitas, abandonados en aquella isla acogedora.

—Ay, Dios —contestó ella con ligereza—. Supongo que entonces deberíamos comer temprano. Imagino que los sirvientes, esos holgazanes, estarán todavía por ahí, dormitando. Tendré que preparar yo misma el agua para el té.

—Buena idea. Yo me ocuparé del fuego, y de hurgar por ahí, a ver si encuentro comida —contestó él.

Y entonces, de mala gana, se levantaron y se fueron a cumplir las tareas domésticas de aquel día.

Brendan extendió su catalejo y miró a lo lejos por encima del agua. Había un barco a la vista, pero no era más que un punto en el horizonte, y Brendan no distinguía si era un buen barco o una chalupa llena de goteras, y aún menos qué bandera llevaba.

—¿Inglés? ¿Español? ¿Holandés? ¿Qué es? —preguntó Patapalo, a su derecha.

Brendan movió la cabeza de un lado a otro.

Sam el Silencioso estaba a su izquierda.

—Piratas —dijo con aplomo.

Sam tenía vista de águila, pensó Brendan. Si él decía que era un barco pirata, no había duda de que lo era.

—¿Qué piratas? —preguntó Brendan.

—Barbanegra —respondió Sam el Silencioso.

Mantuvieron el rumbo, al igual que el otro barco, y un rato después Brendan comprobó que Sam tenía razón.

Las tripulaciones maniobraron hasta que los barcos se pusieron en paralelo, lo bastante cerca como para permitir la conversación.

No había modo de confundir a Barbanegra con otro. Incluso cuando no iba vestido para la batalla, con la barba en llamas, estaba imponente. Era enorme, y siempre llevaba varios juegos de pistolas, el catalejo en el cinto y cuchillos enfundados colocados estratégicamente por el cuerpo.

—¿Dónde está el Rojo? —gritó.

Brendan contestó a voces:

—Estamos buscándolo a él y al colono. Cayeron por la borda cuando la tormenta.

—¿El Rojo? ¿Cayó por la borda? —Barbanegra parecía incrédulo. Brendan dio gracias a Dios por que el pirata supiera la verdad: que él era primo de Bobbie, y que sólo se tenían el uno al otro en el mundo. Si Barbanegra pensaba que él le había hecho algún daño a Bobbie...

—Cayó al mar cuando intentaba salvar a un hombre, y laird Haggerty se lanzó detrás. Los estamos buscando —explicó Brendan.

Barbanegra lo miraba fijamente.

—¿Sí? Entonces yo también me pondré a buscar. Pero más vale que lo sepas: Blair Colm estuvo en New Providence. Fue él quien preparó el ataque, en efecto.

—¿Estás seguro?

—Me lo dijo Sonya, y está segura de que está buscando a Bobbie por estas aguas.

¿Sonya? Sonya había permitido el ataque, pensó Brendan agriamente.

¿Les habría dado una información falsa?

Pero, aun así, ¿qué importaba? Iban buscando a Blair Colm, así que ¿qué importaba que fuera él quien los persiguiera?

Pero de todos modos...

Tenía que encontrar a Bobbie.

Antes de que la encontrara Colm.

Las dudas se apoderaron de él por un momento. ¿Podía atreverse a confiar en alguien? ¿Y especialmente en Jimmy O'Hara, que le había hablado del islote que andaban buscando?

—Creo que Blair Colm ha apresado un mercante —continuó Barbanegra—. Vi arder su mástil anoche. Navegad con precaución.

Barbanegra se quedó callado un momento. Brendan pensó que tal vez incluso estuviera afligido.

—Os dejo estas islas, entonces, y me voy al norte, a las Carolinas. Si Bobbie y Logan están vivos, entre todos los encontraremos.

—Sí, y gracias —contestó Brendan.

Los dos barcos se separaron.

—¡A toda vela! —ordenó Brendan—. ¡A la isla, a todo trapo! —era necesario que encontrara a Bobbie, y enseguida.

Antes de que Blair Colm pudiera encontrarla.

El tiempo era un concepto muy extraño, pensó Bobbie. Daba la impresión de que tenían toda la eternidad por delante, y sin embargo las cosas parecían pasar tan deprisa que se preguntaba si podría acordarse de todo: del placer, de la risa, del consuelo, la seguridad y la alegría. Y, sobre todo, de la sensación ridículamente embriagadora de sentirse amada...

De la fogosidad casi salvaje del cuerpo de Logan contra el suyo...

De las conversaciones y las discusiones, de los momentos en los que la exasperación se convertía en impaciencia, y la impaciencia en pasión. De las veces que se habían amado, y de cuando yacían juntos...

Sabía que la cara de Logan había quedado grabada para siempre en su mente, al igual que lo que sabía de su carácter. Su forma de valorar la lógica y la razón. Su serena determinación, pues era tan terco como ella, a su modo. Todos aquellos años, ella había pensado que estaba sola en su frustración y su furia, emociones tan fuertes que ni siquiera con Brendan podía compartirlas por entero. Pero ahora sabía que Logan también estaba empeñado en encontrar a Colm, a pesar de que él buscara justicia, más que venganza.

¿Podía durar para siempre aquel idilio?

¿Quería él que así fuera?

¿O acaso sólo ella temía el paso del tiempo, e incluso la posibilidad de que los rescataran?

Esa tarde estaban sentados tranquilamente en la playa, bebiendo grog, cuando Logan se puso tenso de repente.

—¿Qué ocurre? —preguntó ella.

—Un barco... creo.

El corazón de Bobbie debería haber dado un vuelco de emoción. Pero pareció hundirse como el plomo.

Aquello podía significar...

Pero ella no quería que los rescataran. Aún no. Quizás... algún día.

La gente pasaba años perdida.

Ellos sólo habían compartido cuatro días. Cinco, contando el de la tormenta.

Logan miraba fijamente el horizonte, y ella siguió su línea de visión. Al principio no vio nada.

Luego... una mota. Una mota que desaparecería cuando se pusiera el sol, estaba segura de ello.

Logan se levantó y volvió corriendo a su refugio. Cuando regresó, llevaba un catalejo que había encontrado en uno de los baúles. Estuvo mirando por él largo rato, sin decir nada.

—¿Debo... hacer un fuego? —preguntó ella por fin.

—Todavía no.

—Pero...

—No conozco el barco. No veo ninguna bandera.

—Si tú puedes ver el barco, ¿pueden ellos vernos a nosotros? —preguntó ella.

Logan la miró.

—¿Dos puntos en la arena? Lo dudo. Pero pronto... Tenemos que apagar el fuego.

—Pero si lo apagamos...

Si Brendan estaba allí, no podía permitir que la buscara en vano.

—Primero tenemos que saber quién va en ese barco —dijo Logan, y volvió a mirar por el catalejo.

Ella intentó conservar la calma, pero estaba a punto de estallar cuando él volvió a hablar.

—No me fío.

—¿Es mi barco? —preguntó ella.

—No. Los palos no son los mismos —respondió él.

—¿Ves los palos?

Logan se apartó el catalejo del ojo y se lo pasó.

Ella se irritó por tardar varios segundos en encontrar el barco, y más aún por no ver casi nada, excepto que era un barco. Y Logan tenía razón. No podía contar los mástiles desde tan lejos, pero su forma no era la misma.

—Tenemos que apagar el fuego enseguida —dijo él—. Podemos preparar unas antorchas para la noche, aunque seguramente bastará con la luz de la luna. Nos llevaremos lo que necesitemos a la cueva que encontré en el manantial.

Tenemos que asegurarnos de que haya suficiente agua dulce. Cacerolas y sartenes... Ron, para uso medicinal. Y nos llevaremos también el botiquín. Y un poco de ropa. Y luego...

—¿Y luego? Es evidente que aquí ha vivido alguien. ¿Podemos borrar todas nuestras huellas tan rápidamente? —preguntó ella.

Logan sacudió la cabeza.

—No. Si empiezas a llevar nuestras cosas... —se detuvo, hizo una mueca y la miró—. Yo voy a ponerme a cavar.

—¿A cavar?

—El caballero y su esposa. Me temo que tendré que desenterrarlos para que parezca que llegaron a la orilla y que luego... murieron aquí unos días después.

Ella lo miró horrorizada.

—Pero...

—Sus cuerpos están... No llevan mucho tiempo muertos.

—Aun así, ¿No sabría un médico que...?

—No creo que ningún médico de barco vaya a hacer una autopsia —contestó Logan—. Dejaremos que parezca que el marido murió abrazando a su esposa. Que ella murió primero. Los elementos... las penalidades... su edad... todo iba contra ellos. No creo que a nadie le extrañe.

—Dios mío —dijo ella—. Después de todo lo que sufrieron... y de todo lo que les hemos quitado.

—No creo que nos guardaran rencor por salvarnos la vida —dijo Logan suavemente.

Ella asintió con la cabeza.

—Aun así...

—¿Qué? No es tu barco.

—Podría ser el de Edward Teach. O el de alguien a quien conozca.

—¿Quién más sabe que eres Robert el Rojo?

—Podría hacerme pasar por... tu prima —sugirió ella.

—Primero tenemos que ver qué barco es. Va a caer la noche, así que no mandarán botes a tierra hasta por la mañana. Tenemos que darnos prisa.

Ella se sintió mareada, y sin embargo era hora de ponerse en marcha, lo que significaba que no podía permitirse mostrarse débil. Había llegado a depender de Logan, y tenía que dejar de hacerlo. En otro tiempo había aprendido a ser justa, compasiva y fuerte como el acero, y ahora había llegado el momento de volver a serlo.

—Si quieres, yo también puedo cavar —dijo.

—Eres rápida. Será mejor que prepares un escondrijo en la cueva. Yo soy más fuerte, y puedo cavar más deprisa.

Bobbie asintió con la cabeza y se puso manos a la obra.

Al comenzar a revisar todo lo que habían recogido en la playa, se dio cuenta de que no podía dejar la almohada. Parte de la ropa de cama, sí. Era necesario dejarla, para que la tripulación enemiga (si sus visitantes eran, en efecto, enemigos) creyera que la pareja había vivido allí y usado los restos del naufragio antes de morir.

Pero su almohada...

Se la llevó en uno de sus muchos viajes a la cueva.

Mientras trabajaba, dio gracias a Dios por haber llegado a una isla con un manantial y una cueva profunda. Exploró un poco su escondite y vio, intrigada, que los túneles más profundos estaban llenos de murciélagos.

Después de llevar todo lo que le pareció que podían necesitar, empezó a hacer planes.

Encontró varias grietas entre las rocas por las que podían escapar y escogió el mejor sitio para montar su campamento: un lugar desde el que podían acceder fácilmente al manantial y donde estarían bien escondidos. Incluso podían ver desde allí a cualquiera que se acercara al manantial, de modo que sabrían si habían descubierto su refugio.

Cuando regresó a la orilla, la última luz dorada jugueteaba en la playa, y tuvo que sofocar el gemido que acudió a sus labios.

Logan estaba de pie frente a su pequeño refugio, y el fuego ardía bajo.

Las llamas mortecinas daban la luz justa para que ella viera la escena que había preparado dentro. Había quitado minuciosamente la arena a la pareja. El hombre estaba sentado contra uno de los árboles que sostenían el refugio, y parecía mirar hacia abajo, afligido.

La mujer estaba tumbada sobre su regazo, con la cara vuelta hacia él.

La mano de él descansaba sobre su pelo canoso, como si estuviera acunándola en un último abrazo.

El hedor a putrefacción la asaltó de pronto, y tuvo que darse la vuelta.

Logan la vio, pero no se acercó. Siguió apagando el fuego. Luego se incorporó.

—Tengo que... darme un baño —dijo con voz ronca, y se dirigió hacia el interior de la isla.

Bobbie notó que había dejado el catalejo junto al fuego. Intentando no respirar, lo recogió y miró hacia el mar.

El barco estaba más cerca. Contó dos mástiles, pero no pudo distinguir la bandera. Y la última luz del sol desaparecería muy pronto.

Dejó el catalejo donde lo había encontrado y, al hacerlo, cobró conciencia del zumbido de las moscas.

Iban detrás de los cadáveres.

No había modo de evitarlo.

Vio cangrejos en la playa y, al comprender que ellos también se darían un festín de carne humana, el corazón le dio un vuelco en el pecho. Estaba segura de que aquel hombre y aquella mujer habían sido buenas personas, y se merecían mucho más que aquello.

Pero quería sobrevivir. Todavía tenía muchas cosas que hacer, y ahora...

Ahora tenía también otros sueños.

Se puso rígida, dio media vuelta y siguió a Logan de vuelta al manantial. Él estaba en el agua, con la pastilla de jabón en las manos, frotándose furiosamente. Mientras ella lo miraba, se sumergió y volvió a aparecer con un puñado de arena. Se restregó también con ella, y Bobbie comprendió lo que ocurría.

Podía pasar toda la noche bañándose, y aun así no se sentiría limpio después de haber desenterrado a dos personas a las que deberían haber dejado descansar en paz.

Ella se quitó la ropa y se acercó a él. Mientras Logan la miraba, le quitó el jabón de la mano y empezó a frotarle la espalda.

Los colores del día cambiaron.

El amarillo y el rosa se convirtieron en mostaza y púrpura.

Logan se volvió y la abrazó. Ella cerró los ojos y apoyó la cabeza en su pecho.

Pasado un rato, él le levantó la barbilla y la besó muy suavemente en los labios.

—Puede que sea nuestra última noche —dijo ella, apartándose.

Logan sacudió la cabeza y esbozó una sonrisa.

—No, Bobbie. No permitiré que sea nuestra última noche. Puede que sea la última aquí, en este paraíso, pero no será nuestra última noche.

—Aun así... —dijo ella.

—Aun así... —repuso él.

Se dio la vuelta y, tomándola de la mano, la llevó fuera del agua. Hizo ademán de recoger su ropa, pero ella sacudió la cabeza y, cuando Logan la miró enarcando una ceja, se sonrojó.

—Quiero enseñarte nuestros nuevos aposentos.

—Me encantaría verlos.

Dejaron sus cosas dispersas por la orilla. Ella se acercó a la ribera más alejada del manantial, bordeada de palmeras que ocultaban la entrada a la cueva. Pero no le mostró cómo había preparado estratégicamente su alojamiento.

Sencillamente, lo llevó a la manta y la almohada.

Cuanto se tumbaron, había caído la noche.

Y en la oscuridad hicieron el amor. Ella estaba más febril que nunca.

Se aferró a él con fuerza.

Logan se hundió en ella.

Después, agotados y jadeantes, con el corazón acelerado, se quedaron tumbados, abrazados el uno al otro. Luego, ella se movió ligeramente.

Y volvieron a hacer el amor.

Aún con mayor desesperación.

Y así pasó la noche. Cada uno de sus arrebatos fue más intenso que el anterior.

No durmieron. Cuando todavía quedaba mucho tiempo para que amaneciera, Logan se levantó de mala gana. Ella lo acompañó. Recogieron sus ropas, pero Logan insistió en que ella se pusiera uno de los vestidos que había en el baúl; no quería que nadie sospechara que podía ser el famoso capitán Robert el Rojo.

Ella fue a la cueva y se cambió, como él sugería; luego fue a buscarlo y lo encontró entre los árboles, mirando hacia la playa.

El barco estaba anclado más allá de los arrecifes. Todavía estaba en calma, pero no pasaría así mucho tiempo.

Logan tenía el catalejo y estaba de pie, rígido y envarado.

Ella no necesitaba el catalejo para comprender su tensión.

Veía claramente las banderas del barco.

Las dos enseñas que se alzaban en lo alto del mástil. Justo debajo de la bandera de Inglaterra había una bandera personal.

Y era la de Blair Colm.

CAPÍTULO 12

—Irán en el próximo bote.

Cassandra dedujo que el hombre que había dado aquella orden era el lugarteniente de Blair Colm. Había oído que lo llamaban Nathan.

Era bajo y muy distinto a Blair Colm, que podía hacerse pasar por un gran estadista, un soldado, un héroe y un caballero. Aquel Nathan era un hombre robusto y musculoso, sin cuello discernible. Era, sin embargo, asombrosamente ágil, a pesar de tener la constitución de un árbol pequeño y chato, con piernas en lugar de raíces.

Cassandra lo detestaba. Era calvo, y tenía una sonrisa que la ponía nerviosa cada vez que la miraba.

Cassandra había oído rumores acerca de Blair Colm, pero nunca los había creído. Eran demasiado espantosos, y procedían de lo más bajo de la sociedad: de los sirvientes que a menudo vivían únicamente porque se habían salvado de los horrores del penal de Newgate o del patíbulo y habían sido enviados a las colonias. Ahora, sin embargo, recordaba aquellos rumores y los creía. Incluso (o sobre todo) creía las historias acerca de que Colm vendía mujeres.

Y ésa era la razón, estaba convencida de ello, por la que

Nathan la desnudaba con los ojos cada vez que la veía, pero no la tocaba.

Tenía que haber ayuda allí fuera, en alguna parte.

Por desgracia, no parecía que nadie fuera a socorrerles ese día.

A su padre y a ella los habían sacado de la bodega al rayar el alba, sólo unas horas después de que Cassandra lograra conciliar el sueño. Estaban anclados frente a los arrecifes que rodeaban una isla pequeña y bastante bonita. La playa de arena blanca brillaba al amanecer. Detrás de una fronda de palmeras, uvas de mar y otras plantas tropicales se levantaban algunas colinas.

—Allí hay alguien —susurró su padre.

—¿Qué? —contestó ella en voz baja.

Él inclinó la cabeza hacia un lugar de la playa. Cassandra tuvo que entornar los ojos para ver lo que le indicaba. Entonces vio el pequeño refugio.

—Y él está buscando a alguien —murmuró, indicando a Blair con la cabeza.

Blair estaba en cubierta, con el catalejo en la mano, mirando hacia la isla. No había montado en el primer bote.

Seguramente quería asegurarse de que los marineros del primer bote no morían asesinados a manos de una tribu... o de quien hubiera naufragado allí.

Incluso para desembarcar se había vestido impecablemente. Su camisa era blanquísima, su vestido estaba finamente bordado y en el sombrero lucía una pluma magnífica. Podía haberse vestido para cenar en la mansión del gobernador.

—Está buscando a Robert el Rojo. Y a Logan —dijo su padre con un suspiro.

—Padre —se apresuró a decir ella—, Logan habría preferido morir antes que darte algún disgusto.

—Lo sé, hija —dijo, y le apretó la mano—. Nunca he culpado a un hombre honrado por la maldad de otros. Me culpo a mí por ser tan estúpido. He asistido a actos sociales con el monstruo que ahora me tacha de traidor.

—Cálmate, padre, te lo suplico. Donde hay vida, hay esperanza —susurró ella.

Él intentó sonreír.

—Donde hay vida, hay esperanza —repitió.

—Lord Bethany, lady Cassandra, si son tan amables —dijo Blair Colm—. Lamento mucho molestarlos, pero me gusta tener a mano a mis prisioneros en todo momento.

—Bajad la escala —ordenó Nathan.

Tal vez pensaba que su sonrisa era amable, pensó Cassandra. Tal vez era sencillamente incapaz de sonreír sin que su sonrisa pareciera una mueca lasciva.

Su padre bajó primero y le tendió la mano para ayudarla cuando llegó al bote. Pero Cassandra no necesitaba ayuda. Estaba mucho más preocupada por su padre que por sí misma.

Horatio Bethany no era un cobarde, ni un pusilánime. Administraba sus tierras y echaba una mano cuando era necesario. Cassandra estaba muy orgullosa de él. Su padre era capaz de ayudar a un criado que se tambaleara bajo una carga pesada, leía a los niños y se había ocupado de que sus sirvientes aprendieran a leer y escribir.

Cassandra confiaba en que no hiciera nada que inflamara la ira de Blair Colm.

Se sentó lo más dignamente que pudo. Tenía el vestido de algodón manchado de polvo y sangre, y arrugado por el encierro. El pelo le caía, suelto, en mechones enredados.

En el bote iban cuatro hombres de Blair. En la isla había ya otros seis y, al alejarse del barco, Cassandra vio que Blair los seguía en otro bote. Había intentado calcular el número total de hombres bajo su mando. Veinticinco, pensó. No más, desde luego.

¿Eran todos tan canallas como él? ¿Asesinos a los que no

importaba a quién mataran, sobre todo teniendo en cuenta que su comandante parecía tener derecho a asesinar amparado por la ley?

Cassandra miró mientras miraba a su padre, a pesar de que sus pensamientos habían tomado derroteros mucho menos agradables. Tenían que ser todos monstruos. No habían tomado prisioneros, aparte de su padre y ella. ¿Porque ellos tenían algún valor? ¿O porque Blair necesitaba una excusa legal (la supuesta traición de su padre) para justificar el haber asaltado y hundido su barco?

—Ojalá tuvieras una sombrilla —dijo su padre.

Qué comentario tan ridículo, pensó ella.

Pero su padre le sonreía, y ella siguió devolviéndole la sonrisa. «Debemos inclinarnos, pero no rompernos», se dijo. «Pase lo que pase, tenemos que recordar quiénes somos, y que somos personas honradas, seres humanos compasivos».

Llegaron a la playa. Un marinero fornido saltó y arrastró el bote hasta bien entrada la playa. Se volvió para darle la mano, pero ella ya se había bajado.

A un lado, el bote de Blair Colm también estaba siendo arrastrado hacia el interior de la playa.

Cassandra oyó un grito procedente del refugio que había visto poco antes.

—¡Capitán! ¡Capitán Colm! ¡Tiene que ver esto!

Blair se dirigió hacia allí rápidamente, mientras uno de sus hombres empujaba a Cassandra y a su padre a seguirlo... a punta de espada.

Al acercarse al tosco refugio, Cassandra, que iba primero, oyó el zumbido de las moscas y, justo cuando se daba cuenta de lo que significaba, notó el olor a podrido.

Y entonces vio a la pareja.

Se le revolvió el estómago e intentó no vomitar. Se sintió desfallecer, y sólo apoyándose en el brazo de su padre logró no caerse.

No era tanto que la pareja estuviera muerta. Ni siquiera era el hecho de que, al parecer, hubieran muerto el uno en brazos del otro.

Era la crueldad de lo que seguía a la muerte.

Los pájaros se habían cebado en las caras.

Y los cangrejos habían destrozado su carne.

El olor, las moscas, los pájaros, los cangrejos...

De pronto, fue demasiado. Cassandra cayó de rodillas y empezó a gritar, pero no sirvió de nada. Todavía oía el zumbido de las moscas.

Y entonces cayó al suelo, inconsciente.

Bobbie y Logan habían visto llegar a los piratas refugiados en un árbol alto, a medio camino entre el refugio y el manantial. El árbol tenía gruesas ramas y grandes hojas verdes, pero les permitía ver casi todo lo que sucedía en la playa.

Ella había visto la cara de Logan cuando el bote que llevaba a la joven y al hombre mayor llegó a la orilla. Había comprendido que se trataba de Cassandra y de lord Bethany antes de que él murmurara entre dientes el nombre de la joven.

El tiempo pareció detenerse.

Logan había planeado esperar hasta que casi toda la tripulación hubiera desembarcado y se hubiera emborrachado con el barril de ron que había dejado a la vista junto al refugio. Después, robarían uno de los botes tras destruir los demás y se irían al barco. ¿Arriesgado? Sí. Pero posible. En el barco se habría quedado una tripulación mínima. Una tripulación a la que podrían sorprender en plena noche.

Pero al observar su cara, ella comprendió que todo había cambiado.

Había cambiado en cuanto lord Bethany y lady Cassandra habían pisado la playa.

Bobbie sabía que sólo estaban allí porque habían intentado rescatar a Logan.

Y él tenía que estar pensando lo mismo. La mujer a la que amaba (aunque no fuera su prometida) se hallaba en aquel horrible trance por él.

Bobbie no estaba lo bastante cerca para distinguir los rasgos de lady Cassandra, y sabía que, en tales circunstancias, no debía perder el tiempo pensando en la belleza y el porte de aquella joven.

Pero, aun así, se vino abajo.

Logan no había mentido. Cassandra era preciosa. Tenía un porte regio, a pesar de las circunstancias, y mantenía la cabeza muy alta sobre su cuello largo y esbelto.

Entonces vio que Cassandra se detenía, miraba horrorizad lo que aguardaba dentro del refugio, caía de rodillas y gritaba.

Aquel grito rasgó el aire, y hasta Bobbie, que conocía su causa, se encogió al oírlo.

Lord Bethany corrió a sostener a su hija. De rodillas, la abrazó, interponiéndose entre ella y la visión de la pareja muerta, a pesar de que Cassandra parecía estar inconsciente.

Un cuchillo pareció traspasar el corazón de Bobbie.

«Mi padre me habría querido así, lo sé», se dijo, y se envaró. El mundo era como era. Su padre había muerto hacía mucho tiempo a manos del hombre que había apresado a aquellas dos personas. Sólo Dios sabía qué habría hecho Blair Colm con los marineros con los que navegaban lord Bethany y lady Cassandra.

No.

Ella lo sabía.

Había visto a Colm en acción.

Y podía verlo ahora.

Todo su ser le pedía a gritos que saltara del árbol y corriera a hundirle su cuchillo en el corazón. Si era lo bastante rápida, tal vez no la detendrían, y cuando él hubiera muerto...

Hizo un movimiento, y notó la mano de Logan sobre su brazo. En sus ojos había comprensión y una advertencia.

—No —susurró él. Ella señaló a Cassandra—. Lo sé —contestó él en voz baja—.Y encontraremos un modo.

—Pero...

—Vamos a seguir mirando —susurró él.

Y Bobbie volvió a mirar la escena que se desarrollaba junto al refugio. Blair estaba observando a Cassandra y se reía suavemente.

—¡Ah, cuánta delicadeza! —dijo.

—No hay rastro del barco de Robert el Rojo —anunció un hombre bajo y fornido—. Hubo un naufragio. El barco en el que navegaban el hombre y la mujer. Pero no hay rastro de ningún otro.

—¿Hay restos? —preguntó Blair.

—Algunos.

—Recoged comida y luego nos ocuparemos del agua.

—¿Y esa pobre gente? —preguntó lord Bethany.

—¿Qué pasa con ellos? —respondió Blair—. Están muertos.

—Debemos enterrarlos.

—¿Debemos?

—Veo una pala.Yo cavaré, si vuestra tripulación no puede ocuparse de una tarea tan sencilla —dijo lord Bethany.

Blair Colm se encogió de hombros.

—Mi querido lord Bethany, temo que le falle el corazón si se esfuerza tanto. Billy, cavad Victor y tú. Nathan, llévate a los otros a buscar entre los restos del naufragio.

—Necesito agua para mi hija —dijo lord Bethany.

—Vosotros dos —dijo Blair, señalando a varios marineros con la cabeza—, buscad agua dulce.

Logan tenía aún la mano sobre el brazo de Bobbie. La miró inclinando levemente la cabeza para indicarle que creía que estaban bien escondidos y que podían seguir observando lo que sucedía desde lo alto del árbol.

Varios piratas desaparecieron bajo el dosel de los árboles, tierra adentro. Volvieron a aparecer casi debajo de Logan y Bobbie, camino del manantial. Uno volvió unos minutos después para informar de que habían encontrado agua dulce.

Bobbie miró a Logan, que negó con la cabeza. Ella no supo que se oponía a matar a los hombres porque lo consideraba un asesinato o sólo porque el momento no era el más indicado.

En todo caso, acertó, pues unos minutos después había diez piratas en el manantial, bebiendo y chapoteando, sin prestar atención a su ropa y sus botas.

Bobbie comenzó a lamentar no haberse alejado del árbol cuando más y más marineros empezaron a despojarse de sus ropas para bañarse, pero sabía que tendrían que pasar allí un buen rato, de modo que aguzó el oído y esperó, sin apenas respirar. Se había burlado de Logan por no buscar la venganza con suficiente empeño, pero ahora sabía que se había equivocado al dudar de la fortaleza de sus intenciones. Ese día había algo en sus ojos, algo que ella no había visto antes. Y aunque era evidente que estaba horrorizado porque lord Bethany y lady Cassandra estuvieran en manos de Colm, Bobbie sabía en el fondo que sus sentimientos eran más profundos.

Logan había aprendido a tener paciencia, y estaba calculando todas las estrategias posibles para derrotar a Blair Colm.

Pero, fuera lo que fuese lo que pensaba, el juego había cambiado.

Ella sabía que Logan moriría antes de permitir que les sucediera algo a lord Bethany y Cassandra.

—Es la primera vez que veo de verdad esa cara tan fea que tienes, Nathan —dijo uno de los marineros más jóvenes.

—También es la primera vez que uno puede estar cerca de ti sin que lo atufes, Billy Bones —replicó el hombre llamado Nathan. Bobbie lo miró más atentamente y se dio cuenta de que se estaba limpiando manchas de sangre. Cabían ya pocas dudas sobre lo que le había sucedido a la tripulación del barco de lord Bethany.

—Está bien esta isla —dijo otro hombre.

—Pero no lo suficiente —dijo Billy—. El capitán esperaba descubrir que Robert el Rojo murió el día de la tormenta. Tal vez incluso que su barco se hundió y que el mar empujó su tesoro a la orilla. Y en vez de eso hemos encontrado la carga de un viejo mercante.

—Deberíamos quedarnos aquí una temporada y explorar la isla —dijo Nathan mientras miraba a su alrededor—. Es un buen sitio para esconder un tesoro, ¿eh?

—Si no fuera porque no somos los únicos que lo conocen —dijo Billy.

—Sí, eso dicen. Algún bastardo desenterraría lo que enterráramos —dijo un hombre con un ojo de cristal.

—De todos modos no vamos a quedarnos en ninguna parte —dijo Billy—. El capitán sabe que Robert el Rojo va tras él, y no puede soportarlo. Quiere saber quién es ese tipo y por qué lo persigue. Se ha convertido en una obsesión. Sí, quiere ver muerto a Robert el Rojo. En New Providence ofreció una fortuna para que lo mataran.

—Y fallaron, los muy cretinos —dijo el hombre del ojo de cristal.

—Al final lo encontraremos —dijo Nathan con aplomo—. Y tendrá un fin lento y doloroso. El capitán Colm dice que primero le cortará la lengua, le disparará en las rodillas y luego en las pelotas, y después lo verá morir.

Bobbie se sintió enferma. Por una parte, deseaba decirles que no podrían dispararle en las pelotas. Por otra, sentía miedo de pronto.

¿Y si encontraban el *Águila* y lo apresaban?

¿Y si creían que Brendan era Robert el Rojo?

Sólo podía haber una solución.

Blair Colm tenía que morir antes de que pudiera abandonar aquella isla.

No miró a Logan, porque no quería que le leyera el pensamiento. Le dejaría pensar que estaba de acuerdo con lo que se propusiera, pero si sus planes no incluían matar al hombre que había masacrado a tantas personas, recurriría a su propia estrategia.

Tendría a su favor el factor sorpresa, aunque sólo fuera eso. Cierto, moriría en el acto si mataba a Colm, habiendo tanto hombres a su alrededor.

Pero aun así valdría la pena.

Y podía hacerlo. Sólo tenía que escoger el momento oportuno. Y esperar.

—¿Creéis de veras que el capitán Colm hará que ahorquen a lord Bethany? —preguntó Billy Bones.

—Hemos visto al capitán en acción —dijo Nathan, y se echó a reír, lleno de placer—. Y en cuanto a la hija...

—Vale una fortuna. En eso estará pensando el capitán —comentó Billy.

—Tal vez. Claro que quizá nadie lo sepa, si no es virgen cuando regrese —dijo Nathan—. No creo que ella diga nada, ¿verdad?

Bobbie miró a Logan y vio que una vena vibraba en su garganta. Pero él tuvo fuerzas para seguir callado.

—¡Ah, qué buena playa! Se dormirá bien en ella —dijo Nathan.

—¿Vamos a quedarnos aquí? —preguntó otro hombre.

—Oh, sí. A pesar de lo que cree Billy, el capitán dijo que, si Robert el Rojo no se había hundido, estaría buscando un sitio para carenar su barco —respondió Nathan—. Puede incluso que pasemos aquí unas cuantas noches, a ver si aparece.

Pasado un rato, la tripulación se cansó de hablar, se vistió y se marchó de allí.

Pero Logan esperó hasta que estuvo seguro de que nadie acechaba bajo los árboles para bajar. Después tendió la mano para ayudarla.

—Volvamos a la cueva —dijo—. Tenemos que hacer planes.

Los cadáveres habían desaparecido.

Afortunadamente.

Aun así, Cassandra no creía que pudiera soportar volver a ver un cangrejo en toda su vida.

Se dio cuenta de que estaba a solas con su padre en el pequeño refugio y deseó poder estar en otra parte. En cualquier sitio.

Allí habían estado los cuerpos de la pareja. Seguía viendo las moscas y los cangrejos. Pero si pensaba sobrevivir, y por el bien de su padre, tenía que aceptar el confort de la sombra. Al parecer, los habían dejado solos.

¿Y por qué no? ¿Dónde podían ir?

Tras asegurarse de que su padre estaba bien, miró fuera y vio que Blair Colm y algunos de sus hombres estaban ocupados con los barriles y los baúles que había dispersos por la playa. Ya se habían apoderado del botín que había cerca del refugio. Habían encontrado porcelana, plata, cazos y sartenes, piezas de cerámica, vestidos, calzas, camisas y chaquetas finas, prendas interiores de encaje, y hasta unas cuantas joyas. Por no hablar de una caja de carpintero y un botiquín. No había oro, pero las pertenencias de un matrimonio próspero no eran nada desdeñables.

A los hombres, sin embargo, parecía interesarles mucho más el botín que ofrecían algunos barriles.

Ron. Era ron, no había duda.

Había también cecina, galleta, azúcar, sal y pimienta, aunque estaba claro que el ron era lo que más les interesaba.

Cassandra sentía tentaciones de rechazar cualquier cosa

que le ofrecieran aquellos hombres, pero sabía que su padre y ella tenían que comer, así que aceptó las raciones insulsas que le ofreció uno de ellos al ver que los estaba observando y, más tarde, la pulpa de coco, mucho más apetitosa, que le llevó otro marinero.

Ese día, mientras observaba a los hombres, notó que Blair Colm era bastante democrático con sus hombres. Los militares navegaban bajo normas de disciplina estrictas, pero los piratas de Colm (pues, fuera cual fuese su estatuto legal, se comportaban como piratas de la peor especie) tenían cierto grado de autonomía, y estaba claro que compartía todos los despojos que encontraban.

¿Cómo iba a conseguir que otros hombres cometieran asesinatos y otras atrocidades si no era a cambio de una sustanciosa recompensa?, se preguntaba Cassandra.

El día se le hizo interminable.

Pero ¿quería que acabara? Mientras los piratas estuvieran ocupados, los dejarían en paz.

Cassandra se dio cuenta de lo mucho que quería a su padre, y de lo privilegiada que había sido su vida; de cuánto la habían querido y protegido, porque su padre, a su vez, la adoraba. Siempre había sabido que había penalidades en el mundo, y peligros. Sabía que su padre estaba muy preocupado por ella, y deseaba que la creyera cuando le aseguraba que era mucho más fuerte de lo que él creía.

Viviría con coraje.

Y moriría del mismo modo, aunque rezaba para que no llegaran a eso.

Y hasta podía creerlo... mientras el sol siguiera en lo alto del cielo.

Logan caminaba de un lado a otro mientras comía, con un ojo puesto en la entrada de la cueva para asegurarse de que no había nadie cerca. Había temido que su treta no funcionara, que Colm y sus hombres registraran la isla buscando otros indicios de que allí habitaba alguien más. Pero Colm parecía haberse contentando con creer que sus únicos moradores habían muerto.

—El plan sigue siendo bueno —le dijo a Bobbie—. Creo que los hombres se emborracharán cuando se haga de noche. Creo que Cassandra estará a salvo, mientras Colm crea que es un bien valioso. Temo por lord Bethany, si la amenazan, pero sé cómo funciona la mente de Colm, y no permitirá que sus hombres le arruinen la ganancia, por muy borrachos que estén —se detuvo y miró a Bobbie. Saltaba a la vista que le preocupaba cómo reaccionaría ella, pues sabía mejor que él cuánto se valoraba la virtud de una mujer.

Pero ella le sostuvo la mirada con los hombros cuadrados y la cabeza alta.

—No entiendo. ¿Quieres seguir con el plan? ¿Robar un bote y dañar los demás, y luego apoderarnos del barco de Blair Colm? ¿Cómo ayudaría eso a Cassandra y a lord Bethany?

Él dejó escapar un largo suspiro.

—Ésa es la pega...

—Sí, ésa es la pega —dijo ella.

—Tenemos que regresar y llevárnoslos delante de sus narices, cuando nos hayamos apoderado del barco —respiró hondo y prosiguió—: Creo que será mejor que tú te quedes a bordo mientras yo los rescato.

Ella estaba sentada contra la pared de la cueva y masticaba con estoica determinación un pedazo de galleta. Se levantó y, aunque tenía el vestido algo manchado por su aventura en el árbol, lo llevaba con elegancia. El pelo le caía por la espalda y destacaba sobre la tela azul y beis y el encaje del vestido, como una majestuosa cascada de fuego. Tenía una mirada brillante y decidida, y apretaba con fuerza la mandíbula.

—Mi querido laird, ya conoces mis habilidades, así como mis deseos y mi determinación. Si crees que voy a esconderme en un camarote mientras tú luchas solo, estás muy equivocado. De hecho, tendrás que pelear también contra mí si crees que puedes darme órdenes de esa manera.

Él sonrió lentamente, preguntándose si ella tenía idea de lo que le había hecho, de cómo lo había cambiado. Si sabía que tenía la impresión de que el mundo se acabaría si ella no formaba parte de él.

—Mi querido capitán... Bobbie... no quiero darte órdenes. Sólo te pido que vivas, eso es todo.

Ella bajó la cabeza rápidamente.

—Si quiero vivir, creo que tendremos que luchar los dos.

Logan se acercó, y ella se apartó, sorprendiéndolo.

—Bobbie...

—Ahora mismo quisiera reflexionar sobre la batalla que se avecina, Logan, si no te importa.

Él se volvió, dándose cuenta de que había descuidado la vigilancia, un error que no volvería a cometer.

—Me enorgullecía de un plan cuyo único peligro era que nos sorprendieran al hundir los botes. Una vez a bordo, creía y sigo creyendo que podríamos deshacernos de la tripulación. Pero no me perdonaría si no pusiera todo mi empeño, mi vida y mi sangre en el esfuerzo de salvar a quienes se expusieron al peligro sólo por intentar rescatarme.

—Desde luego —dijo ella—. No esperaba menos.

—Voy a salir a ver qué hacen —le dijo él.

—No, yo lo haré. Si me atrapan, no soy una amenaza, sólo una joven que se escondió al oírlos llegar y que Colm podrá usar para aumentar sus riquezas cuando vuelva a las colonias —dijo ella.

—Está bien —contestó Logan.

Ella pasó a su lado, visiblemente sorprendida porque hubiera aceptado con tanta facilidad. Logan la agarró de los hombros y ella se volvió para mirarlo. Él sonrió, y luego le dio un rápido puñetazo en la mandíbula.

La sorpresa de sus ojos le hizo sufrir.

Pero era mejor así. No estaría inconsciente mucho tiempo.

Ella se desplomó en sus brazos, y Logan la depositó suavemente en el suelo, con la cabeza sobre la almohada.

Cuando la tarde comenzó a decaer, los piratas hicieron fuego. Cocinaron y comieron.

Y bebieron. Mucho.

Cassandra vio que Nathan la miraba de vez en cuando. Vio su mirada. Y tuvo miedo. Se quedó en el refugio, tan cerca de su padre como podía, casi acurrucada contra el tronco de una palmera.

Pasó el tiempo. Bajó el sol. La brisa se volvió fresca. Las olas que rompían en la playa producían un sonido constante y casi tranquilizador.

Unas horas antes, Cassandra había descubierto un libro: una traducción al inglés de Cervantes. Ahora lo recogió, sintiéndose triste otra vez. Alguien había deslizado cuidadosamente una tirita de lona entre las páginas para marcar por dónde iba.

¿La mujer que había muerto? ¿O su marido? No importaba. Al final, sólo habían sido un festín para las moscas, los pájaros y los cangrejos.

El alboroto de los piratas crecía. Cuando se acabó el primer barril de ron, alguien encontró otro.

Blair Colm no había bebido con los demás. Los había observado, como un caimán podía observar las travesuras de sus crías. Por alguna razón, Cassandra estaba segura de que, borrachos o no, sus hombres lo obedecían.

Mientras el sol seguía descendiendo, Blair se acercó al agua y miró por su catalejo, sin duda buscando barcos en el horizonte.

Por fin volvió junto al fuego, donde sus hombres comían, bebían y bromeaban. Uno de ellos se había vestido de mujer y fingió primero ser una señorita fina en un salón, y luego una furcia en las calles de Jamaica. Los otros se reían a carcajadas, aullaban y gritaban comentarios lascivos.

Y a ella seguían dejándola en paz.

Pero Blair Colm había empezado a beber.

Y Cassandra se preguntó con un estremecimiento adónde llevaría aquello.

Bobbie se despertó con la mandíbula dolorida. Pero aparte de eso...

Se sentía casi como si hubiera dormido una siesta deliciosa.

La cueva estaba casi completamente a oscuras y, al parpadear, intentando acostumbrarse a la penumbra, se acordó de que Logan le había pegado. ¡Le había pegado!

Y luego, al parecer, la había tendido cómodamente en el suelo, con la cabeza sobre la almohada.

¿Cuánto tiempo hacía que se había ido? ¿Cuánto tiempo llevaba ella inconsciente, y qué había ocurrido desde entonces?

Se levantó de un salto, aterrorizada. ¿Y si le habían..?

Atrapado. Torturado.

Matado.

Entraba luz suficiente para que se diera cuenta de que estaba anocheciendo.

Aún no era de noche del todo.

Sin pensarlo, echó a andar hacia la entrada de la cueva. Entonces comprendió que no podía hacer nada sin un arma. Volvió sobre sus pasos rápidamente y asió una espada; luego se sujetó al tobillo un cuchillo envainado y se dirigió de nuevo hacia la salida.

El corazón le latía con violencia. No temía por sí misma. Le aterrorizaba que...

A la entrada de la cueva, se quedó muy quieta, obligándose a respirar lentamente.

Debía tener cuidado. Sería muy triste caer presa de alguien que simplemente la pillara desprevenida porque su corazón se había impuesto a su lógica. Y provocar la muerte de Logan por comportarse como una necia.

Oyó el leve chasquido de una rama, sintió un atisbo de movimiento, pero aquello bastó para convencerla de que había alguien allí fuera. Alguien entre los árboles, moviéndose con sigilo...

Aguzó la vista. Sabía que lo que había visto no era un pájaro o un lagarto, ni ningún insecto.

Se pegó a la pared de la cueva, junto a la entrada. Desde allí podía ver. Y desde allí podía retirarse.

Esperó, vigilante, sin apartar los ojos de la entrada.

Entonces sintió que una mano caía sobre su hombro. Pero cuando empezó a gritar, a girarse, a levantar la espada...

Otra mano tapó su boca, sofocando su sonido.

Y un brazo fuerte le arrancó la espada de un golpe.

CAPÍTULO 13

—¿Patapalo?
—Sí, Brendan —contestó el marinero.
—¿Alguna novedad?
—Nos quedan otras ocho horas, diría yo. Conozco el lugar del que habla O'Hara. Al menos, he oído hablar de esa isla. Con este viento, calculo que... ocho horas. Siete, si tenemos suerte.

Brendan miró a Patapalo, y sintió crecer la desesperación dentro de sí.

—Entonces, ¿crees que es cierto? ¿Que esa isla existe?
—Sí.

Brendan se maldijo para sus adentros. Si las coordenadas de O'Hara eran correctas, se habían estado alejando de la isla porque él había juzgado mal la tormenta. Si hubiera tenido en cuenta el viento, las corrientes y su posición...

Hagar miró las velas y dijo:
—Nos movemos rápido y está anocheciendo, Brendan —advirtió.

Patapalo carraspeó.
—Puede que ella no esté en la isla —dijo en voz baja.
—Tiene que estar allí —respondió Brendan con calma.

Los otros se quedaron callados.

—Puede que encontremos algo más de lo que andas buscando —le dijo Sam el Silencioso. Brendan lo miró inquisitivamente—. Puede que O'Hara esté mintiendo. Puede que nos esté mandando a una trampa —añadió Sam.

Era extraño, se dijo Brendan. Últimamente hablaba mucho. Tal vez tuvieran que cambiarle el nombre.

—Lo sé —dijo. Todos lo miraron—. Lo sé, pero no puedo hacer otra cosa. Tengo que creer que Bobbie está viva, y que esa isla, si existe, es el lugar más probable. Y debo encontrarla —vaciló y bajó la voz—. Si alguno de vosotros no quiere seguir adelante, puedo ocuparme de que no os pase nada.

—¿Estás loco, Brendan? —protestó Sam el Silencioso alzando la voz.

—Sólo queremos que tengas cuidado —dijo Patapalo.

—Moriríamos todos por ella, Brendan, y tú lo sabes —dijo Hagar—. Todos le debemos la vida. Pero tenemos que estar listos para luchar, y eso es un hecho.

Brendan asintió con la cabeza. Era cierto.

Debía esperar una batalla. Incluso... la muerte.

Porque no había modo de saber quién más podía haberse refugiado en Isla Muerta.

—Vamos bien armados, y navegamos con la mejor tripulación de combate de los siete mares —dijo Brendan—. Sí, puede que nos dirijamos a una trampa. Pero no puede serlo si vamos preparados para luchar. Esta noche inspeccionaremos las mechas y las bolas de cañón, las granadas, las espadas, los cuchillos, las pistolas... todas nuestras armas. Habrá que afilar las hachas de abordaje. Tenemos que estar preparados para todo cuando lleguemos.

—¡Sí! —gritaron los hombres al unísono.

Al volverse para bajar a la bodega a ocuparse de la munición, Brendan vio que Jimmy O'Hara estaba a su lado, en la proa.

—O'Hara —lo llamó.

—¿Sí, capitán?

—Yo no soy el capitán de este barco. Es Robert el Rojo —dijo Brendan.

—Encontraremos al capitán. Estoy seguro.

—¿Por qué no me hablaste de la isla enseguida?

—Parecíais saber nuestra posición.

—Cierto, pero el mar puede ser traicionero. Como los hombres.

O'Hara lo miró y dijo:

—He jurado obediencia al capitán Robert. Demostré ser un cobarde, sí, pero presté juramento cuando me perdonó la vida en aquel callejón. No puedo prometeros que no os espera ningún peligro, pero puedo juraros que no sé nada que vos no sepáis. Y que esa isla existe.

Brendan intentó no desvelar ninguna emoción, ninguna debilidad.

—Estamos preparados —dijo, y se dio la vuelta.

Se alegraba de haber parado en New Providence, de haber comprado provisiones con el dinero que les había dado Barbanegra por el oro de Logan. Iban bien armados, llevaban pólvora y bombas, pistolas y espadas.

El barco necesitaba una limpieza, pero había aguantado durante la tormenta, y la pólvora se había mantenido seca en las bodegas.

Ahora lo único que necesitaban era darse prisa. No sabía por qué sentía tal urgencia por llegar allí. Al mirar a Jimmy O'Hara a los ojos, no le había parecido que fuera a traicionarlos.

Sólo le quedaba rezar para que no les traicionara el destino.

La noche se acercaba, pensó Cassandra mientras contemplaba la playa desde el refugio. El día, el largo día, estaba acabando al fin. Había descubierto cómo se ponía el sol en el Caribe. Cómo al principio la noche parecía llegar lentamente, con colores brillantes que reflejaba el agua, y cómo luego, casi imperceptiblemente, empezaba a cambiar. Tan brillante.. y tan sutil. Un púrpura profundo. Un carmesí oscuro como sangre que se iba convirtiendo en sombra y negrura.

Sentía los nervios a flor de piel. El miedo empezaba a apoderarse de ella, infalible como la puesta de sol.

Su padre... dormía.

El calor, el cansancio de la angustia, le habían pasado factura.

Vio que Nathan miraba fijamente hacia el frágil refugio en el que se hallaba acurrucada, a oscuras, y que Billy Bones hacía lo mismo. Sabía que pensaban violarla. Si Blair Colm se emborrachaba demasiado...

Pero no lo haría. Cassandra estaba segura de ello. Aquel hombre estaba vigilando. Pero ¿qué era lo que esperaba?

¿A Logan y a los piratas que lo mantenían cautivo?

¿Estarían vivos, después de la tormenta?

Viendo que su padre dormía, decidió hablar con Blair Colm. Él la vio acercarse y entornó los ojos, lleno de recelo, pero dejó que se sentara a su lado.

—¿A qué debo este honor? —preguntó en tono engañosamente suave.

Ella lo miró y se esforzó por despojar su voz de rencor.

—Sois el capitán de vuestro barco, el jefe de esos hombres. He venido a pediros protección.

Él sonrió, complacido, y luego soltó una carcajada.

—¿Qué os hace pensar que no tenéis que protegeros de mí?

Ella levantó una mano.

—A las mujeres les encanta el poder. Estoy segura de que tenéis muchas. A menudo, las grandes damas entregan libremente su virtud. Las viudas solitarias, las esposas cuyos maridos están en el mar o al otro lado del Atlántico se encuentran a menudo a merced del... deseo. Vos no tenéis ningún interés en mí. Ningún interés personal. Y deduzco que consideráis mi virtud un bien valioso.

Él la observó un momento mientras bebía ron.

—Una chica lista —acercó su taza de ron como si quisiera brindar.

Ella sonrió y tomó la taza. Luego bebió un trago.

—Me doy cuenta de que seguramente estoy en venta. Puede que intentéis hacer que cuelguen a mi padre, pero yo valgo más viva. Si vais a venderme, sólo os pido una cosa: que busquéis un comprador que no sólo sea rico, sino tan viejo que no pueda sobrevivir mucho tiempo. Y preferiblemente que no tenga herederos.

Él se rió con franqueza.

—¿Y creéis que puedo encontrar semejante comprador?

—Estoy segura de que sí. Puede incluso que ya tengáis uno pensado.

—Tendré que ofrecerle una virgen, desde luego.

—Desde luego. Confío, por tanto, en que me protejáis de esos feos y tristes sacos de carne que tenéis por tripulación.

Él la miró con fijeza.

—Podéis consideraros a salvo... de momento.

—No podéis hacer que ahorquen a mi padre.

—Puede que sean clementes con él.

—¡Vos sabéis que mi padre no es un pirata!

Blair se echó hacia atrás y le quitó la taza de ron.

—Sé que un pirata llamado Robert el Rojo anda buscándome. Si lo encuentro y lo mato, tal vez pueda apiadarme de vuestro padre.

Era un embustero. Haría daño a su padre, pasara lo que pasase.

Pero Cassandra no podía permitir que ese factor interfiriera en sus negociaciones. Intentaba que su padre saliera con vida de aquella noche. Si la atacaban, él intentaría detenerlos, pero era viejo y los piratas lo superaban en número. Moriría, y a ella la violarían de todos modos.

Sacudió la cabeza.

—Mi padre no está aliado con Robert el Rojo. Nunca lo ha visto. Laird Logan Haggerty fue hecho prisionero por Robert el Rojo, y nosotros intentábamos recuperarlo, nada más.

—Transportabais un rescate.

—No era necesario rescate alguno.

—Pero no lo sabíais cuando zarpasteis —dijo Blair.

Ella comprendió que, antes de matar a toda la tripulación de su barco, había obligado a alguien a revelarle dónde estaba el rescate, y que el dinero estaba ahora en su poder.

—Sí, llevábamos un rescate, cosa que sin duda ya sabéis —lo miró—. ¡Pensad! Si estuviéramos aliados con él, ¿habríamos ofrecido o llevado semejante rescate cuando zarpamos?

—Pero habéis dicho que Robert el Rojo no os pidió rescate —dijo Blair Colm con calma—. ¿Por qué creéis que no os lo pidió, lady Cassandra?

—¿Porque es un hombre justo y bueno? Sus marineros me dijeron que Robert el Rojo estuvo dispuesto a parlamentar con laird Haggerty, y que hubo un duelo limpio. Robert el Rojo cumplió el acuerdo que habían hecho, y laird Haggerty también es hombre de palabra.

—Un hombre de palabra también vale un rescate —dijo Blair ásperamente.

—Y una mujer sólo vale dinero si llega intacta a la transacción —replicó ella—. Confío en que os ocupéis de que mi padre y yo durmamos en paz esta noche. No me costará ningún trabajo decirle al hombre que se ofrezca a pagar por mí que soy tan pura como los hombres que me violaron —lo miró con fijeza—. Y debéis tener mucho cuidado. Ningún rumor ha manchado nunca la reputación de mi padre en las colonias, y el gobernador es amigo suyo. Intentad difamarle y puede que descubráis que sois vuestro peor enemigo.

Él le sostuvo la mirada y sonrió.

—No lo entiendes, chiquilla. Te sorprendería saber lo ansiosos que están los hombres (sobre todo si desean desde hace tiempo a una joven a la que no pueden tocar) por oír que en realidad esa joven era de virtud fácil y que se ofreció a un hombre poderoso.

—Intentáis forzarme a cuestionar todo lo que sé y todo aquello en lo que confío. Pero conmigo no podéis hacerlo. Y tampoco podréis con otros.

—Tonterías. La gente siempre cree lo que digo —sonrió con frialdad—. Y ahora debo desearos buenas noches, querida. Esta conversación se ha acabado.

—Os pudriréis en el infierno —le prometió ella.

—El infierno es lo que los hombres crean en la tierra para sí mismos —repuso él.

—El vuestro está por llegar —dijo Cassandra cortésmente, y logró darse la vuelta con dignidad.

Luego, temblando, volvió al refugio.

Se alegró al ver que su padre aún dormía, y comprendió que ella también necesitaba descansar. Tenía que estar preparada.

¿Preparada para qué?

No lo sabía, comprendió con angustia.

Se tumbó y rezó por quedarse dormida. Necesitaba una escapada, aunque fuera ficticia.

Unos pocos sueños, al menos, para huir de la pesadilla que estaba viviendo.

—Soy Logan, Bobbie. Por amor de Dios, deja de forcejear...

Ella nunca se había sentido tan temblorosa. Había sentido terror. Por ella. Y por él.

Se había creído en brazos del enemigo.

Logan aflojó los brazos y ella puso una mano sobre su pecho y lo empujó hacia el interior de la cueva.

—¡Bobbie! —protestó él.

Ella le dio una fuerte bofetada. Logan se quedó pasmado.

—Me diste un puñetazo —lo acusó ella.

—Está bien, está bien, estamos en paz.

Ella hizo amago de abofetearlo otra vez, pero Logan estaba preparado y la agarró del brazo.

—De eso nada, no estamos en paz —dijo ella—. Acabas de darme un susto de muerte.

—No podía decir nada. Estabas mirando, y pensé que había alguien ahí fuera.

—Y lo había. Tú.

Para su asombro, él estaba sonriendo.

Ella se mantuvo tiesa como una tabla cuando Logan la atrajo hacia sí.

—Basta, Logan. ¿Se puede saber qué te pasa? Cassandra está ahí fuera.

Él se puso serio, pero no la soltó.

—Y pienso salvarla —dijo gravemente.

—Entonces...

—¿Entonces...?

—Suéltame —dijo ella en voz muy baja—. Se... acabó. El paraíso o la lujuria... se acabaron. Tenemos que volver al mundo real.

Logan respiró hondo, mirándola con dureza. Sus ojos eran hielo azul en medio del susurro de la luz de la luna.

—Te dije que la quería, y es cierto. También te dije que nunca nos casaremos.

Bobbie oía sus palabras, pero no significaban nada para ella. Tal vez no estuviera locamente enamorado de Cassandra, pero eso no cambiaba el hecho de que ella era la mujer adecuada para él, y Logan sin duda se daría cuenta en cuanto volvieran a la civilización. Cassandra había arriesgado su vida por él. Acabarían juntos. Y ella se quedaría sin lo que la había sostenido toda su vida: su desesperado deseo de venganza.

—Logan, por favor.

—¿Por favor qué?

—¿Qué has visto?

—Creo que el plan puede funcionar, y que puedo alertar a Cassandra y Horatio.

—¿Cómo?

—Los hombres se están emborrachando. Hasta Blair Colm está bebiendo. Cassandra y su padre están durmiendo en el refugio. Puedo llegar hasta ellos por el otro lado y explicarles nuestro plan, y que volveremos a buscarlos. Entonces será cuando nos arriesguemos —la miró y respiró hondo nuevamente—. No hay más remedio. A no ser que...

—¿A no ser que...?

Él volvió a inhalar.

—Te suplico otra vez que te quedes a bordo cuando nos apoderemos del barco, y dejes que vuelva solo a enfrentarme con Colm y a rescatar a los Bethany.

—Sabes que no lo haré.

—He rezado para que lo hagas.

—Sé manejar una espada. Me necesitarás.

Logan la estrechó entre sus brazos, mirándola.

—Bobbie...

Ella lo miró a los ojos, pero al mismo tiempo levantó la pierna, sacó de su funda el cuchillo que llevaba en el tobillo y lo acercó a su garganta.

—No me subestimes, laird Haggerty —dijo muy suavemente.

—Jamás lo haría —contestó él.

Ella no podía soportar su mirada. Empezó a apartarse, pero para su inmensa sorpresa él se movió velozmente. Antes de que ella pudiera escapar, le arrancó el cuchillo de la mano.

—¡Te has valido de mi confianza! —lo acusó ella.

—Como tú de la mía.

—Pero...

La sorprendió de nuevo al apoderarse de su boca con fuerza abrasadora.

El cuchillo cayó entre ellos. Logan cayó de rodillas, arrastrándola consigo. Por un momento, ella se quedó asombrada. Luego forcejeó un instante. Después comprendió que lo que llevaba años deseando estaba a punto de suceder, y de pronto se agitó en ella una pasión desesperada.

Seguramente morirían esa noche.

Y necesitaba probar una última vez el sabor de su boca.

No podía morir sin sentir de nuevo el contacto de sus manos sobre su carne, la presión febril de sus dedos, incluso sus intentos torpes y apresurados de quitarle la ropa. Él besó su pecho, lamió su torso. Deslizó la mano entre sus muslos y la presión de su cuerpo la obligó a separarlos. Se frotó contra ella, haciéndole el amor íntimamente, con tanto ardor que ella no sentía la dureza de la tierra. Se retorció, respondiendo al fuego líquido de su lengua y se arqueó luego para salir al encuentro de sus embestidas. Necesitaba con ansia la locura, el frenesí del sexo y la sensualidad que había entre ellos. Luchó por no hacer ruido, para que sus gemidos no los delataran, pero él los hizo callar a ambos con el poder de sus labios y la furia de sus acometidas. Cuando todo acabó, se quedaron tumbados donde estaban, no muy lejos de la entrada de la cueva. Empezaba a refrescar, y la cordura y la tensión de la noche, y la certeza de una muerte inminente volvieron como llevadas por las alas de un águila. Por fin él se levantó y se apartó, enderezándose torpemente la ropa.

Ella lo agarró del brazo.

—Tengo que ponerme pantalones —se limitó a decir, consciente de que no podía luchar con un vestido. Se levantó y se alejó de él hacia el interior de la cueva, donde guardaban la ropa. Tenía lágrimas en los ojos, lágrimas que no podía permitir que él viera. Creía que su idilio debía tener un fin mucho más dulce. Deberían haber tenido un lecho de hierba fragante. Deberían haber tenido tiempo. Haber pasado largo rato enredados el uno en el otro, dejándose llevar por el placer de lo que había sido. Debería haber habido susurros, caricias suaves...

Pero no había habido nada de eso, ni lo habría jamás.

Encontró rápidamente una camisa de hombre. Pero al no encontrar pantalones que le sirvieran, se dijo que tendría que apañárselas con los que llevaba, y pensó que podía hacer una raja a un lado de la falda, si el vestido le estorbaba. Encontró otro cuchillo y se lo ató alrededor del otro tobillo. Sólo tendría los cuchillos y una espada, nada más, aunque estaba segura de que Logan pensaba quitarles las armas a los marineros cuando llegaran al barco. Tendrían que proceder con gran sigilo para pillarlos desprevenidos. Era un buen plan.

Vencerían.

O podían fracasar.

Había tantas cosas que podían salir mal...

Pero no importaba. Era el mejor plan que habían podido idear. Tenía que funcionar.

Volvió sigilosamente a la entrada de la cueva. Había llegado la hora.

Logan estaba allí, mirando hacia la oscuridad con los hombros anchos y rígidos.

—Logan... —dijo ella en voz baja.

Él se dio la vuelta. Ella vio la angustia reflejada en sus ojos y se dio cuenta de que él también sabía que podían fracasar.

—Quédate. Te lo suplico —dijo suavemente.

Sin decir palabra, ella pasó a su lado y salió a la noche, moviéndose aprisa.

No había vuelta atrás.

Cassandra se despertó de pronto, sobresaltada sin saber por qué.

—¿Cassandra?

Era poco más que un susurro, apenas más fuerte que la brisa. Pero alguien había dicho su nombre.

Miró a su alrededor mientras sus ojos se acostumbraban a la oscuridad y vio una cara.

Contuvo el aliento.

¡Logan!

Él se llevó un dedo a los labios.

Se acercó y se arrodilló a su lado, y Cassandra tuvo que hacer un esfuerzo para no tocarlo.

—¿Estoy soñando? —murmuró.

—No, pero debo darme prisa. Tenéis que quedaros aquí de momento. Lo siento mucho. Vamos a tomar su barco esta noche. Pero volveremos a buscaros a tu padre y a ti.

Ella sintió ganas de llorar, pero se obligó a sonreír y luego asintió con la cabeza para demostrarle que le había entendido.

Ahora podía hacer cualquier cosa. Logan estaba allí como por milagro, y eso significaba que había esperanza.

—Tienes que despertar a tu padre y explicarle nuestro plan —dijo él.

Ella volvió a asentir. No sabía si podía hablar. Luego, tan sigilosamente como había llegado, Logan se fue.

Bobbie sabía que tenía que poner gran esmero al agujerear los botes. No podía hacer un agujero evidente, que se viera si alguien decidía echar un vistazo a los botes esa noche. Agachada junto al segundo bote, levantaba la mirada con frecuencia para asegurarse de que ningún miembro de la tripulación se había movido. Le extrañaba un poco que Blair Colm no hubiera puesto guardia, pero quizá, al escudriñar el horizonte y no ver ningún barco, había pensado que esa noche estaba a salvo.

Estaba tan alerta que no se sobresaltó cuando Logan se acercó a ella. Él se agachó a su lado y susurró rápidamente:

—Es la hora. ¿Estás lista?

Ella asintió y entonces vio que él se inclinaba y empujaba el tercer bote hacia el agua. Unos segundos después había desaparecido en la oscuridad. Ella estaba a punto de lanzarse al agua para reunirse con él cuando se dio cuenta de que había dejado caer el cuchillo. Volvió corriendo a buscarlo... y se sobresaltó al oír un alboroto procedente del refugio.

De pronto Cassandra salió a la luz de la hoguera. Detrás de ella iba un hombre agarrándose la entrepierna. Los marineros empezaron a mascullar y a levantarse.

Encendieron antorchas y de pronto toda la zona estuvo iluminada.

—¿Qué está pasando? —bramó Blair Colm.

Todos estaban despiertos. Incluso lord Bethany salió tambaleándose del refugio.

—¡Cassandra! —gritó—. ¡Por amor de Dios, Cassandra!

—¡Basta! —vociferó Blair Colm.

Todos quedaron paralizados, como en un cuadro, y Bobbie comprendió que debía llegar al bote, pero algo la detenía.

Cassandra.

Bobbie se escondió a la sombra del bote y observó desde allí el drama que se estaba desarrollando ante sus ojos.

—¡Me disteis vuestra palabra! —acusó Cassandra a Blair

Colm–. Iba a dormir en paz. Pero este saco de pus se ha echado encima de mí.

—¡Me ha apuñalado con mi propio cuchillo y me ha herido en mis partes! —se quejó el hombre al que llamaban Billy Bones.

—¡Te mataré! —gritó lord Bethany, y se abalanzó hacia él armado con la rama de un árbol.

—Pegadle un tiro —dijo Blair Colm, señalando a Bethany–. Y haced con ella lo que queráis.

Podía haber llegado al barco. Lo sabía.

Pero en lugar de hacerlo respiró hondo al tiempo que uno de los piratas borrachos echaba mano de su pistola.

Se levantó, detrás del bote, y arrojó su cuchillo a Blair Colm con todas sus fuerzas. Estaba demasiado lejos; había una posibilidad entre un millón de que le diera, y nunca había tenido suerte, se dijo con tristeza. Pero la hoja fue a clavarse en una palmera, justo detrás de él, y ello bastó para llamar su atención.

El ruido seco del cuchillo al clavarse en la madera los sobresaltó a todos.

Ella pensó en huir, pero la atraparían, y le harían daño. Y no estaba segura de poder apartar la atención de todos los marineros de Cassandra y su padre.

Así pues, rezó para que Logan estuviera tramando un plan para salvarlos a todos y caminó lentamente hacia la luz de las antorchas, consciente de que todos la estaban mirando.

Cassandra parecía la más sorprendida de todos, aunque ni ella ni su padre parecían saber a quién estaban mirando.

Blair Colm, en cambio, sí lo sabía.

—¡Dios mío! ¡Es un fantasma! —exclamó. La miraba con incredulidad mientras Bobbie se acercaba a él–. La irlandesa que le vendí a lady Fotherington. Había oído que habías muerto. Pero eran habladurías, obviamente. Deberías haber muerto, desgraciada. Habría obtenido alguna ganancia de tu feliz matrimonio, pero tú...

Los demás observaban, borrachos y confusos, tambaleándose.

—¿De dónde demonios has salido? —preguntó Blair Colm.

Ella se encogió de hombros.

—Llevo algún tiempo viviendo en esta isla.

Él arrugó el ceño.

—¿Con cadáveres por compañía?

—Esa pobre pareja... Intenté ayudarlos, pero no pude, y murieron.

—¿Quién es? —susurró alguien.

—Una vieja amiga —contestó Blair Colm, mirándola fijamente, y sonrió despacio. Una sonrisa agria y feroz.

—Una vieja enemiga —puntualizó ella—. Acabo de intentar mataros.

—Pero has fallado. Lo siento por ti.

—La próxima vez no fallaré.

—No habrá una próxima vez.

Por un instante, ella temió que su sacrificio fuera en vano. Que, sencillamente, Colm los matara a todos.

Pero mientras él la miraba, se dio cuenta de que la estaba viendo como mujer (como una mujer atractiva), y que podía usar aquello a su favor.

Por suerte, Colm no sabía que era Robert el Rojo.

—¡Vosotros! —gritó de pronto Colm, volviéndose hacia Cassandra y su padre—. Volved dentro inmediatamente —gruñó—. ¡Y tú! —se volvió hacia Billy Bones—. Has desobedecido una orden directa. Es a ti a quien debería pegar un tiro.

—Pero dijisteis...

—Vuelve a hablar y decidiré entre el látigo y la muerte —le dijo Blair—. Los demás volved a dormir. Menos tú, Nathan.

Tú montarás guardia toda la noche. Toda la noche, ¿entendido? ¡Y despejaos, majaderos! En cuanto se haga de día, volveremos al barco con los prisioneros. Esto se acabó.

—No debéis hacerle daño —comenzó a decir Cassandra, pero Blair la atajó.

—Todavía puedo pegaros un tiro a ambos —dijo sin mirarla—. Fuera de mi vista... ahora mismo.

Lord Bethany tendió el brazo hacia su hija. Estaba temblando y parecía frágil y envejecido. Cassandra parecía dividida, pero por fin agarró el brazo que su padre le tendía y se retiró.

Y Bobbie se quedó mirando a Blair Colm, al hombre que había destruido su vida hacía muchos años. Y sólo veía sangre.

Oh, sí, su visión estaba empañada de rojo.

La tripulación los rodeaba.

Ella tenía otro cuchillo en el tobillo. Podía sacarlo y matar a Colm en el acto.

Pero si lo hacía...

Si lo hacía, la tripulación no sólo la mataría, sino que también mataría a lord Bethany y violaría a Cassandra, y probablemente acabaría asesinándola.

Así que se quedó allí parada mientras Blair Colm alargaba el brazo hacia ella y hacía una reverencia burlona.

—Acércate, pequeña. Tenemos mucho de que hablar —ella no se movió—. ¿Tengo que hacer que te traigan a rastras? —preguntó él cortésmente.

Bobbie se acercó a él. Al hombre al que despreciaba más que al diablo.

CAPÍTULO 14

En cuanto oyó los gritos, Logan se volvió y miró hacia la orilla.

Al instante comprendió lo que estaba ocurriendo y se dio cuenta de que iba a tener que idear un nuevo plan para salvar a Bobbie, además de a Cassandra y a su padre, o morir en el intento.

Vio que Bobbie arrojaba el cuchillo y caminaba luego por la arena para enfrentarse al hombre que despreciaba. Vio que Cassandra daba el brazo a su padre y se acercaba al refugio. Vio a los piratas allí parados, como estúpidos, y vio que Bobbie echaba a andar hacia Blair Colm.

Volvió a empujar rápidamente el bote hasta la playa, se agachó a su lado e intentó desesperadamente idear un plan.

Bobbie se detuvo frente a Blair, y aquel canalla lanzó el brazo y la golpeó tan fuerte que ella cayó de rodillas.

Logan se aceleró por completo. Su corazón palpitaba con violencia, sus músculos se tensaron mientras luchaba por no gritar y correr hacia una muerte segura en un vano intento de rescatarla.

Observaba la escena con pavor, diciéndose que ella era lista y podía arreglárselas sola. Se alegraba de que la peluca oscura que llevaba cuando iba disfrazada de Robert el Rojo estuviera en el fondo del mar. Blair Colm no podía saber que Bobbie era su bestia negra, el pirata que todo el mundo en el Caribe sabía que buscaba su muerte. A Bobbie se le ocurriría algo. Estaría a salvo, como lo estaba Cassandra. Colm la humillaría, la castigaría, pero no le haría daño, porque era valiosa. Una joven hermosa con aquel cabello rojo tan raro alcanzaría un precio alto en los burdeles de los puertos piratas. Pero sólo si su cuerpo y su mente estaban intactos.

La vio levantarse y rezó para que no le devolviera la bofetada.

No lo hizo. Tal vez había aprendido que la retirada era la medida más sutil del valor; quizá él había influido en su temeraria sed de venganza.

Mientras miraba, Blair Colm empezó a hacer aspavientos furiosos; al parecer, estaba ordenando a los otros que volvieran a dormir.

Pero no volvió a tocar a Bobbie. Mantuvo la distancia. Hablaron y luego, con dignidad majestuosa, Bobbie se dirigió al refugio.

Los hombres que se habían apartado parecían estar mirando de nuevo a su jefe. Colm pasó entre ellos, enfurecido. Luego se sentó contra una palmera, con la espada desenfundada y la mano sobre la empuñadura.

Después, un hombre se apartó del grupo y echó a andar hacia los botes. Logan volvió a meterse en el agua y nadó sigilosamente hasta perderse de vista.

El barco, pensó. Tenía que llegar al barco y apoderarse de él. Era su única esperanza.

En cierto sentido, se dijo Bobbie, el plan que llevaba tramando tanto tiempo había funcionado. Blair Colm se había quedado perplejo al ver que estaba viva, y en la isla. Perplejo porque hubiera alguien en la isla. Estaba segura de que, cuando se hiciera de día, la interrogaría con destreza y rapacidad. Pero al menos no se había atrevido a vérselas con ella esa noche y la había dejado en paz.

Lo cual no significa que estuviera a salvo.

¿A salvo? Oh, Dios. Aquel hombre era verdaderamente la maldad personificada. Y ella no estaría a salvo mientras Colm siguiera respirando.

No habían hablado mucho, pero Bobbie no olvidaría nunca sus palabras.

—Dicen que hay que matar a todos los niños. Y casi siempre lo hago. Porque los niños crecen y se hacen hombres y mujeres con una sed insaciable de vengar las ofensas que creen haber recibido. Lo veo en tus ojos, pequeña. Veo el odio. Veo tu ansia de matarme. Debería haberte matado, por muy lucrativa que fueras. Y todavía puedo hacerlo. Pero hay algo en mí... que encuentra casi... casi delicioso el odio que me tienes. ¿Qué te haría más daño que cualquier otra cosa en el mundo? Una caricia mía, quizá. Hmm. Me lo pensaré esta noche. Nunca se sabe qué se puede esperar estando en mi poder, ¿no es cierto? Ahora te dejo vivir. Y luego... ¿quién sabe? Puede que no merezca la pena venderte otra vez. Quizá deba usarte hasta que me canse de ti, y luego pasarte a mis hombres. Eres una buena pieza.

—Quizá debáis matarme ahora —había sugerido ella.

—No hace falta. Todavía no. Yo decido, pues soy quien tiene el poder.

—Por ahora.

—Yo siempre tendré poder.

Y entonces él había sonreído y la había mirado con tanta sorna y tanta crueldad que a Bobbie se le había erizado la piel. Colm no la tomaría porque la deseara. Él nunca cedía a la piedad, a la sed, al hambre, al cansancio... ni siquiera al deseo, a no ser que le conviniera. Sólo la tocaría si pensaba que para ella sería la peor tortura que cupiera imaginar.

—Creo que voy a consultarlo con la almohada, querida. Y dejaré que tú también lo hagas. O puede que te haga sacar a rastras en plena noche..., si me aburro.

—En realidad, no podéis tocarme. Así que no tendrá importancia.

—Oh, sí, créeme. Puedo hacerlo. Y sí importará.

Ella se había obligado a encogerse de hombros. No quería que él supiera que verlo asesinar a otros sería para ella un tormento mucho más terrible que nada que pudiera hacerle a ella.

Blair Colm sonrió. Luego miró a Billy Bones.

—Registra a nuestra querida amiga por si lleva más armas.

Bobbie había intentado mantener una expresión estoica mientras el miedo se apoderaba de ella. Billy encontraría su otro cuchillo, y ella quedaría indefensa.

Billy Bones se había acercado con una sonrisa lasciva y le había ordenado que levantara los brazos. Luego la había cacheado lentamente, palpándole los pechos, la tripa. Había prolongado el contacto, sin dejar de sonreír. Ella había permanecido rígida, mirando al frente. Cuando él le recorrió los muslos con las manos, ella había espetado, no a él, sino a Blair Colm:

—Como veis, no oculto nada —y había dado un paso atrás.

Y Billy Bones, aquella rata, había asentido, divertido, mirando a Blair.

—Está limpia. Pero de buena gana seguiría registrándola.

—Cálmate por ahora, Billy —le había dicho Blair—. Puede que luego...

Había sido una amenaza, pero a ella no le había importado. Había pasado tanto miedo que temblaba y se sentía a punto de desfallecer de alivio por tener aún su cuchillo.

—Ve dentro —le había dicho Blair—. Si es que quieres tener un respiro.

Ella era lo bastante lista como para aprovechar cualquier respiro que le ofreciera.

Blair Colm siempre había sido paciente. Bobbie sabía que muchos de sus prisioneros políticos se habían creído a salvo, tratados con decencia, hasta que Colm descubría la información que quería de ellos; luego, los aniquilaba a sangre fría, de un plumazo.

Por ahora, ella tenía que controlar su furia, sus ansias, su locura. Había hecho lo que tenía que hacer. En la fracción de segundo en la que había tomado su decisión, había elegido bien, pues Colm había perdido el interés por matar a lord Bethany, y Cassandra ya no estaba a merced de la tripulación.

De hecho, la bella Cassandra y su querido padre estaban de rodillas, abrazados, cuando Bobbie entró en su reducto. La estrechez del refugio no permitía intimidad alguna, pues sus voces llegarían fácilmente a la tripulación, aunque algunos marineros estaban tan borrachos que habían vuelto a dormirse. Pero los que seguían despiertos estaban en guardia, como no lo habían estado antes de que estallara aquel caos.

Entraba muy poca luz en el refugio, pero había suficiente para que, pasado un momento, Bobbie viera las caras de lord Bethany y su hija.

Estaban mirándola, tan pasmados como cuando la habían visto aparecer.

—No sé quién sois —dijo lord Bethany en un susurro—, pero habéis salvado a mi hija de Dios sabe qué horrores, y me habéis salvado la vida. Siempre estaremos en deuda con vos.

—Así es —dijo Cassandra gravemente, mirándola con los ojos como platos.

—Todavía no estamos a salvo —les dijo ella.

—¿Y conocíais a ese desgraciado? —preguntó lord Bethany.

Bobbie tomó aire.

—Es una larga historia, y no conviene para esta noche.

—Estabais aquí con Logan —dijo Cassandra sin dejar de mirarla—. Él habló en plural.

—Dios mío... —dijo lord Bethany, y su voz se extinguió cuando miró a su hija—. Entonces... no estabas soñando. Está ahí fuera.

Bobbie asintió con un gesto.

—Entonces... ¿ha escapado? ¿Para apoderarse del barco? —preguntó Cassandra.

—Eso espero —contestó Bobbie—. Aunque no sé cómo va a hacerlo solo...

Se dio cuenta de que Cassandra la miraba de forma extraña.

¿Qué estaría pensando?, se preguntó. ¿Sentía acaso que el hombre al que amaba, el hombre por el que había arriesgado su vida, la había traicionado?

Ella no conocía a aquella mujer, se dijo. No le debía nada.

Pero por lo que había visto (y por más que su corazón y su alma se rebelaran), admiraba a lady Cassandra Bethany. Había actuado con coraje, defendiéndose del canalla que la había atacado. Habría luchado por ella, si no hubiera sido por su padre. Incluso en ese momento no parecía acobardada, sino expectante.

—Sois irlandesa —dijo lord Bethany de pronto.

Bobbie frunció el ceño. Estaba segura de que hacía mucho tiempo que había perdido el acento.

Pero él la observaba con gravedad.

—Ah, pobre muchacha, ya conozco vuestra historia. Ese hombre os apartó de vuestros padres y os vendió en las colonias como sirvienta.

Ella asintió con la cabeza.

—Pero eso no es todo. Blair Colm no sólo se gana la vida saqueando los mares bajo la bandera británica y asegurándose de que no haya supervivientes. Tiene contactos en los círculos más altos de la sociedad, y arregla la venta de mujeres a hombres ricos y nobles que buscan amantes. He oído que también gana grandes sumas vendiendo mujeres en el Próximo Oriente, donde las mujeres de piel blanca y cabello claro son una novedad y se pagan bien.

—Ese hombre es despreciable —murmuró lord Bethany.

—Pero vos escapasteis de él —dijo Cassandra.

—Fue un accidente en el mar —explicó Bobbie. Cassandra seguía observándola atentamente—. Es una larga historia —repitió ella, puesto que parecía necesaria una explicación.

—¿También a vos os apresaron los piratas? —preguntó Cassandra.

—Me llevaron a su barco, sí.

—Pobrecilla. Qué momentos tan espantosos habréis vivido —dijo Cassandra.

Qué ridículo, pensó Bobbie. Dentro de unas horas tal vez nada les importara, y sin embargo sentía en el alma la comezón del remordimiento.

—He aprendido a capear bien el temporal, creedme —dijo.

Cassandra asintió, muy seria.

—Parece que al menos algunos piratas se rigen, en efecto, por un código de honor.

—Mucho más que algunos hombres condecorados por la corona —añadió su padre con acritud.

Cassandra no se dejó distraer.

—Robert el Rojo... Recibimos una respuesta a nuestro ofrecimiento de rescate diciendo que no era necesario pagar nada y que lord Haggerty sería desembarcado en un puerto seguro. ¿A vos también os trataron con tanta decencia?

—Me trataron bastante bien —contestó Bobbie, y deseó poder resistirse al impulso de desviar la mirada—. Y creo que tenemos muchas cosas por las que vivir, así que debemos tener mucho cuidado. Tengo razones para creer que el barco que capitaneaba Robert el Rojo vendrá a buscarnos aquí. Pronto, espero. Los que van a bordo nos estarán buscando a lord Haggerty y a mí por... por muchos motivos. Desafortunadamente, también estoy segura de que Blair Colm regresará a su barco por la mañana, aunque tendrá que hacer más viajes de los que espera, y creo además que encontrará a bordo a menos marineros de los que dejó.

—¿Cuántos botes habéis agujereado para que se hundan? —preguntó lord Bethany.

—Sólo dos. Teníamos intención de usar el tercero.

—Se dará cuenta de que habéis dañado sus botes —dijo Cassandra.

—Ya sabe cuánto lo odio.

—Os hará daño —murmuró Cassandra. Su preocupación era mucho más difícil de aceptar de lo que Bobbie esperaba.

—¿Qué hay de ese barco pirata que os está buscando? —preguntó lord Bethany.

—Si llega... En fin, esos piratas no irán contra nosotros.

Lord Bethany dijo:

—Ni siquiera sabemos vuestro nombre, muchacha.

Habló con una ternura mucho más dolorosa que cualquier golpe que Blair Colm pudiera haber asestado a Bobbie. Era un buen hombre, y ahora su ternura paterna la incluía también a ella.

¿Por qué no podía al menos desagradarle Cassandra? Tenía un padre maravilloso, y fortaleza genuina, aunque sin duda había vivido siempre entre algodones.

Y Logan le tenía un cariño profundo... más profundo, quizá, de lo que él mismo sabía.

—Me llamo Roberta. Bobbie —dijo.

Lord Bethany le agarró la mano.

—Muchacha, si por la gracia de Dios salimos de ésta, juro que mientras viva tendrás asegurado el bienestar.

La ternura apasionada y la gratitud sincera de su voz dolían casi insoportablemente.

—Bien —musitó ella con energía—, primero tenemos que salir de ésta. Debemos estar preparados para ayudar a Logan cuando se haga de día. Necesitamos descansar un poco.

—Uno debería quedarse despierto —dijo Cassandra—. Estaba descansando cuando ese canalla entró aquí y... —lord Bethany gruñó—. Estoy bien, padre —se apresuró a decir ella.

—Yo dormí un poco esta tarde —les dijo Bobbie. Se abstuvo de decirles que Logan la había tumbado de un puñetazo para que no se metiera en líos—. Montaré guardia —vaciló—. Creo que de momento van a vigilarnos de cerca, pero si en algún momento surge una oportunidad... hay algo que deben saber. Hay una cueva justo detrás del manantial a la que se llega caminando en línea recta hacia el interior de la isla. Y al fondo hay grietas lo bastante grandes para pasar por ellas. No es fácil ver la entrada porque la tapa la vegetación. Pero está ahí, al otro lado del manantial, hacia el este.

—Si escapamos, vos estaréis con nosotros —dijo lord Bethany.

—Eso espero, pero deben saber hacia dónde huimos, si tenemos ocasión de huir. Logan tiene un plan, sin embargo, así que iríamos contra él si escapamos —dijo Bobbie.

Lord Bethany asintió con una inclinación de cabeza.

—Logan sabe lo que hace —dijo Cassandra.

«Logan está desesperado», pensó Bobbie, «y tiene pocas opciones. Todos estamos desesperados».

Pero sonrió valerosamente.

Lord Bethany asintió y se sentó, apoyándose en una palmera. Cassandra se acomodó a su lado y descansó la cabeza sobre su hombro.

Una vez más, Bobbie no pudo evitar sentir un alfilerazo.

«En otro tiempo, yo también tenía un padre que me quería», se dijo. «Era un hombre noble. Murió intentando salvarnos a mi madre y a mí, y a los demás habitantes del pueblo».

Cassandra, sin embargo, no descansó mucho tiempo. Esperó a que su padre se durmiera y su respiración se hiciera más profunda; luego se acercó a Bobbie.

—Temo tanto por él... —musitó.

—Parece un buen hombre.

Cassandra sacudió la cabeza, preocupada.

—Hombres... Creen que deben ser nobles. Que la vida no es nada si no lo son. No saben usar el ingenio y la astucia. Armas de mujer. Si cree que estoy en peligro... se precipita. Una mujer sabe esperar. Es paciente. Sabe que algunas batallas es mejor perderlas para ganar la guerra. Es algo que nos enseña la propia sociedad en la que vivimos —sus últimas palabras sonaron amargas, y Bobbie se preguntó si Cassandra había deseado alguna vez una vida distinta que la que dictaba su posición.

De alguna forma, aquellas palabras parecían importantes también para ella.

¿Había olvidado que había otras armas aparte de las pistolas y las espadas?

Tal vez le hiciera falta recordar esa lección.

Logan llegó al barco. Las olas batían a su alrededor, empujándolo hacia el casco. Rodeó nadando el barco, buscando la escala de cáñamo que confiaba aún colgara de la borda. ¿La habría recogido la tripulación que quedaba a bordo?

La oscuridad no lo ayudaba, pero al levantar los ojos vio recortadas contra el cielo las serviolas que habían sostenido los botes y usó su posición para orientarse. Luego, por fin, encontró la escala.

Miró hacia arriba con precaución. No había nadie a la

vista, de modo que, asiendo la escala, sacó el cuchillo de la vaina que llevaba en el tobillo y subió despacio y con gran cuidado.

Cuando casi había llegado a la cubierta, se detuvo y volvió a mirar hacia la isla.

Todo parecía en calma.

Veía a Blair Colm sentado junto al fuego, con la espalda apoyada en una palmera. ¿Estaba dormido? ¿O la aparición de Bobbie lo había puesto nervioso hasta el punto de mantenerlo despierto?

Logan siguió trepando. Echó un vistazo alrededor y con mucho sigilo pasó por encima de la barandilla. Miró hacia el timón, pero no había nadie junto a él. Dado que había llegado hasta allí sin que lo vieran, se dijo, tampoco habría nadie en la cofa.

Se agachó junto a la barandilla del barco y comenzó a deslizarse lentamente y alerta. Por fin, al acercarse a las escaleras del castillo de proa, vio a un hombre que montaba guardia. Estaba relajado; iba armado, pero llevaba las pistolas en sendas fundas que colgaban de sus caderas, muy bajas, y tenía las manos apoyadas en la barandilla.

Logan se inquietó por un instante. Había matado en la batalla.

Pero nunca había matado a sangre fría.

Tuvo que recordarse que aquellos hombres habían asesinado a docenas de marineros de otros barcos, aunque no estuvieran con Blair Colm cuando masacró aldeas enteras en nombre del rey Guillermo.

Iba a matar en defensa propia.

Con eso en mente, se movió tan silenciosamente como el aire y se acercó al hombre por la espalda. Sintió el chorro caliente de su sangre en los dedos al rajarle la garganta.

Sintió la tentación de arrojarlo por la borda, pero no quería que aparecieran cadáveres en la playa cuando amaneciera y que ello sirviera de advertencia a Colm, de modo que arrastró el cuerpo hasta detrás de unos barriles apoyados contra la barandilla y le quitó al muerto las dos pistolas y la espada.

Uno menos. ¿Cuántos más había en el barco?

Decidió inspeccionar primero la cubierta.

Casi tropezó con el hombre que había junto a la barandilla, cerca del palo mayor. Estaba tendido en el suelo, apoyado contra ella, con los brazos cruzados sobre el pecho y los ojos cerrados.

La posición era mala, pero tenía que librarse de los miembros de la tripulación según se fuera encontrando con ellos. Contuvo el aliento un momento y luego asestó un golpe veloz, directo a la yugular. El hombre abrió los ojos. Demasiado tarde. La sangre manó. Esta vez, cubrió a Logan. Pero seccionar la garganta garantizaba una muerte rápida, y silenciosa, pues cercenaba las cuerdas vocales. El hombre murió en menos de un minuto.

Un minuto de asombro; un minuto que atormentaría a Logan eternamente. Esos ojos, mirándolo fijamente...

Cuando se hiciera de día, no habría modo de ocultar el charco de sangre. Pero a oscuras podía parecer una sombra, si el resto de los tripulantes se levantaba. Tumbó el cadáver junto a la barandilla y lo ocultó con un montón de cuerda.

Entonces oyó voces; dos hombres caminaban hacia él desde el camarote del capitán.

—¿No te hizo gracia la cara de sorpresa de lord Bethany cuando el capitán Colm le dijo que sería a él a quien colgaran por pirata?

—Aun así, es un fastidio, ¿no te parece? —preguntó el otro—. Deberíamos haber matado a ese viejo bastardo, como a los demás. ¡Y la hija! Una rara belleza. ¿Por qué hay que conservarla virgen y pura? Deberíamos compartirla, como el resto del botín.

—Bueno, va a ser parte del botín. He oído decir que el capitán piensa ofrecérsela a un príncipe marroquí, que al final se cansará de ella, claro. Tal vez podamos llegar a un acuerdo para que nos la devuelva... usada —dijo el primero, divertido.

Logan sintió que se le tensaba la mandíbula, y el asco que había sentido al pensar en matar a aquellos hombres se desvaneció. Pero ahora eran dos, y no se atrevía a permitir que lo vieran. Aquello exigía sutileza.

Los dejó pasar.

Se movió mientras caminaban junto a la barandilla de babor. En silencio, velozmente, se arrastró tras la cuerda que acababa de usar para cubrir el último cadáver.

Cuando ellos se giraron para volver sobre sus pasos, pensando en los atributos femeninos de Cassandra, gritó desde detrás de las cuerdas:

—¡Compañeros!

Ellos se volvieron.

—¡Aquí!

Agitó el brazo del muerto.

—Es Brewster —dijo uno de los hombres.

—Levántate, borrachín —ordenó el segundo.

—Necesito vuestra ayuda... por el amor de Dios... por favor —farfulló Logan.

Mientras se acercaban, Logan apenas se atrevió a respirar. Intentaba calcular el momento perfecto para atacar.

Uno de los hombres frunció el ceño. Había pisado el charco de sangre.

—¿Qué es esto?

—¡Socorro! —repitió Logan.

Los dos se acercaron, inclinándose.

Logan empujó el cadáver hacia ellos. Antes de que pudieran gritar, atacó. Clavó la espada en el cuello del primero y el cuchillo en la garganta del otro.

Su cuchillo seccionó las cuerdas vocales del segundo.

El otro, a pesar del tajo que tenía en la garganta, no murió tan rápidamente.

Se tambaleó y cayó contra la barandilla mientras Logan volvía a atacar.

Le echó mano al cuello mientras lo miraba con reproche. Luego, después de lo que a Logan le pareció una eternidad, cayó de rodillas y se desplomó. Muerto.

Cuatro.

Cuatro menos.

Logan cerró los ojos. Por un momento, sólo por un momento, al no llevarse la brisa marina el olor de la sangre que impregnaba el aire, recordó el pasado.

Lo recordó como si hubiera sido ayer...

Su padre, alejándose a caballo...

Su madre, volviéndose para luchar...

Y morir.

Sí, eso era. El olor de la sangre que no podría olvidar...

Se irguió, apartándose de allí. Que se quedaran donde estaban. Ahora tenía que calcular cuidadosamente dónde podía encontrar al resto de la tripulación.

En el camarote del capitán, quizá, de donde habían salido aquellos dos. Mientras Blair Colm estaba en tierra, quizá sus hombres (que sin duda tenían sus momentos de envidia) disfrutaran de sus aposentos privados.

Sigilosamente, con las armas en la mano, echó a andar hacia la puerta del camarote.

Con el tiempo, Cassandra también se quedó dormida. A Bobbie no le importaba montar guardia; de todos modos no podría haber dormido, así que era un alivio tener que estar despierta y alerta a cualquier peligro que pudiera surgir.

Era asombroso lo que la esperanza podía hacer con el alma de una persona.

Miraba constantemente por debajo del techado de lona, hacia el mar.

De momento, nada. El barco parecía en calma.

¿Habría conseguido llegar Logan? Era un buen nadador, de modo que sólo le quedaba esperar que hubiera tenido fuerzas para llegar al barco a salvo. Pero ¿y si lo había sorprendido algún peligro imprevisto?

Jeeves Piernasrojas, un corsario de la época de la guerra de la reina Ana, se había encontrado con más de un galeón español y había sobrevivido, y luego había muerto al soltarse de repente una de las sogas de las jarcias.

¿Y si Logan se había topado con un tiburón de camino al barco?

No, ella había visto tiburones muchas veces. Atacaban sólo si había sangre, y Logan no estaba sangrando.

Pero ¿y si se había arañado con los corales al pasar por el arrecife?

Al menos estaba segura de que no lo habían sorprendido a bordo, porque, si no, habrían dado la voz de alarma.

Escudriñó la playa, con cuidado de mantenerse pegada al suelo, mirando por debajo de la lona, en lugar de por la «puerta» abierta. La mayoría de los piratas (aquella tripulación presuntamente honrada que navegaba bajo bandera inglesa) seguía durmiendo la borrachera, pero Bobbie vio que el hombre al que llamaban Nathan se había tomado muy a pecho la orden del capitán. Se paseaba por la playa, y de vez en cuando se detenía para mirar hacia el mar.

Tenía constantemente las manos sobre el cinturón de la pistola, listo para desenfundar a la menor provocación.

¿Y Blair Colm?

Bobbie no lo veía, y se preguntó si estaría durmiendo. Lo dudaba. Esa noche lo había tomado por sorpresa, no había duda, pero aun así estaba viva... a no ser que él decidiera que debía morir. Colm no la consideraba un peligro. A su modo de ver, no era más que una jovenzuela.

No representaba ninguna amenaza, y valía una bonita suma.

A no ser que descubriera que era Robert el Rojo.

Un escalofrío la recorrió. Colm no lo sabía, y ella no quería que lo descubriera... hasta segundos antes de morir.

Cerró los ojos con fuerza y rezó para que no hubiera justicia sólo en el más allá, sino también en la tierra.

Oyó un sonido suave y escudriñó el interior del refugio.

Cassandra estaba despierta otra vez, y rezaba.

Bobbie pensó en unirse a ella.

«Por favor, Dios...».

Sólo llegó hasta ahí.

Si Él estaba allí, en alguna parte, ya sabía lo que necesitaba.

Había ventanas de paneles a ambos lados de la puerta del camarote del capitán, pero, para alivio de Logan, las gruesas cortinas estaban echadas.

Se deslizó lentamente por la pared exterior; después se agachó para intentar ver el interior por el borde de las cortinas.

Como sospechaba, la tripulación estaba dentro. Eran cuatro y estaban jugando a los dados. Por suerte parecían ajenos a lo que ocurría fuera.

Logan vio lanzar los dados a un hombre y hacer muecas a los otros cuando ganó la partida. El dinero voló alrededor de la mesa.

—Doble o nada, el ganador se lo lleva todo —insistió uno, rabioso por sus pérdidas. Tenía unos cuarenta años, quizá más, y se sujetaba el pelo largo y canoso con una banda de tela a rayas. Llevaba los dedos enjoyados. A la luz de la lámpara del interior, Logan vio que uno de sus anillos era un sello con el emblema de una familia.

Un escudo de armas escocés.

Logan no pudo menos que preguntarse cómo, cuándo y dónde había conseguido aquel hombre el anillo. Sabía que el olor de la sangre que llevaba impregnado no era imaginario, y de nuevo le hizo retrotraerse al pasado. Las voces de los hombres lo devolvieron al presente.

—¿Doble o nada, cuando ya me he llevado todo el dinero? —preguntó el que acababa de ganar. Flaco y fibroso, tenía dos dientes de oro y un pendiente del mismo material. Llevaba la cabeza afeitada.

—Cobarde —dijo el de los anillos.

—No, sólo listo —replicó otro hombre, bajo y recio, con una gran papada.

El cuarto, un hombre de mediana edad, musculoso, de cabello negro y barba poblada, ofreció su opinión.

—No os preocupéis. Cuando vendamos a la chica, y con el rescate de ese tal laird Haggerty, tendremos los bolsillos llenos. Y veremos colgar de la soga a ese carcamal de Horatio Bethany.

Logan sintió que sus dedos se deslizaban hacia el puñal. Pero mientras miraba al cuarteto, se recordó que seguramente habría más hombres abajo. Podía formar un pequeño alboroto para que aquellos cuatro salieran. Pero, si tenía que recurrir a las pistolas, sin duda despertaría a los demás.

¿Qué hacer?

¿Ir abajo primero?

No, porque no quería quitar la vista de encima a aquellos cuatro. Estaban bebiendo, pero no borrachos. Y todos parecían ágiles y bastante rápidos.

Mientras dudaba y los cuatro marineros discutían sobre el juego, el hombre de la gran papada se levantó de pronto.

—Perdonad, compañeros. Necesito aire fresco... e ir al retrete.

—Mea por la borda, cretino. Ahórrale trabajo al que limpia el retrete —dijo el de los anillos.

—Está bien, mearé a la brisa nocturna.

Logan se irguió, pegándose a la pared del camarote, y cambió rápidamente su plan de acción. Permaneció quieto y en silencio mientras la puerta se abría y el marinero salía. Era alto, muy alto. Y grande. Fuerte como un buey, pensó Logan. Tendría que ser muy rápido, y muy seguro.

El hombretón miró a su alrededor y luego se dirigió hacia la barandilla.

—¿Brewster? —llamó. Masculló una maldición cuando no recibió respuesta.

Se detuvo cuando iba camino de la barandilla y Logan juró para sus adentros y confió en que no fuera a investigar.

Avanzó sigilosamente tras el marinero, con el cuchillo listo. Cuando su presa se detuvo, él también se paró.

—¿Brewster? —repitió el marinero—. ¡Serás sinvergüenza! Se supone que estás de guardia. ¿Y si nos sorprende algún barco? ¿Eh?

Siguió andando.

Un momento después, tropezaría con los cadáveres.

No tenía elección. Logan se preparó para saltar. En cuanto el hombre se inclinó para mirar de cerca los cuerpos de sus compañeros muertos, Logan asestó su golpe. Cayó sobre la espalda del marinero y le pasó el cuchillo por la garganta.

El marinero no murió fácilmente.

Mientras se desangraba, logró incorporarse y arrojar a Logan de su espalda. Pero el factor sorpresa y los propios movimientos del hombre dieron la ventaja a Logan. Nadie, por fuerte y grande que fuera, podía sobrevivir con la yugular seccionada.

Logan, arrojado sobre la cubierta, se quedó quieto mientras el marinero se tambaleaba, intentaba hablar... y al fin caía.

No se reiría cuando colgaran a lord Bethany, eso seguro.

Logan se repuso rápidamente y volvió a levantarse, con

cuidado de mantenerse alejado de los resbaladizos charcos de sangre que había dejado el marinero. Miró más allá del muerto y vio unos barriles apoyados en la barandilla de proa.

Miró hacia el camarote. Los oía discutir.

Se acercó al primer barril y lo abrió con la hoja ensangrentada del cuchillo.

Estaba lleno de joyas y oro.

Miró de nuevo hacia el camarote. No había tiempo. Pero aun así...

Actuó con rapidez. No tumbó el barril entero; temía hacer ruido. Pero fue lanzando rápidamente pieza tras pieza por la borda. Sólo tardó un momento. Abrió el segundo barril, y el tercero. Le producía un inmenso placer pensar que el tesoro que habría permitido a aquellos hombres el lujo de contemplar una ejecución desde los mejores asientos yaciera ahora en el fondo del mar.

Luego regresó en silencio al camarote.

—¿Qué demonios...? ¿Crees que ese bruto se habrá caído por la borda, con su cosa al aire? —preguntó el marinero de las sortijas.

—Ve a ver qué le pasa —ordenó el del pendiente de oro.

—Ve tú —contestó el de los anillos.

—¿Quieres tener ocasión de recuperar tu dinero? Él es el único que está de tu parte, amigo —repuso el del pendiente.

Maldiciendo, el perdedor se levantó y salió. Dejó la puerta abierta a su espalda, avanzó y gritó:

—Griffin, ¿dónde estás?

Logan se acercó sigilosamente, empujó la puerta con suavidad para que se cerrara despacio, como empujada por el movimiento del barco. Cuando el hombre se volvió, agachó la cabeza.

—¿Griffin? ¿Brewster?

Alertaría a los otros si pasaba más tiempo allí solo, de

modo que Logan se abalanzó hacia él, le tapó la boca con la mano y deslizó el cuchillo entre dos costillas para atravesarle el corazón.

El hombre forcejeó un momento, gorgoteando.

Luego sus forcejeos se hicieron más débiles y guardó silencio.

Logan lo arrastró por la cubierta y lo escondió tras un barril de agua.

Dos más. Volvió a su puesto junto a la puerta del camarote del capitán. Pasaron largos minutos. Los dos marineros que quedaban estaban hablando sobre la falta de prostitutas de calidad en New Providence y Jamaica.

—¿Dónde se han metido esos dos? —preguntó por fin el de la barba.

El flaco se levantó.

—Vamos a buscarlos. Puede que estén llevándose el oro, ¿eh? Y yo no pienso quedarme sin él.

Iban a salir los dos al mismo tiempo.

Logan comprendió que no tenía elección.

El hombre delgado lo vio. Logan sacó una de las pistolas y disparó. La detonación pareció resonar más fuerte que un trueno que hubiera estallado sobre ellos.

El otro sacó su pistola y Logan lanzó su cuchillo. Le dio directamente en el corazón.

Pero el estruendo del disparo no le convenía.

Y había muchos más hombres en el barco de los que imaginaba. Empezaron a aparecer de pronto en cubierta, subiendo desde las bodegas por las escalas de proa y popa.

Logan vació sus pistolas, lanzó su último cuchillo y desenvainó la espada.

Había muertos por todas partes. La tripulación de Colm resbalaba en la sangre; los que habían sacado sus pistolas, erraban el tiro, y dos de ellos hirieron a otros miembros de la tripulación.

Los demás arrojaron sus pistolas por haberlas vaciado, o por peligrosas, y sacaron sus espadas.

¿Cuántos había?, se preguntaba Logan.

Por más espadas que rechazaba, siempre había más. No sabía cuánto tiempo seguirían avisándolo sus sentidos cuando un hombre se acercaba por su espalda, ni cuánto tiempo podría seguir manteniendo a raya a un hombre delante y a otro de costado.

Una y otra vez lo obligaban a retroceder.

Le habían hecho algún rasguño, y sabía que, con el tiempo, la pérdida de sangre empezaría a restarle fuerzas.

Saltó a la barandilla, rodeado de piratas. Sólo tenía una oportunidad de sobrevivir y luchar un día más.

Saltar al agua.

Pero no llegó a saltar.

Ni sus oponentes lo obligaron.

Porque, de pronto, en medio de la oscuridad de la noche, hubo una explosión.

Estruendosa. Ensordecedora. El barco mismo tembló.

Y entonces Logan cayó por la borda y, al precipitarse en la oscuridad, notó un olor a pólvora quemada y a fuego.

Al caer al agua y hundirse, se dio cuenta de que el barco de Blair Colm acababa de recibir un cañonazo.

CAPÍTULO 15

Brendan no había tenido intención de emprender una batalla esa noche.

Pero Jimmy O'Hara les había avisado desde la cofa cuando, ocultos por la oscuridad de la noche, habían llegado a la isla.

Al rodearla, habían visto el barco anclado frente al arrecife y reconocido sus banderas. Luego habían advertido indicios de movimiento en la isla. Si Bobbie estaba allí con Logan, tal vez Blair Colm los hubiera apresado, pensó Brendan, asustado.

Y si Colm descubría que tenía en su poder al famoso pirata que lo había perseguido por el mar Caribe...

Brendan no quería pensarlo.

No quería hundir el barco de Blair Colm, por si Bobbie estaba a bordo. Pero tampoco podía quedar a merced de sus cañones.

Entonces Jimmy O'Hara les dijo desde la cofa que un hombre que parecía ser Logan Haggerty estaba luchando ferozmente contra casi dos docenas de piratas, y Brendan comprendió que no tenía elección.

Así pues, ordenó hacer un solo disparo con el cañón de treinta y dos libras. El barco de Blair Colm era un mercante con el casco muy grueso; haría falta mucho más que un disparo para hundirlo. Pero había que hacer algo.

Curiosamente, el cañonazo pareció coincidir con el rayar del alba. El disparo estalló y en la cubierta se vio un fogonazo. Santo Dios, debían de haber alcanzado una reserva de pólvora. Después, el horizonte siguió iluminado y una línea amarilla separó el cielo del mar.

—¡La playa! —gritó Jimmy.

Brendan sacó su catalejo y observó la orilla. En la playa había gente que se movía de acá para allá. Desde aquella distancia parecían casi hormigas. Intentaban averiguar de dónde procedía aquella explosión y valorar el peligro. Brendan había llevado el barco a oscuras, y habrían seguido ocultos si no hubiera disparado el cañón.

Jimmy no sólo tenía razón en cuanto a la existencia de la isla. Logan Haggerty estaba luchando por su vida en el barco de Blair Colm. Brendan lo había visto justo antes de que dispararan.

Enfocó el catalejo en aquella dirección, pero ya no había rastro de Logan. Los hombres a bordo del barco de Blair se afanaban frenéticamente, levando el ancla y apagando fuegos.

Brendan apuntó el catalejo hacia la playa.

No vio a Bobbie. Sólo veía a hombres que recogían sus armas y corrían hacia los botes.

Entonces vio a Blair Colm.

Estaba de pie en la playa, a plena vista, como si estuviera convencido de ser invencible. Gritaba órdenes, y los hombres se apresuraban a obedecer.

Brendan le gritó a Patapalo:

—¡Girad los cañones! Quiero una descarga derecha hacia la playa. Apuntad bien, no deis a los árboles.

Patapalo se volvió y corrió a dar las órdenes. Los artilleros estaban ya ocupando sus puestos junto a los cañones giratorios de la cubierta.

Tenían buena puntería. Un disparo estalló en los bajíos, y algunos hombres salieron volando.

Y entonces Brendan la vio.

Era imposible no verla. Su cabello era como un faro... y llevaba un vestido.

¿Un vestido? Brendan apenas recordaba qué aspecto tenía Bobbie con un vestido. La última vez que se había puesto uno fue el día que nació el célebre Robert el Rojo. Brendan dio gracias a Dios. Tal vez eso significaba que Blair Colm no sabía que era el capitán pirata.

Bobbie estaba con una mujer y un hombre mayor. ¿Lord Bethany y su hija, quizá? ¿Cómo demonios se habían reunido?

Brendan no pudo detenerse a pensar en ello. Vio que Bobbie casi bailaba con el hombre con el que estaba luchando.

La otra mujer no era una boba. Brendan la vio dar un rodillazo en la entrepierna a un hombre que se abalanzó hacia ella.

—¡Disparad otra vez! ¡Otra descarga, y tened cuidado! ¡El capitán está en tierra! —gritó.

La playa y el agua estallaron una vez más.

—¡Hay alguien en el agua! —gritó Jimmy O'Hara.

Brendan miró hacia la cofa.

Jimmy agitaba los brazos frenéticamente.

—¡Hay alguien en el agua! —gritó de nuevo—. ¡Es laird Haggerty!

Dar con el momento preciso lo era todo, pensó Bobbie al darse cuenta de que su barco había llegado.

Oh, Dios, si Brendan y su tripulación hubieran llegado antes...

Pero no había sido así, y Brendan estaba haciendo todo cuanto podía, dadas las circunstancias.

Bobbie lanzó una mirada hacia el mar y vio que el barco de Blair estaba dañado. Y que había más de una docena de hombres corriendo por la cubierta.

Se le encogió el corazón.

¿Qué le había pasado a Logan?

¿Estaba muerto?

¿O había escapado?

Empuñó su segundo cuchillo para mantener a raya a los hombres de Col y consiguió encontrar a los Bethany y llevarlos por el sendero que conducía al estanque y la cueva.

—¿Qué hacemos? ¿Adónde vamos? —preguntó Cassandra.

—A la cueva. La entrada está detrás de esos árboles. Dense prisa, y no se paren, pase lo que pase. Allí encontrarán más armas. ¡Aprisa!

Pero al doblar un recodo del sendero, estuvo a punto de caer de bruces en la orilla del estanque.

Alguien la había agarrado de la falda.

Se cercioró de que Cassandra y su padre habían seguido corriendo, como les había ordenado, y luego se volvió con el cuchillo listo. Billy Bones, el hombre que la había agarrado, se echó a reír y retrocedió de un salto.

—¿Quieres luchar conmigo? —preguntó, divertido.

—¿Y tú? ¿Quieres luchar conmigo? —replicó ella.

Él volvió a reírse.

—No seas tonta, pequeña.

Intentó agarrarla. Ella le lanzó una estocada.

—Me gustan rebeldes —dijo él con una sonrisa desagradable.

—Tengo entendido que también te gusta el ganado —respondió ella. Se había dado cuenta de que era uno de esos hombres que se enfurecían fácilmente. Y, como la mayoría de los hombres, cometería algún error si estaba furioso. Aquello le daría la ventaja que necesitaba.

—Tú eres ganado, pequeña —contestó él.

Se abalanzó hacia ella, todavía riendo.

Bobbie estaba preparada.

Ni siquiera tuvo que apuñalarlo.

Él mismo se ensartó en la hoja.

Su peso y el impulso la hicieron caer al suelo, bajo él. Billy la miraba con estupor. Su risa se convirtió en un gemido; luego, con la boca y los ojos todavía abiertos, murió.

Ella gritó y lo apartó de un empujón, extrayendo el cuchillo.

Pero antes de que pudiera levantarse una bota cayó sobre su pecho, clavándola al suelo. Se retorció para clavar el cuchillo en la pierna de su agresor, pero alguien le pisó tan fuerte el brazo que soltó un grito. El cuchillo resbaló de sus dedos, y ella levantó la mirada.

Blair Colm estaba allí, con el pie sobre ella y varios hombres a su lado.

—Levantadla. Y traedla con vosotros. Tengo la extraña sensación de que hay alguna relación entre esta golfa y la oportuna llegada de Robert el Rojo —se inclinó hasta casi pegar a ella su cara enjuta y sus ojos fríos—. ¿Qué me dices, mi querida Bobbie? ¿Hay un idilio entre vosotros, quizá? ¿Me equivoco?

Ella le escupió. Colm respondió abofeteándola con la velocidad con que atacaba una serpiente. Bobbie sintió que la cabeza le daba vueltas.

Siguió dándole vueltas mientras Colm la obligaba a levantarse. Oyó vagamente que preguntaba:

—¿Dónde están los otros dos prisioneros?

—Deben de habérselos llevado en el primer bote, capitán —respondió alguien—. No están con ella.

—Andando —ordenó Colm.

Pero el mundo seguía girando, y Bobbie no podía caminar.

Ni siquiera pudo protestar cuando Colm se la echó sobre el hombro.

Sencillamente, se desmayó.

El sol se alzaba rápidamente.

Logan apenas había salido del agua cuando gritó:

—¡Disparad al barco a discreción! ¡Bobbie y los Bethany no están a bordo!

Brendan se volvió rápidamente hacia la tripulación y ordenó:

—¡Disparad al barco! ¡Fuego a discreción! —luego se volvió hacia Logan y dijo—: Lo sé. Los he visto en la playa.

Logan lo agarró de los hombros.

—¿Los has visto? ¿Estaban...?

—Iban corriendo hacia el interior de la isla.

—¡Un catalejo! Necesito un catalejo —dijo Logan. Patapalo le dio uno rápidamente, y Logan miró hacia la playa.

El humo negro de la pólvora llenaba el aire y costaba distinguir los detalles. Pero entonces vio dos botes. Estaban casi hundidos, gracias a Bobbie.

—¡Los botes! ¡Disparad a los botes! —gritó.

—¡Apuntad a los botes! —gritó Brendan.

Y entonces Logan sintió que una mano gélida salía de la nube de humo y se cerraba sobre su corazón.

—¡Alto! —bramó.

—¡Alto el fuego! —ordenó Brendan. Se volvió hacia Logan y preguntó—: ¿Por qué?

—La tiene. Blair Colm tiene a Bobbie —dijo Logan, sintiéndose físicamente enfermo.

Mientras Brendan alzaba su catalejo, Logan se quedó mirando. Después, se dejó caer contra la barandilla. Blair Colm caminaba tranquilamente por la playa hacia el tercer bote, con Bobbie al hombro. Estaba inconsciente.

¿Inconsciente? Oh, Dios, que sólo estuviera inconsciente, rezó Logan.

Porque Blair Colm muy bien podía conservar su cadáver, sabiendo que no le atacarían mientras hubiera alguna posibilidad de que estuviera viva.

Alguien masculló con angustia:

—¡Oh, Dios!

Y entonces Logan se dio cuenta de que era él quien había hablado.

Miró de nuevo hacia la orilla y vio que la mano de Bobbie se movía. Estaba viva, comprendió con una arrolladora oleada de alegría.

Vio que Blair y sus hombres montaban en el último bote.

El segundo bote estaba justo delante. A bordo iban seis hombres. La distancia entre los botes era demasiado pequeña para que los hombres de Brendan dispararan sin miedo a matar a Bobbie.

El primer bote empezó a hundirse de veras, todavía muy lejos del barco de Colm.

Bobbie, bendita fuera, había hecho bien su trabajo.

Los hombres comenzaron a gritar y maldecir, y varios empezaron a nadar, intentando llegar a los otros dos botes.

Blair Colm no se sentó. Se mantuvo de pie, en equilibrio, con Bobbie al hombro.

Miraba fijamente hacia el *Águila*, y Logan habría jurado que, a pesar de la distancia, los ojos de ambos se encontraban.

Colm les estaba retando con la mirada. Sonreía, satisfecho, mientras sus hombres remaban.

Uno de los piratas del primer bote se debatía en el agua. Finalmente se hundió y pereció ahogado, pero Colm no pareció notarlo. Estaba volviendo a su barco, seguramente para marcharse de allí, reagruparse y hacer las reparaciones necesarias.

Con Bobbie como prisionera.

—¿Dónde están los otros dos? —preguntó Brendan casi hablando para sí mismo.

Logan miró a su alrededor. No había ni rastro de lord Bethany y Cassandra, pero se alegró al ver que el segundo bote estaba hundiéndose rápidamente.

Bajó el catalejo.

—Bobbie los llevó a la cueva —dijo, rezando por no equivocarse. Por desgracia, sabía que lord Bethany habría luchado hasta la muerte por defender a su hija, del mismo modo que Cassandra habría muerto antes que permitir que alguien hiciera daño a su padre.

Volvió apuntar el catalejo hacia Blair Colm.

Desde la cofa, Jimmy O'Hara gritó:

—¡Supervivientes! ¡A las ocho en punto!

—Ya los veo, Jimmy. ¡Mandad un bote, aprisa! ¡Y que vaya también un buen nadador!

Mientras Brendan daba órdenes para rescatar a los supervivientes de la tripulación enemiga, Logan lanzó el catalejo hacia Colm y agarró con fuerza la barandilla.

—Voy a buscarla. No puedo permitir que...

—¡Espera!

Logan estuvo a punto de asestar un puñetazo a Brendan cuando éste alargó un brazo y lo detuvo.

—Cúrate primero las heridas, mientras vemos qué se propone ahora.

—Hacer daño a Bobbie, eso es lo que se propone.

—No. Ahora intentará hundir este barco. Tenemos que detenerlo, y luego rescataremos a Bobbie —le dijo Brendan.

—Mantén bien alineado el barco para disparar y lanza otra descarga —dijo Logan—. El barco de Colm perdió pólvora después de vuestro primer disparo, así que van a tener dificultades. Pero no dispondremos de mucho tiempo. Creo que Colm querrá hacer un par de disparos y luego alejarse.

Y no podemos permitir que se vaya teniendo prisionera a Bobbie.

—Sé cómo gobernar un barco y cómo luchar —le dijo Brendan con calma.

Logan asintió dolorosamente; después sintió una mano sobre su hombro. Era Sam el Silencioso.

—Vamos. El cirujano te coserá las heridas. Hagar te tiene preparada una bolsa con muchas sorpresas.

Logan se dejó llevar por él. Incluso aceptó una botella de ron y le dio un buen trago cuando el cirujano del barco llegó con aguja e hilo para remendar sus peores heridas.

Después, el cirujano se fue. Logan estaba todavía sentado en el camastro del camarote del capitán cuando la puerta se abrió y entró Cassandra, cayendo de rodillas ante él.

—¡Oh, Dios, Logan!

—Cassie —dijo él, y tocó suavemente su pelo mojado—. ¿Tu padre...?

—Está bien, gracias a Dios. Están atendiéndolo, le han dado ropa seca y ron caliente...

Él asintió con una sonrisa. Sus dedos temblaban.

—Me alegro tanto de que estés viva. ¿Has...? ¿Te...?

Ella sacudió la cabeza y, tomando su mano, la besó.

—Siento mucho que te haya pasado esto —dijo él—. Venías en mi busca. Rezo para que Dios me perdone el daño que te he causado. Rezo para que me perdones tú.

—Claro que te perdono. ¿Cómo puedes dudarlo?

—Eres una mujer generosa, Cassandra Bethany. Y yo... he de irme para salvar a otra.

—¿A Bobbie? —preguntó ella con una sonrisa comprensiva.

—Sí —respondió Logan, y apartó la mirada, preguntándose si Cassandra había adivinado en su mirada lo que sentía por Bobbie.

—Siempre hay que intentar salvar a los amigos —le dijo

ella, y se sonrojó–. Oh, Logan, el tiempo apremia y... y puede que ésta sea la única oportunidad que tengamos de hablar de esto, así que te ruego que me prestes atención. Eres un hombre maravilloso y mi mejor amigo, pero... me he dado cuenta de que no te quiero como una esposa debe querer a su marido. Y... –levantó la vista y sonrió de nuevo, con una sonrisa radiante–. Creo que tú... tampoco me quieres como pensabas antes –hizo un ademán para acallarlo cuando él se dispuso a hablar; luego continuó–: Sí, sé que me quieres. Pero no estás enamorado de mí.

–Cassandra –murmuró él–, eres muy bella. Posees una mente brillante. Eres compasiva y valiente...

–Sí, soy maravillosa –le dijo ella, riendo–. Y alguien me amará. Como creo que te han amado a ti. Y como creo que amas tú también, ¿no es cierto?

Él comprendió que Cassandra podía leer la verdad en sus ojos.

–Eres una mujer excepcional, Cassandra Bethany –dijo–. Y espero poder explicártelo todo. Pero ahora... ahora debo irme a rescatar a... Bobbie.

–Claro. No espero menos de ti –se levantó y se dispuso a marcharse–. Voy a ver cómo está mi padre. Y estaremos aquí cuando regreses –hizo una pausa y frunció el ceño–. Logan...

–¿Sí?

–¿Quién es esa mujer?

Él sonrió con esfuerzo.

–Es Robert el Rojo.

Bobbie notó vagamente un vaivén que conocía bien y comprendió que estaba a bordo de un barco.

Más concretamente, estaba en una cama, en el camarote de un barco.

Oyó una explosión.

Hubo gritos, y luego otra explosión, más a lo lejos.

Barcos...

Barcos en el mar, intercambiando cañonazos.

Luchó por levantarse con la esperanza de que, por obra de algún milagro, estuviera en su camarote, a salvo y lejos de las garras de Blair Colm.

Pero enseguida comprendió que no era así.

Estaba en territorio enemigo. Se hallaba tendida sobre el que debía de ser el camastro de Blair Colm, a juzgar por el tamaño y la opulencia del camarote. Se llevó las manos a la cabeza, todavía aturdida. Cuando pareció que por fin el camarote se quedaba quieto, se puso en pie. Al principio se tambaleó, pero logró llegar a la mesa y sujetarse a ella. Sobre la mesa había unos dados y varias tazas medio llenas de grog. Incluso había varias monedas de oro que alguien había olvidado allí.

Dedujo que debían de haberla dejado allí sin ceremonias, porque lo primero era luchar por sobrevivir. Tal vez tuviera ocasión de escapar.

Se acercó a la puerta. Si podía salir y encontraba un arma... Esta vez, no vacilaría. Mataría a Blair Colm sin pensárselo dos veces.

Respiró hondo para reunir fuerzas y se aseguró de que guardaba el equilibrio. Luego probó la puerta.

Y descubrió que la habían cerrado por fuera.

Soltó una maldición y dio un puñetazo a la madera. ¡Tenía que haber algún modo de salir de allí!

Oyó de nuevo el estruendo de un cañón, y una explosión muy cerca. Luego sintió una vibración cuando abrieron fuego desde el barco de Colm. Se acercó a la ventana y vio tanto humo negro que se preguntó si los barcos se veían entre sí.

¿Habrían escapado Cassandra y su padre?

Rezaba para que así fuera, porque, dijera lo que dijese Logan, Cassandra era perfecta para él.

Ella, en cambio, no lo sería nunca.

Tenía que dejar de compadecerse y olvidar el dolor que anegaba su corazón. Había muchas cosas de las que preocuparse.

Como matar a Blair Colm, por de pronto.

Observó la cubierta y vio que estaba llena de sangre. Los hombres resbalaban en ella al correr de acá para allá, moviendo barriles y jarcias. Varios marineros se afanaban en la vela mayor, y tenían grandes dificultades para mantenerse en pie.

Y había cadáveres, hombres que habían muerto no como consecuencia de los disparos de los cañones, sino pasados a espada y cuchillo, lo cual sólo podía significar que...

Logan había estado allí.

Pero ¿dónde estaba ahora?

De nuevo pareció encogérsele el corazón.

¿Lo habían matado mientras luchaba y habían arrojado su cuerpo por la borda para que fuera pasto de los peces?

Las velas se iban alzando hacia el cielo de la mañana. Bobbie vio que empezaban a hincharse y sintió que la brisa se agitaba cuando el barco empezó a moverse.

Pensó que podía romper una ventana y escapar. Pero los paneles de cristal eran pequeños y estaban encajados en anchos marcos de madera. Tendría que romper varios para poder escapar.

Se acercó a la silla que había tras la mesa del capitán, intentó levantarla y se dio cuenta de que no podría balancearla con fuerza suficiente para romper nada con ella. Escudriñó rápidamente la habitación y se decidió por un taburete. Estaba acercándose a la ventana cuando la puerta se abrió de golpe.

Se quedó paralizada.
Blair Colm había vuelto.

—Los entretendré para que tengas tiempo suficiente —Brendan bajó la voz—. Esto es... en fin, un suicidio, ¿sabes? —dijo, y tragó saliva con esfuerzo.

Logan sacudió la cabeza.

—Conozco un poco el barco. Hay varios sitios donde puedo esconderme —sonrió—. Y voy bien armado —levantó el saquito que le había preparado Hagar—. Granadas. Cuatro pistolas. Montones de munición. Seis cuchillos. Y una bengala. Cuando tenga a Bobbie y hayamos saltado del barco, lanzaré la bengala.

—Y juro que nosotros los borraremos del mapa —prometió Brendan.

—Acercaos todo lo que podáis —dijo Logan.

—Sí, capitán laird Haggerty. Lo haremos —dijo Brendan.

—Si vamos a ir, hay que darse prisa —dijo Sam el Silencioso.

Logan no miró a su alrededor. Se limitó a encaramarse a la barandilla y a deslizarse por la cuerda detrás de Sam, hasta el bote que los aguardaba. El bote que habían enviado a rescatar a Cassandra y Horatio.

Una vez en el bote, se encontraron en medio del infierno. Los barcos se habían disparado tantos cañonazos que el aire mismo se había vuelto negro.

Sam remaba con ímpetu.

En silencio.

El humo de la pólvora comenzó a disiparse.

—Está justo delante —dijo Sam.

—Sí, gracias, Sam.

—Que Dios te acompañe, Logan.

—Lo mismo digo, Sam.

—¿Logan? Tráela contigo. Y volved los dos vivos.
—Sí, Sam. Eso pienso hacer.

Dejó las botas en el fondo del bote y se zambulló de cabeza. La pesada bolsa impermeable tiraba de él hacia el fondo, y el agua salada hacía que le escocieran las heridas.

Bien. El dolor le daba fuerzas.

Nadó con denuedo, entornando los ojos para protegerlos del salitre y el humor acre de la pólvora.

El barco estaba delante, y se movía. Iba cobrando velocidad. Logan apretó los dientes y nadó más aprisa. Tenía que alcanzarlo. Pero empezaba a temer que, pese a su determinación, le fallaran las fuerzas.

Se ahogaría.

Y Bobbie moriría.

Lo mismo que su madre, hacía tantos años.

Moriría luchando...

Se esforzó más y más. Pensó en soltar sus armas, pero sabía que era una locura.

Sintió el sabor de la sal cuando una ola inundó su boca. Tosió con fuerza, pero siguió nadando. El barco estaba delante, justo delante...

Intentó agarrarse a una argolla del casco. Pero se le escapó.

Movió las piernas con todas sus fuerzas y estiró los brazos, y esta vez asió la argolla, aunque el brazo pareció descoyuntársele.

Pero aguantó. Se agarró con fuerza y respiró. Luego echó la bolsa al hombro y empezó a trepar.

El ascenso fue lento y tedioso. Subió despacio, mientras el barco cobraba velocidad y el viento tiraba de él.

Había trepado por la popa y al llegar arriba hizo un último esfuerzo y se encaramó a la barandilla lo justo para ver qué estaba sucediendo a bordo y buscar el momento idóneo para saltar a cubierta y esconderse. La tripulación estaba en el centro del barco, afanándose por reparar las velas y las jarcias dañadas por los disparos de los cañones.

A la primera ocasión, saltó sigilosamente a cubierta.

Junto al cabestrante de un bote había un montón de lona y jarcias quemadas y hechas jirones. Logan corrió hacia allí y se agachó tras el montón. Allí empezó a guardar sus cuchillos en las vainas que llevaba sujetas a brazos y tobillos. Se abrochó la pistolera y metió bajo ella los dos últimos cuchillos. Sacó la bengala y la enganchó al cinto. Luego llenó de granadas una bolsa que llevaba colgada a la cintura.

Respiró hondo y esperó. Mientras la tripulación siguiera atareada amarrando las velas, no había esperanzas de que pudiera escabullirse y buscar a Bobbie en el camarote de Blair Colm o en las bodegas.

De un modo u otro la encontraría. Pero tenía que esperar el momento oportuno.

Así que aguardó.

Y fue, con mucho, las cosa más difícil que había hecho nunca.

CAPÍTULO 16

Brendan iba al timón. Con los ojos fijos en el barco al que seguían, procuraba mantener el navío a la vista y asegurarse de que no viraba de pronto y volvía sus cañones hacia ellos en un intento de hundirlos.

Su barco tenía más cañones, pero estaba construido para la velocidad y era, por tanto, más vulnerable. Su artillería no podía penetrar el grueso casco del mercante con la misma eficacia con que los cañones de Colm traspasarían aquel barco más ligero.

Era como jugar al gato y el ratón. Brendan no pensaba perder de vista el barco que llevaba a Bobbie, pero no podría hacer nada por ella si dejaba que Colm hundiera el *Águila*.

Estaba tan concentrado, se aferraba con tanta fuerza al timón, que se sobresaltó al notar que le tocaban el hombro.

—Muchacho, tienes que darte un descanso. Yo me ocupo del barco.

Era Hagar, y Brendan lo miró un instante, desconcertado.

—Confía en mí, muchacho. Nunca te he dejado en la estacada.

Brendan inhaló profundamente y exhaló despacio. Se miró los dedos, que estaban blancos por la tensión, y asintió con la cabeza.

—¿Y la cofa? —preguntó.

—Sam el Silencioso está vigilando, y nadie puede hacerlo mejor que él.

—Logan la salvará —masculló Brendan—. Si consigue llegar a bordo.

Hagar sonrió.

—Lo ha conseguido.

Brendan frunció el ceño. Hagar parecía muy seguro.

—Sam lo ha visto con el catalejo desde la cofa. Ha llegado. Ahora ve a descansar, Brendan. Si rompes el timón, estaremos todos perdidos, ¿sabes?

Brendan asintió de nuevo con expresión amarga y dejó el timón en sus manos.

—¿Hay café? —preguntó.

—Haré que te manden un poco. Descansa. Sé que no vas a dormir, pero túmbate. Muy pronto habrá una batalla, y tienes que estar listo —le aconsejó Hagar.

Brendan volvió a asentir.

—Gracias.

—De nada, hombre.

Brendan entró en el camarote del capitán frotándose los ojos, se fue derecho al camastro y se sentó en el borde del fino colchón.

Un grito lo sobresaltó y, levantándose de un salto, miró la cama con estupor.

Cassandra, lady Bethany, lo miró con un espanto que pronto se convirtió en azoramiento. Al parecer, la tripulación la había acomodado allí mientras él estaba al timón. Su vestido roto había desaparecido, e iba vestida con unas calzas y una camisa de Bobbie. Se sentó, y Brendan vio que estaba descalza y que el pelo le caía sobre la espalda en una hermosa maraña. La ropa se ceñía a su cuerpo provocativamente. Brendan levantó la mirada a toda prisa y se topó con sus ojos, que eran grandes y tenían una expresión de desconcierto.

—Lo siento muchísimo —corrió a disculparse él—. No sabía que estabais aquí. Perdonadme. Os dejo.

—No, no... —dijo ella rápidamente—. No pensaba quedarme dormida. ¿Cómo es posible que me haya dormido cuando...? Oh, Dios, Logan... ¿Cómo he podido? Debo de ser una persona horrible.

—No, nada de eso —contestó Brendan. Cassandra parecía tan disgustada que él se agachó rápidamente ante ella y le tomó las manos—. Habéis estado prisionera. Habéis vivido un infierno durante días con esos cer... con esos canallas. Si habéis descansado un rato, no debéis reprochároslo en modo alguno. El instinto ayuda a sobrevivir, aunque el corazón y la mente se opongan a él.

Mientras lo miraba, los ojos de Cassandra parecieron agrandarse aún más.

—¿Sois... el hermano de Bobbie? —preguntó.

—Su primo —respondió él—. ¿Tanto nos parecemos, entonces?

—Sí —contestó ella, muy seria—. Sólo que Bobbie es... En fin, no sé cómo ha convencido a todo el mundo de que era un hombre. Vos, en cambio, sois mucho más... Disculpadme. Estoy parloteando. Tengo que parar...

—Necesitáis descansar, eso es todo —le aseguró él.

—Pero... debo preguntároslo, ¿vamos a sobrevivir?

—¡Sí, lady Cassandra! Sobreviviremos. No permitiré que Bobbie muera.

—Logan tampoco lo permitirá —dijo ella.

—Logan ha demostrado ser... eh... un buen hombre —dijo Brendan, azorado. No sabía cómo había ocurrido exactamente; quizás había sido en aquella isla, pero no podía negar que Logan sentía mucho más que admiración por Bobbie, a pesar del compromiso que tuviera con Cassandra, fuera cual fuera éste.

Ella lo miró con curiosidad, ladeando la cabeza. Para sorpresa y consternación de Brendan, alargó la mano y lo tocó.

—Por favor, no temáis herir mis sentimientos. Logan es... mi mejor amigo, pero es libre de amar a quien se le antoje.

—Pero... vuestro padre y vos... Han arriesgado sus vidas.

—Lo sé, pero...

—¿Pero?

—Brendan, sé que se supone que soy una dama, que debería ser reservada y no hablar de estas cosas, pero... puede suceder que dos personas que deberían estar bien juntas, que incluso durante un tiempo pueden pensar que son almas gemelas, no estén hechas la una para la otra. Eso es lo que nos pasa a Logan y a mí. Siempre lo querré y lo admiraré, pero no estoy enamorada de él —lo miró a los ojos y se sonrojó—. Y así se lo dije antes de que se fuera a rescatar a vuestra prima, porque me pareció que tenía que saberlo.

—Sois... sois tan bella y tan valiente y...

—Gracias —lo interrumpió ella, sonrojándose—. Pero lo que importa es que entre Logan y yo no existe lo que tiene que haber entre un hombre y una mujer para que puedan vivir una pasión auténtica y duradera, sea lo que sea, aunque espero encontrar esa pasión algún día.

Brendan no sabía qué decir. Se sentía violento e inquieto. Estaban tan cerca... Ella lo estaba tocando.

Era bellísima, y aunque él sabía que tenía miedo, hablaba y actuaba con una valentía que resultaba tanto más asombrosa precisamente porque estaba asustada.

Brendan se levantó rápidamente, y estuvo a punto de golpearse con la cabeza en el techo bajo del camarote.

—Debería irme y dejaros descansar.

—Esperad, por favor.

Brendan la miró inquisitivamente, de nuevo sin habla.

Ella cuadró los hombros.

—Os estaría eternamente agradecida si me enseñarais a defenderme. Dudo que pueda aprender a manejar una espada en cuestión de horas, pero quizá... Ni siquiera sé cómo funciona una pistola.

—Será un placer —le aseguró él, agradecido por tener algo útil que hacer. Y aquello podía ser muy útil, en efecto, pues, por más que él lo deseara, no podía prometerle que jamás tendría necesidad de conocer el funcionamiento de un arma de fuego.

Sacó una de las pistolas de su cinto.

—La triste verdad es que las pistolas hay que recargarlas... incluso las que tienen varios cañones. Con ésta podéis disparar cinco veces, pero debéis tener la precaución de contar mientras disparáis, para no tener dudas de cuántas balas os quedan. Pero aquí... —hizo una pausa y sacó una daga—. Aquí hay un arma que deberíais llevar siempre encima. La pistola es mejor para usarla a distancia. Cuando un hombre se te echa encima, lo que necesitas es una daga. Si el combate se da cuerpo a cuerpo (si entrara un hombre por esa puerta, por ejemplo), deberíais disparar primero y luego prescindir de la pistola y empuñar la espada. Si vuestro oponente no sabe que tenéis un puñal, podéis dejar que se acerque, fingiéndoos asustada, y luego... atacar. Hay que apuntar debajo de las costillas, con fuerza, rápidamente, sin vacilar.

Ella asió la daga y frunció el ceño.

—¿Así?

Hizo una demostración lanzando un tajo al aire.

Brendan deslizó las manos sobre las suyas.

—Sí, pero veréis... —se sirvió de su propio cuerpo para enseñarle dónde atacar—. Debéis atacar rápidamente, y a fondo.

Su mano seguía sobre la de ella cuando Cassandra levantó la mirada y asintió. Y entonces Brendan la miró a los ojos y se perdió.

Bobbie se hallaba de nuevo frente al hombre que había convertido para ella la belleza de la vida en un mar de muerte seguido de años de infierno. Podía arrojar el taburete, pero sabía que él apenas lo notaría, y sólo serviría para ponerlo más furioso, lo cual no podía ser bueno para su salud... o su vida.

Dejó el taburete.

Necesitaba un arma mejor. Necesitaba desesperadamente apoderarse de un cuchillo. Tenía que ganar tiempo para poder encontrar... algo.

—Has hecho bien, querida —dijo él, y se acercó a su mesa, manteniéndose alejado de ella, lo cual sorprendió a Bobbie. Luego, con una leve punzada de placer, se dio cuenta de que desconfiaba de ella.

Sobre la mesa había una botella medio llena de ron; Colm la tomó, sin apartar los ojos de Bobbie, y bebió un largo trago. Ella no se movió.

—Has matado a uno de mis hombres —dijo por fin—. En realidad, has matado a varios, porque imagino que los que se han ahogado también cuentan.

—He matado a hombres que deberían haber muerto en la horca. Vos habéis matado a hombres que sólo querían vivir en paz.

—He matado a alimañas que se oponían al legítimo rey —dijo él amablemente.

—¿De veras creéis eso? —preguntó ella.

Él la señaló con un dedo.

—Habéis encontrado un modo de influir en ese maldito Robert el Rojo.

—Sí —contestó ella.

Él dejó la botella de ron.

—La pregunta es ¿qué debo hacer ahora?

—No hay duda —dijo ella.

—¿Ah, no?

—El barco de Robert el Rojo os está persiguiendo. De un modo u otro, su tripulación os hundirá.

—No sois una entendida en barcos, querida. Si lo fuerais, sabríais que el casco de este barco es muy grueso y que puede rechazar el fuego de los cañones.

—Y la balandra que os sigue puede navegar en círculos a vuestro alrededor.

El semblante de Colm se ensombreció, lleno de rabia.

—Incluso de niña eras terca y tenías mal genio, y no sabías cuál era tu sitio.

—Sabía muy bien cuál era mi sitio. Os vi matar a mis padres, y disfrutar asesinando bebés y niños pequeños. Os vi prender fuego a mi casa. Vi cómo se quemaba. Sentí el olor de la carne humana quemándose.

—Es una pena que seas un paquete tan bonito... a simple vista y desde lejos. Por un lado, creo que debería acabar contigo rápidamente. Colgarte de la verga. Por otro, creo que debería hacerte atar y recrearme arrancándote la piel a tiras y poniendo sal en las heridas a medida que corto. Claro que... soy un hombre avaricioso. Y tú vales mucho viva. Conozco a hombres... en Marruecos, por ejemplo... hombres de gustos sumamente... curiosos. Esos hombres saben cómo extraer todo el juego a una joven antes de que envejezca... o muera. Así pues... ¿qué debo hacer? —ella casi se encogió cuando Colm levantó la mano—. ¿Ves esta cicatriz? —preguntó él, indicando la marca roja de su mano—. ¿Recuerdas cómo me la hice?

—No.

—Con tus dientes, querida. Estuve a punto de partirte la cabeza contra una roca en ese momento. Pero... la venganza era mucho más dulce. Venderte a lady Fotherington sabiendo que prolongaría tu servidumbre una y otra vez... Luego, ese amable caballero francés, con todos sus achaques, que sin duda habrías llegado a compartir... Me pagó una suma suculenta para que te llevara con él. Así que sin duda comprenderás que me halle en un dilema. Colgarte rápidamente (o quizá no tanto; creo que me gustaría verte estrangulada despacio, hasta la muerte), o disfrutar sentenciándote a años de humillación y servidumbre. Y en el lugar en el que te vendería ahora, no soportan la obstinación en una mujer. Eso lo descubrirías muy pronto. Perdiendo una mano, una oreja, un ojo... Ah, y cuando se cansaran de ti, te usarían como esclava.

Bobbie intentaba con todas sus fuerzas mantener los ojos fijos en los de Colm, no delatar su debilidad. Tenía que mantener la calma.

Tenía esperanza, ¿no?

¿Qué esperanza? Se le encogió el corazón.

Brendan no hundiría el barco estando ella dentro. Y sin duda sabía que, si intentaba abordarlo, Blair Colm la degollaría antes de meterse en la refriega.

De pronto, Colm empezó a acercarse a ella.

—Lo que me parecería más divertido sería aniquilar primero tu orgullo humillándote por completo. Una cosa que seguramente no sabes es que puedo infligir un tremendo dolor sin dejar pruebas. Puedo hacerte daño... —sonrió con crueldad—... y yo creo que voy a hacerlo.

Bobbie se apartó de él, retrocediendo.

Durante mucho tiempo había soñado con aquel momento, pero no así. En sus fantasías, no estaba a merced de un barco cargado de asesinos. Simplemente, se enfrentaba a él y lo mataba... y no le importaba que sin duda la asesinaran un instante después.

Ahora, aunque lo tenía frente a sí, carecía de armas.

Y ahora ansiaba vivir.

¿Cómo había logrado encontrar un ansia tan ardiente de vivir después de tanto tiempo, cuando...?

Comenzó a rodear la mesa, y reparó en la botella de la que había bebido Colm.

Ajeno a sus intenciones, Colm la siguió lentamente, sin prisa por apoderarse de su presa atrapada.

Ella agarró la botella y la rompió contra el borde de la mesa. Luego blandió su borde irregular.

Él se rió.

—Ah, Roberta. Si derramas una sola gota de mi sangre, lo lamentarás. Sólo conseguirás aumentar mi rabia.

—Dudo que algo pueda aumentar el horror de lo que pensáis hacerme —contestó ella.

—Baja eso.

—¿Estáis loco?

Una vena vibraba en el cuello de Colm.

—Le tengo cariño a esta chaqueta. Más vale que te andes con ojo.

Podían seguir mucho tiempo dando vueltas, se dijo Bobbie. Él parecía no tener prisa por atormentarla.

Bien. Ella también necesitaba tiempo.

Luego, sutilmente, él apretó el paso y Bobbie comprendió que estaba a punto de abalanzarse hacia ella.

Se le había agotado el tiempo... mucho antes de que estuviera lista. Aun así, no tenía elección.

Fue ella quien hizo el primer movimiento. Giró sobre sí misma y saltó velozmente hacia él.

La desesperación era su aliada. Apuntó a su garganta. Estaba segura de haberle dado, y con fuerza, pero él era fuerte y astuto. No fue lo bastante rápido como para esquivar por completo el golpe, pero levantó un brazo a tiempo de salvar la yugular y lanzó a Bobbie volando con la velocidad de una bola de cañón contra la pared del fondo.

Colm se llevó una mano al cuello. Sus ojos destilaban veneno.

Ella se levantó con esfuerzo, apoyándose en la pared, mientras Colm se acercaba.

Él alargó las manos de pronto y la sujetó a la pared. Sus dedos se cerraron en torno a su garganta. Bobbie se quedó sin aire al instante.

Arañó la cara de Colm y notó sangre bajo los dedos.

Entonces, justo cuando empezaba a perder el sentido, algo resonó en la noche, el barco se estremeció por la fuerza de la explosión y ambos salieron despedidos hacia el otro lado del camarote.

Logan había esperado. Había permanecido alerta.

Al principio, la cubierta estaba llena de hombres que intentaban aprovechar el viento y aumentar la velocidad del barco. Luego, una vez listas las velas, el ajetreo remitió y la tripulación se dispersó para ir a cumplir otras tareas.

Logan había asomado la cabeza y había visto a algunos hombres cosiendo lona mientras otros cambiaban tablones rotos. Otros estaban abajo, seguramente limpiando y preparando los cañones.

Había visto al menos una veintena de hombres.

Pero no había visto a Blair Colm.

Ni a Bobbie.

Tenía el presentimiento de que estaban en el camarote del capitán. Abajo había demasiada actividad para que el capitán pudiera disfrutar de su venganza.

Pero el timón estaba cerca del camarote del capitán, y junto a él había un hombre enorme. Sería imposible pasar por su lado sin que se diera cuenta.

Todavía quedaban barriles de pólvora en cubierta, y Logan decidió intentar entrar en el camarote usando una maniobra de distracción.

Esperó su momento y lo aprovechó. Salió de su escondite y corrió a recoger un trozo de mecha que había junto a un cañón de la popa. En cuanto tuvo la mecha, corrió hacia un barril de pólvora, colocó la mecha y la encendió. Luego volvió a su escondite.

Unos segundos después, el barril estalló. Las llamas se extendieron por todas partes, provocando el caos.

—¡El barco de Colm está ardiendo! —grito Jimmy O'Hara desde la cofa.

Brendan lo oyó desde el camarote. Salió a cubierta para ver si, en efecto, el barco de Colm estaba en llamas. Cassandra lo siguió. Vieron elevarse las llamas más y más, hasta que las velas también echaron a arder.

—¡Soltad más trapo! —ordenó Brendan—. ¡A los cañones!

—¡No hemos visto la bengala! —contestó Patapalo.

—Me importa un bledo —respondió Brendan—. Vamos a acercarnos. ¡Aprisa!

Atónita y jadeante, Bobbie parpadeó rápidamente e intentó despejarse. Vio que había caído junto a la mesa.

Al principio no vio a Blair Colm; luego vio con horror que se levantaba de un salto y corría a la puerta, ajeno a su presencia.

Ni siquiera se acordó de encerrarla al salir.

Bobbie salió corriendo tras él, pero vaciló al llegar a la puerta. Había un hombre en el suelo, justo delante del camarote. Y estaba ardiendo. Bobbie se agachó rápidamente para recoger el cuchillo que el pirata llevaba a la cintura; luego, al mirar a su alrededor, vio hombres por todas partes.

Muchos de ellos gritaban de dolor. Ella oyó un ruido y levantó la mirada. Vio que el palo mayor crujía y empezaba a caer.

Se apartó de un salto del camarote justo a tiempo de salvarse.

Había fuego por todas partes.

—¡Bobbie!

Oyó su nombre y pensó que estaba soñando...

Pero no era así.

Gritó el nombre Logan.

Él apareció de pronto entre una cortina de fuego y humo, corriendo hacia ella. Un hombre con la cara tan ennegrecida por el humo que estaba irreconocible se interpuso entre ellos y sacó una espada.

Logan desenfundó una pistola y lo mató de un tiro. Luego pasó por encima del cuerpo y tendió los brazos hacia Bobbie.

—Tenemos que llegar a la popa y saltar. Es peligroso, pero no hay otra salida —le dijo.

Ella lo miraba fijamente, intentando todavía deshacerse de su estupor.

Había estado literalmente a punto de morir a manos de su enemigo y entonces...

—Blair Colm —dijo.

—¡Olvídate de él! Tenemos que salir de aquí. ¡Aprisa!

Tiró de ella entre el humo, que ayudó a camuflar su huida. Logan usó su espada para abrirse camino. Cuando alguien la agarró por la espalda, Bobbie se acordó de su arma y se desasió lanzando un tajo furioso.

Al fin llegaron a la popa. Bobbie se sorprendió cuando Logan encendió una bengala. Él acababa de subirla a la barandilla cuando ella lanzó un grito de advertencia. Un hombre se alzaba tras él empuñando un hacha. Logan agachó la cabeza y el hacha golpeó la barandilla. Bobbie soltó un grito al perder el equilibrio y salir despedida.

Cayó al agua (desde aquella altura, fue como atravesar un suelo duro) y se hundió. Luego el instinto de supervivencia se apoderó de ella y empezó a mover las piernas con todas sus fuerzas. Le ardían los pulmones mientras luchaba por subir hacia la luz del fuego que marcaba la superficie.

Emergió jadeando. Y oyó el rugido de un cañón. Mientras nadaba, vio que una bola de cañón había tumbado uno de los mástiles del barco de Blair Colm.

Cayó otra, y otra...

Y entonces el barco de Colm comenzó a disparar.

Bobbie nadó con ímpetu, consciente de que tenía que alejarse de allí o corría el riesgo de morir aplastada entre los dos barcos. Mientras nadaba miraba desesperadamente a su alrededor y con cada vaivén de las olas rezaba por ver la cara de Logan.

Pero no la vio.

El hombre que empuñaba el hacha retrocedió, buscando otra arma. Sonriendo, asió un palo y se arrojó hacia Logan.

Logan se apartó, calculando el alcance de su oponente. No creía que pudiera romper el palo con la espada, así que siguió moviéndose y dejó que su enemigo se cansara de seguirlo. Luego se lanzó hacia él, agachando la cabeza bajo el palo para lanzar una estocada a la cintura de su oponente. Con mirada de estupor, el pirata se tambaleó hacia atrás, llevándose las manos a la tripa, y se desplomó en cubierta. Logan se volvió rápidamente y corrió hacia la barandilla de popa. Entonces un cuchillo pasó volando a su lado, tan cerca que sintió su roce.

Se volvió.

Blair Colm estaba al otro lado de la cubierta, a unos metros de él.

Miraba fijamente a Logan mientras desenvainaba despacio su espada.

El barco estaba en llamas, la tripulación corría de un lado a otro, atemorizada.

Pero Blair parecía completamente en calma. Ajeno al caos que lo rodeaba.

—¿Quién eres tú? —preguntó.

—Logan Haggerty. Laird Logan Haggerty.

—Conozco ese nombre —dijo Blair—. Eras un cachorro. Te has hecho mayor, pero te reconocería en cualquier parte, Haggerty. Eres la viva imagen de tu padre. Te crees muy hombre. Pues ven a morir como un hombre, laird Haggerty.

—No seré yo quien muera —replicó Logan.

—Morirás, como mueren todas las ratas que se me oponen. Lo tuviste todo, ingrato. Un hombre que te educó bien. Una herencia que no merecías. Yo te di todo eso —se movía en círculos mientras halaba, provocando a Logan.

—¿Tú? —repitió Logan—. No, lo que me diste fue el recuerdo de mi madre muerta, de mi país traicionado.

—¡Te di la voluntad de luchar!

—Mi padre, que defendía su país y a su esposa, me dio la voluntad y la fuerza para luchar. Mi madre, que tenía coraje más allá de toda esperanza, me enseñó que un hombre está perdido sólo cuando pierde su alma.

—Tu padre era un necio que no veía la verdad de los hechos. Y tu madre... Ah, pobre mujercita indefensa. Murió tan fácilmente, y tan pronto... Todavía recuerdo cómo la traspasé con mi espada.

La ira se apoderó de Logan.

Intentó refrenarla.

Ambos estaban jugando con la mente del otro, intentaban hacer olvidar a su oponente que, para batirse en duelo hasta la muerte, había que tener la cabeza despejada.

Blair se adelantó, y Logan esquivó velozmente su primera estocada, saltando a un montón de cuerda. Luego, equilibrándose, atacó.

Sus espadas chocaron con violencia, y volvieron a chocar. Al separarse para atacar de nuevo, Logan vio que Colm estaba sangrando. Tenía la casaca rasgada y una mancha de sangre había aparecido en su brazo, a juego con los hilillos rojos que bajaban por su cara y su cuello. Logan aprovechó su ventaja y atacó con ímpetu.

Sus aceros se encontraron de nuevo, y de nuevo ambos retrocedieron.

—¿Dónde está tu ramera ahora? —preguntó Colm—. Acabaré con ella en cuanto me libre de ti. O quizá quieras matarla tú mismo. Has estado compartiéndola, ¿sabes? Con ese condenado pirata, el maldito Robert el Rojo.

Blair Colm le lanzó una furiosa estocada mientras hablaba, pero Logan se limitó a sonreír y esquivó el golpe.

—Se acuesta con Robert el Rojo, sí. Todas las noches —dijo.

Su sorna pareció hacer estallar a su enemigo.

Blair Colm se lanzó hacia delante, blandiendo con fuerza su espada.

Logan detuvo el golpe con su arma.

Quedaron trabados, luchando por empujar al otro, por aprovechar la ventaja. Luego, por el rabillo del ojo, Logan vio que los hombres de Colm se estaban reagrupando.

Deberían haber intentado salvar el barco.

Pero el odio parecía contagioso. Cubiertos de hollín, sangrando y cojeando, iban acercándose con espadas para unirse a su capitán en la batalla.

Logan lanzó un fuerte mandoble, obligando a Blair Colm a retroceder varios pasos, y luego saltó a la barandilla. Sabía que era su única oportunidad.

Al lanzarse al mar, oyó que los cañones rugían aún más

fuerte que antes y comprendió que había comenzado una auténtica lucha a muerte.

Estaban lejos de la orilla, donde las olas eran grandes y para mantenerse a flote hacía falta casi una fuerza sobrehumana. Pero Bobbie sabía que, para sobrevivir, tenía que llegar a su barco y llamar la atención de alguien. Las fuerzas, sin embargo, se le iban agotando rápidamente.

Oyó otro estampido y una bola de cañón cayó cerca, cortando el agua. Sofocó un grito y tragó agua. Luego abrió la boca de nuevo y no pudo respirar.

Se obligó a tumbarse de espaldas y a flotar, y volvió a respirar. Escudriñó de nuevo el mar, intentando orientarse y elegir un rumbo para evitar el fuego de ambos barcos y llegar al *Águila*. Sabía que Brendan estaría disparando a discreción para intentar que el mercante no dañara más su barco. Si no podía hundir el navío de Colm, intentaría abordarlo. Los hombres estarían preparados con sus garfios y sus hachas de abordaje, listos para entablar combate cuerpo a cuerpo.

¿Dónde estaba Logan?

Nadó con más brío al ver el *Águila*. A su alrededor, el aire estaba repleto de humo de pólvora negra, pero no le importó, porque las velas de su barco seguían ondeando con fuerza y orgullo.

Y el barco de Blair Colm estaba muy dañado. Iba escorándose, con los mástiles y las velas destruidos.

Pero sus cañones seguían en funcionamiento.

Bobbie nadó con más ímpetu. Al acercarse al barco, intentó pedir socorro a gritos, pero el agua le llenó la boca y ahogó sus palabras.

Entonces vio que alguien la mirada desde la barandilla.

Cassandra.

—¡Es Bobbie! —gritó—. ¡Bobbie está en el agua!

Le arrojaron una escala. Bobbie intentó agarrarse a ella y falló. Lo intentó otra vez, pero el barco se movía y las altas olas la arrojaban contra el casco.

Asió la escala y logró subir unos peldaños.

Entonces el barco cabeceó bruscamente y la lanzó de nuevo al mar.

Aturdida, buscó de nuevo la escala, pero se le escapó.

—¡Ah, no! No vas a ahogarte. ¡No lo permitiré!

Ella se volvió.

¡Logan!

Por su cara manchada de hollín corría el agua salobre, pero sus ojos ardían, brillantes.

—¡Logan!

—Sube por la escalerilla —ordenó él.

Bobbie subió, y él la siguió, sujetándola con el pecho cuando ella temió caerse.

Bobbie no tuvo que trepar hasta lo alto. Unos brazos fuertes se tendieron hacia ella. Brendan estaba allí. Y Patapalo, Hagar, Sam el Silencioso... Incluso Jimmy O'Hara. Lord Bethany y Cassandra observaron cómo la subieron a bordo.

Bobbie oyó a su espalda que Logan llegaba a cubierta mientras ella iba de abrazo en abrazo. Entonces se desasió.

—¡Esto no puede ser! —se apresuró a decir—. ¡Estamos en plena batalla!

—Hay hombres en los cañones —dijo Sam el Silencioso.

—Y los garfios de abordaje están listos —añadió Hagar.

Bobbie se dio cuenta de que estaba tambaleándose. Exhausta, temblorosa y llena de alegría, estaba a punto de caerse.

Justo en ese instante, los cañones lanzaron una descarga estruendosa y ella se tambaleó hacia atrás y cayó contra Logan.

—Llévala al camarote —le ordenó Brendan a Logan. Vio que ella hacía amago de protestar y añadió—: Yo puedo capitanear el barco por ahora.

Ella miró fijamente a su primo, que era su pariente y su mejor amigo, la única alma que compartía su pasado, que la conocía por completo, que la quería y la servía fueran cuales fuesen sus locuras. Lo abrazó con fuerza, tan emocionada que le faltaban las palabras.

—Sí, Brendan, puedes capitanear este barco —logró decir al fin.

Entonces, un hombre empapado, vestido con ropa sucia y manchada de sangre, la apartó de Brendan, la tomó en sus brazos y comenzó a llevarla hacia el camarote. Bobbie se permitió relajarse en sus brazos y cerró los ojos.

Aunque sólo fuera un instante.

CAPÍTULO 17

Logan la depositó en el camastro y le apartó un mechón empapado de la frente.

Ella lo miraba fijamente.

—Tenía tanto miedo por ti... —musitó.

—Siento mucho que me hayan retrasado —se disculpó él con despreocupación. Luego se levantó y se acercó apresuradamente al escritorio. Parecía saber que Bobbie guardaba una botella de ron en el cajón de abajo, a mano derecha. Se la llevó.

—Bebe un buen trago.

Ella bebió e hizo una mueca. El licor quemaba.

—Nunca me ha gustado el ron solo —le dijo.

Él sonrió, y bebió a su vez.

—Ahora mismo —dijo—, te sentará bien.

Ella le acarició la cara con los dedos.

—¿Viste a... Colm? —preguntó. Logan asintió con la cabeza—. ¿Lo... lo mataste?

Él respiró hondo.

—No. Me temo que nos interrumpieron cuando estábamos luchando. Preferí vivir para luchar otro día, y salté —la miraba intensamente, y ella no sabía por qué.

—Pasé tanto miedo cuando no te vi en el agua...

—Ya me he disculpado por llegar tarde —bromeó él, pero luego se puso serio—. Hice... lo que pude, lo más rápido que pude —dijo en voz baja y, frunciendo el ceño, tocó con un dedo su garganta—. Estás... magullada. Oh, Dios. Colm...

—Estaba a punto de estrangularme cuando una explosión nos hizo salir disparados —le dijo ella—. Nunca me había pasado nada tan oportuno.

Logan bajó la mirada, sonriendo, pero Bobbie notó que él también estaba temblando. Sus ojos volvieron a encontrarse.

—Tenía sangre en la cara y en el cuello cuando nos encontramos —le dijo.

—Bien —contestó ella con énfasis.

Él asintió con gravedad.

—¿Tenías un cuchillo?

—Por desgracia, no. No tenía ningún arma. Pero algún necio dejó una botella sobre la mesa.

—Benditos sean los bebedores —dijo él, y la tomó de las manos—. Estás temblando, mojada y fría. Y la verdadera batalla está a punto de empezar. Dejaré que te cambies, pero... ten cuidado cuando te levantes. Te faltan fuerzas.

Ella asintió con la cabeza y dijo:

—Logan... Cassandra y lord Horatio tienen que bajar a la bodega, o venir aquí, al camarote. Ellos no saben luchar.

Él asintió.

—Me ocuparé de que se pongan a salvo —vaciló—. ¿Hay alguna posibilidad de que tú hagas lo mismo?

Sus ojos parecían seguir buscando algo dentro de ella.

—Logan, yo...

Pero él se marchó.

Al salir a cubierta, Logan encontró a Cassandra junto a Brendan, cargando pistolas. Los miró a ambos con sorpresa.

—Aprende deprisa —dijo Brendan.

—Quería ser de utilidad —le informó Cassandra.

—Cuando empiece la pelea, debes irte al camarote del capitán, o abajo —le dijo Brendan.

—Sí, debes irte —convino Logan, pero ninguno de los dos lo estaba mirando.

—Brendan, puede que necesites...

—Cassandra, si estoy preocupándome por ti, no podré concentrarme en lo que hago —repuso Brendan.

—Entonces iré a algún lugar seguro, como deseas —le dijo ella.

—Si el barco empieza a hundirse... —la advirtió Brendan.

—Buscaré un buen trozo de madera y dejaré que la corriente y las olas me lleven a la costa más cercana —dijo ella. Hablaba como si estuviera repitiendo algo que ya había oído una docena de veces.

Se estaban acercando al barco de Colm. Un cañón escupió fuego desde la cubierta contraria, y todos se tambalearon. Esta vez les habían dado, y fuerte.

—¡Fuego! —gritó Hagar.

Los ocho cañones de estribor rugieron al unísono. El ruido fue ensordecedor. Pero todas las bolas impactaron en el barco enemigo. El navío de Colm ya estaba en llamas y había empezado a escorarse.

Pero su tripulación estaba en cubierta, gritando y blandiendo sus armas.

Logan se volvió hacia Cassandra y preguntó:

—¿Dónde está tu padre?

—Abajo.

—Debes ir con él —ordenó.

Cassandra miró a Brendan, quien asintió. Ella se dio la vuelta obedientemente.

Cerca de allí, los cañones giratorios, más pequeños, comenzaron a disparar. Los hombres del barco de Blair Colm gritaron. Algunos cayeron, otros comenzaron a maldecir, rabiosos.

Logan miró a Brendan y ambos sonrieron.

—Está a mano —dijo Brendan.

—Que Dios nos acompañe —dijo Logan.

Entonces la puerta del camarote del capitán se abrió. Bobbie se había puesto unas calzas y una camisa limpias, llevaba una pistolera a la cintura, el cinto con la espada en su sitio y cuchillos en los tobillos y los antebrazos.

Logan sintió un dolor en el corazón.

La victoria, sin embargo, no estaba garantizada. Bobbie tenía que poder defenderse, si él y los demás fracasaban. Él no tenía derecho a pedirle que hiciera otra cosa.

Ella los miró y enarcó una ceja.

—Es la hora —dijo.

—Es la hora —respondió Brendan—. ¡Preparad los garfios y las hachas! ¡Al abordaje! —gritó.

Se sintió un fuerte temblor y se oyó crujir la madera cuando los barcos chocaron. Las tripulaciones comenzaron a arrojar garfios de abordaje, y los hombres se abalanzaron desde ambas cubiertas, blandiendo sus hachas. Se oyeron disparos, gritos de batalla y chillidos de dolor.

Logan avanzó junto al primo de Bobbie y su tripulación, rechazando con la espada a quienes intentaban abordar su barco. Un hombre saltó desde un mástil roto a las jarcias de su barco. Logan calculó el tiro y disparó. Luego vio caer al hombre a cubierta.

Se giró para enfrentarse a un hombre armado con un hacha. Usó su segunda pistola y a continuación sacó un cuchillo. Volvió a apuntar y lanzó el cuchillo a un hombre que estaba saltando hacia Patapalo con el hacha en alto.

El hombre chocó contra la barandilla, la rebasó y cayó al mar.

Patapalo dio a Logan las gracias con una inclinación de cabeza, soltó un rugido y abordó el barco de Blair Colm.

Unos minutos después, toda la tripulación de Bobbie había saltado a la cubierta enemiga y luchaba cuerpo a cuerpo, hasta la muerte.

Logan derribó a dos enemigos con su espada.

Brendan, que se hallaba tras él, venció a un gigante furioso quedándose completamente quieto y moviendo su espada con precisión milimétrica para que el hombre se ensartara en su espada cuando atacó.

La pelea acabó pronto. Lo sucedido anteriormente había mermado la tripulación de Colm, y aunque los hombres que quedaban lucharon hasta el final, sólo unos dieciocho habían sobrevivido para unirse a la batalla.

Logan despachó a uno, se volvió para protegerse la espalda y vio que todos los hombres de Bobbie estaban haciendo lo mismo.

No quedaba nadie para atacarlos.

De la cubierta subía humo. El barco estaba en llamas, y Logan comprendió que el casco estaba muy dañado, pese a la insistencia de Blair Colm en que su mercante podía rechazar el fuego de sus cañones.

—¡Abandonad el barco! —ordenó Brendan.

A través del humo, Logan veía a Bobbie. Estaba de pie en medio del barco, mirando los cadáveres que se apilaban en el suelo. Logan sabía a quién estaba buscando.

Sintió que el barco se sacudía y comprendió que iba a hundirse por la popa.

—¡Abandona el barco! —le gritó a Bobbie, pero ella parecía no oírle. Seguía examinando a los muertos, buscando ansiosamente a Blair Colm.

Logan se acercó a ella y la agarró del hombro. Al volverse, ella tenía los ojos enormes y extrañamente empañados.

—Bobbie, hemos ganado. El barco se está hundiendo. Tenemos que irnos.

Ella lo asió de los brazos.

—¡No lo veo! —gritó.

—Bobbie, no puedes seguir buscándolo. El barco se está hundiendo. Tenemos que salir de aquí o nos hundiremos con él.

—Logan, tengo que asegurarme de que está muerto.

Él se volvió. Brendan había dado orden de desenganchar las cuerdas. Los hombres abandonaban precipitadamente el navío enemigo, ansiosos por llegar al suyo.

—Bobbie, tenemos que dar por sentado que está muerto y salvarnos.

Ella lo apartó de un empujón y empezó a buscar casi frenéticamente entre los muertos.

Logan la siguió, maldiciendo. Luego la hizo volverse para mirarlo.

—No me obligues a hacerlo —la advirtió.

Los ojos de Bobbie se agrandaron.

—¡No te atreverás!

Pero se atrevió. No quedaba más remedio. Echó el brazo hacia atrás.

—Maldito bas...

No pudo decir más. Ella no fue lo bastante rápida al defenderse, y él la golpeó en el lugar preciso de la mandíbula. Bobbie cayó hacia delante, en sus brazos.

Logan corrió hacia la barandilla. Todas las cuerdas estaban desenganchadas. Los barcos habían empezado a separarse.

—¡Logan!

Era Patapalo.

No preguntó por qué Logan llevaba a su capitán al hombro. Simplemente, pidió a gritos una cuerda.

Lanzaron una a Logan. La tomó, la enlazó alrededor de su muñeca libre, se subió a la barandilla y saltó. Agarraba con fuerza a Bobbie, y juntos volaron hacia la cubierta del *Águila*.

Brendan apareció al instante a su lado.

—¿Está herida? ¿Qué le ha pasado? —preguntó.

Logan se irguió.

—Estará bien dentro de una o dos horas —Brendan lo miró con fijeza—. No quería abandonar el barco —explicó Logan.

Alertados por un extraño sonido de succión, se volvieron. El barco comenzó a sacudirse violentamente bajo ellos cuando el mercante empezó a hundirse a toda prisa, formando un torbellino. Varios hombres se tambalearon, intentando mantener el equilibrio.

El barco desapareció por completo en cuestión de segundos. Después empezaron a emerger trozos de madera y otros objetos, como si una enorme boca los escupiera bajo las olas.

Durante un momento hubo un silencio mortal. Luego, un grito de júbilo se alzó entre los hombres.

—¡Hemos ganado! ¡Hemos ganado!

Para apodarse el Silencioso, Sam daba unos gritos capaces de hacer temblar el océano.

Bobbie, inconsciente en la cubierta, no llegó a oírlos.

Vagaba a la deriva.

Y era tan dulce...

Sentía las olas que acariciaban el barco, y casi podía sentir el beso suave del sol y la brisa.

Y luego...

Luego lo sintió.

Una punzada de dolor en la mandíbula. También le dolía la garganta. Y lo peor de todo era que el dolor estaba disipando la absurda dulzura de su sueño.

Abrió los ojos y parpadeó. Estaba en su camarote. Se llevó la mano automáticamente a la mandíbula. El dolor era real, no había duda.

—Estás despierta.

Ella parpadeó de nuevo, y se volvió.

Logan estaba sentado al escritorio. En su silla. Y parecía encontrarse muy cómodo, lo cual resultaba irritante. Tenía delante una botella de ron, pero estaba bebiendo de una taza de porcelana.

Sus piernas, ceñidas por unas calzas secas, estaban extendidas, y sus pies, calzados con botas, reposaban sobre la mesa de Bobbie. Estaba recostado en la silla, con las manos tras la cabeza.

Bobbie arrugó el ceño.

—Me pegaste —dijo, enfadada.

—Sí.

—Estaba buscando a Blair Colm.

Él meneó la cabeza y entornó los ojos desdeñosamente.

—El barco se estaba hundiendo. Se hundió segundos después de que nos marcháramos.

—Pero...

—Te habrías hundido con él, boba.

Ella tragó saliva y volvió a cerrar los ojos. Logan tenía razón. Pero también se equivocaba.

—Él sigue ahí fuera.

—Bobbie...

Logan se movió al fin, bajando las piernas.

—El barco de Blair Colm se ha hundido. Y todos los hombres que había a bordo se han hundido con él.

—Pero yo no lo encontré —dijo ella.

—Porque estaba en otra parte cuando murió, o ya lo habían arrojado por la borda —Logan gruñó, exasperado—. Lo importante es que el barco se hundió. Unos segundos más y, si Brendan no hubiera dado orden de desenganchar las cuerdas, habrías permitido que hundiera tu propio barco, y a todos esos hombres que están dispuestos a morir por ti.

Ella se quedó callada porque él tenía razón y no quería pensar que, en su afán de venganza, se hubiera preocupado tan poco por la vida de los demás.

Pero seguía teniendo miedo.

—No lo vi muerto.

—¿Tanto te importa? —preguntó él suavemente—. Mientras haya desaparecido, mientras no pueda volver a hacer daño a nadie, ¿qué importa que no le dieras el golpe final?

Ella sacudió la cabeza.

—Puede que...

—¿Qué? —preguntó él.

—¿Y si no está muerto?

Se sobresaltó cuando él se acercó y la hizo ponerse en pie. De pronto, Logan agarró el cinturón en el que ella llevaba las pistolas. Se las quitó antes de que pudiera hacer nada y las arrojó sobre la mesa.

—¿Qué...?

—Cállate.

Ella intentó agarrarlo de las manos, pero era demasiado tarde. Logan también le quitó el cinto de la espada.

Aquello era una locura. Bobbie todavía estaba aturdida cuando se levantó.

Porque él le había pegado.

Y ahora actuaba como si fuera el amo del universo, su amo...

—Logan, éste no es momento ni lugar...

—No te des tantos aires —le espetó él.

Ella lo miró a los ojos. Tenían una mirada fría, y él estaba claramente enfadado.

—¿Perdona?

—Es lógico que me pidas perdón.

—¿Qué?

Ella intentó detenerlo, pero él le estaba quitando todas las armas.

—¡Logan, deja de actuar como un loco! Éste es mi barco. Aquí el capitán soy yo.

—Sí. Y vas a salir ahí fuera como un capitán decente a dar

las gracias a los hombres que salvaron tu barco y tu pellejo, y a celebrar la victoria con tu tripulación.

Ella no podía protestar, no podía explicar que seguía aferrándose desesperadamente a...

¿A qué?

¿Al poder?

No. No necesitaba ser todopoderosa.

Se estaba aferrando a...

Al miedo.

Pero se sintió empujada hacia la puerta, y no pudo resistirse, ni siquiera logró descubrir cómo consiguió él que se moviera y abrir la puerta al mismo tiempo.

Al salir, vio las caras queridas, familiares y risueñas de aquéllos que le habían dado todo lo que poseía: aquel barco y un medio de vida y, varias veces en los días anteriores, la vida misma.

En cuanto la vieron, comenzaron a gritar:

—¡Viva nuestro capitán!

Y entonces Brendan se acercó y le dio un fuerte abrazo.

—¡Bobbie, lo hemos conseguido! Nos hemos vengado. Su barco se ha hundido.

—Y ese perro asesino que pensaba hacer que me ahorcaran se ha ido a pique con él. Mi niña, ésta es una tremenda victoria —dijo lord Haggerty.

—Grog, capitán, como a ti te gusta —dijo Hagar, acercándose con una taza—. ¡Por la victoria sobre los tiranos, los embusteros, los asesinos y los ladrones!

Ella tomó la taza y dio un largo trago. Notó que Cassandra también estaba allí, y hasta vestida con ropa de hombre estaba preciosa. Su expresión era muy vívida; su entusiasmo sincero. Estaba junto a su padre, tomados ambos del brazo, y parecía completamente relajada en compañía de la tripulación pirata.

—Gracias —al principio, la voz de Bobbie sonó baja, sofocada por la emoción, así que se obligó a hablar más alto–. Gracias. No podríamos haber vencido sin vosotros. Mi vida estaba en vuestras manos, y me salvasteis cuando estaba convencida de que la perdería. Sois la mejor tripulación que haya surcado jamás los mares. Estoy en deuda con vosotros, y lo estaré mientras viva.

Volvió a oírse una ovación. Brendan la rodeó con el brazo y la apretó con fuerza.

–Nos hemos tomado la libertad de organizar el regreso a New Providente. El barco necesita reparaciones urgentes –dijo.

Ella asintió, aturdida, y miró a Cassandra y lord Bethany.

–Pero nuestros invitados... –dijo, y pensó «Nuestros invitados, entre los que ahora se incluye laird Haggerty».

–No te preocupes por nosotros, muchacha –dijo lord Bethany–. No puedes llevarme a casa en este barco, de todos modos, a no ser que vaya bien camuflado. Me temo que os borrarían del mapa a cañonazos.

–Pero New Providence...

–Oh, sabemos que es una guarida de piratas y malhechores –dijo Cassandra alegremente–. Pero vamos bien defendidos –dijo, y miró a su alrededor con una sonrisa–. Y mi padre se ha ofrecido a ocuparse de que se conceda el indulto a todos los presentes que lo soliciten, y a proporcionales medios materiales para que se dediquen al oficio que más les guste.

Se oyó otro grito de alegría.

¿Tan felices les hacía a todos la idea de convertirse en ciudadanos respetuosos con la ley?, se preguntó Bobbie.

Pero, en aquella profesión, tenían una esperanza de vida de unos pocos años más. Así que ¿podía reprochárselo?

¿Acaso no era eso lo que ella misma quería?

Ese día había querido vivir, había ansiado desesperadamente vivir. Por Logan. Pero no podía formar parte de su vida de ninguna manera respetable.

Sin embargo, estaba en deuda con aquellos hombres.

—Lord Bethany, es usted un hombre verdaderamente honorable. El mejor de todos, o eso me han dicho —sonrió a Cassandra. Aquella mujer no podía evitar ser perfecta.

—¡La cena está servida! —anunció Jimmy O'Hara.

Se alzó otro grito de júbilo. Bobbie notó que olía a pescado frito y se dio cuenta de que, mientras ella «dormía», otros se habían ocupado de todo. Los hombres empezaron a hablar otra vez, brindando con aire de celebración.

—Muchachos —dijo en tono autoritario—, seguimos estando en aguas peligrosas. Debemos mantenernos en guardia.

—¡Sí, capitán!

Ella levantó la mirada. Sam el Silencioso le sonreía desde la cofa.

—Somos buenos marineros —le informó Brendan—. No íbamos a olvidarnos de montar guardia.

Ella le sonrió.

—Claro que no. El error ha sido mío.

Brendan la miró con tal orgullo y placer que Bobbie volvió a abrazarlo con fuerza... entre gritos de alegría.

Durante la cena charlaron animada y bulliciosamente. Algunos hombres hablaban con gran orgullo de sus hazañas; otros, pensaban en el futuro. Jimmy O'Hara preparó un plato de pescado fresco y fruta comprada en New Providence, y alguien sugirió que abriera una fonda en las colonias.

Bobbie escuchaba, más que hablar, y descubrió que cada uno de aquellos hombres tenía un sueño. Incluso el cirujano del barco y el carpintero (que procedían de la tripulación de Luke el Negro) estaban dispuestos a sentar la cabeza. Emory, el carpintero, le dijo que lo habían apresado en una taberna de Savannah y que nunca había tenido intención de llevar una vida de pirata.

Y Grant, el cirujano, decía que había pertenecido a la Armada real, pero que, al ser apresado su barco y descubrirse su oficio, le habían permitido vivir y obligado a servir en el barco de Luke. Cuando Bobbie había matado a Luke el Negro, se había sentido en deuda con ella.

—Hace tiempo que pagaste esa deuda —le aseguró ella.

Hacía rato que el día se había convertido en noche. Al final, mientras ellos bebían, reían y hacían planes para el futuro, Bobbie se escabulló.

Logan se había quedado con Cassandra y lord Bethany. Parecían tener mucho de que hablar, así que Bobbie se retiró a su camarote, donde nadie la molestó en toda la noche.

Logan sabía que debería estar exhausto, pero no podía dormir. A eso de medianoche, se hizo cargo del timón. Se movían lentamente porque la noche era oscura y los peligros invisibles, pero tenían que seguir avanzando. El barco tenía una grieta y estaba entrando agua. Necesitaban atracar pronto en un puerto amigo y, dado que el *Águila* era un conocido barco pirata, New Providence era el más cercano.

Seguía enfadado con Bobbie por arriesgarse demasiado.

Y estaba preocupado. La vida de pirata parecía tener algo de lo que ella no parecía capaz de desprenderse. Él había creído que sólo perseguía matar al hombre que había arruinado su vida y asesinado a su familia. Entendía muy bien ese deseo.

Pero mientras los otros hablaban del futuro, ella había guardado silencio. Incluso seguía pensando en la batalla cuando recuperó el sentido. No podía concentrarse en la vida.

Ni en el amor.

Dios, qué tonto era. Toda su vida había disfrutado de la compañía de las mujeres. De alta cuna, de baja cuna, amigas y amantes. Pero nunca había sentido lo que Bobbie despertaba en él. Cassandra era una amiga perfecta, y, de no haber conocido a Bobbie, tal vez podrían haber sido novios... Pero había conocido a Bobbie.

¿Por qué, cuando finalmente había bajado la guardia y entregado su corazón, se lo había entregado a Bobbie? ¿La única mujer que jamás recurriría a él?

—¿Alguna novedad?

Logan había oído acercarse a Brendan y se alegró de tener compañía para distraerse.

—No, gracias a Dios —dijo—. No necesito más emociones.

Pasaron varios minutos en un cómodo silencio.

Logan fue el primero en romperlo.

—¿Qué vas a hacer ahora? —preguntó al más joven de los dos.

Brendan se encogió de hombros.

—Eso depende de Bobbie.

—Supongamos que Bobbie decide forjarse una nueva vida en tierra, en alguna parte. ¿Qué te gustaría hacer a ti? —preguntó Logan.

Brendan arqueó una ceja y estuvo pensando un rato.

—Barcos —dijo al fin.

—¿Qué?

—Antes pensaba que me gustaría ser comerciante, pero creo que preferiría ser constructor de barcos. Llevo mucho tiempo estudiando los barcos. Sé qué los hace rápidos y qué los hace fuertes —se encogió de hombros con timidez—. Pero no tengo la formación necesaria, claro.

—La formación puede adquirirse —señaló Logan.

—Sí, tal vez —le puso una mano sobre el hombro—. Nunca podré agradecerte todo lo que has hecho.

—Curiosamente... lo mismo me pasa a mí contigo.

—¿Cómo?

—Yo también llevaba mucho tiempo buscando a Blair Colm.

Brendan asintió.

—Me pregunto cuántas personas se alegrarán al saber que ha muerto —dijo.

—Bastantes, imagino —Logan lo miró y sonrió—. Así que... constructor de barcos. Supongo que también querrás casarte.

—Bueno... sí... claro —el azoramiento de Brendan era casi palpable.

—Cassandra es una mujer maravillosa —dijo Logan como si la idea acabara de ocurrírsele.

—La mejor —contestó Brendan fervorosamente.

—Y, por si tienes una idea equivocada, debo decir que ambos hemos decidido que no debemos pasar nuestra vida juntos.

Brendan se quedó mirando el mar. Tragó saliva con esfuerzo.

—Yo no... Nunca podría... No puedo tener esperanzas de ser suficiente para ella.

—¿Suficiente?

—Su padre tiene un título.

—Sí, bueno, a mí antes también me importaban las riquezas y los títulos —dijo Logan—. Puede que incluso significaran algo para Horatio en su momento.

—Sigue siendo un lord.

—Y un colono.

—Pero...

—No puedo hablar por Horatio ni por Cassandra, claro —dijo Logan—. Pero creo que tal vez sean más igualitaristas de lo que crees.

—Aun así, no puedo aceptar la generosidad de su padre y esperar que... Jamás podría... En realidad, no hemos atacado muchos barcos —explicó Brendan.

Logan se rió de pronto.

—¿Te estás burlando de mí? —preguntó Brendan—. No soy rico, creas lo que creas sobre Robert el Rojo y su... tripulación.

—No me estoy burlando de ti. Es sólo que... se me ha ocurrido una forma de que esta tripulación saque provecho de todo lo que ha pasado.

—¿Y cuál es?

—Anoche, en el barco de Blair Colm, estuve un rato solo. No sé a quién le robó su botín, pero, dado que sabemos cómo hacía las cosas, es probable que a sus legítimos dueños ya no les importe nada. Anoche arrojé una auténtica fortuna por la borda en aguas relativamente poco profundas.

Brendan lo miró con desconcierto. Luego parpadeó.

—Cuando hayamos reparado el barco (y lo hayamos remozado, porque no volveremos a dedicarnos a la piratería, ni siquiera en broma) volveremos. Y seréis todos ricos.

—¡Me dan ganas de darte un beso! —exclamó Brendan.

—No, por favor —dijo Logan.

Brendan se echó a reír y le dio una palmada en el hombro. Logan intentó no hacer una mueca, pues el golpe cayó sobre los puntos que le habían dado hacía no mucho tiempo.

—¿Nos llevarás hasta el botín? ¿Lo... lo compartirías?

—Sí, y de buena gana.

Brendan asintió con la cabeza.

—Repito que siempre estaré en deuda contigo.

—No. Yo no te he dado nada. El futuro tienes que labrártelo tú.

Brendan asintió.

—Sí —dijo en voz baja—. Pero... —meneó la cabeza—. Voy a hacerme cargo del timón. Te mereces un descanso.

—No, ve a ver si Cassandra está despierta, contemplando las estrellas... con la esperanza de que vayas a buscarla. Ahora no puedo dormir. Estoy bien aquí.

—Dentro de una hora mandaré a alguien para que te sustituya.

—Como quieras.

Brendan se alejó silbando suavemente.

Estaban vivos, pensó Logan.

Habían sobrevivido todos.

Y Blair Colm estaba muerto.

Así que ¿por qué, cuando aquélla debería haber sido una noche de celebración para Bobbie y para él, se sentía de pronto tan...?

¿Abandonado?

CAPÍTULO 18

—¿Hundisteis a Blair Colm? —dijo Sonya, incrédula.

Estaba tumbada en la cama de su habitación privada (una habitación que se había ganado y por la que había pagado) en la taberna. Rara vez llevaba hombres allí; desde hacía tiempo se dedicaba más a dirigir el negocio que a ofrecer servicios.

Pero siempre había tenido debilidad por Jimmy O'Hara. Jimmy nunca había sido un buen pirata, en realidad. Claro que tampoco había elegido aquella vida. Lo había apresado en un barco hacía años un individuo llamado Elam el Elegante, muerto hacía tiempo, y había preferido unirse a la tripulación, antes que quedar abandonado en una isla desierta. Así había llegado a New Providence, donde pasaba casi todo el tiempo bebiendo. A pesar de todo, tenía cierto encanto. Su voz era bonita, y siempre la llamaba «cariño».

Jimmy, tumbado a su lado, asintió con placer.

—¡Ah, Sonya, qué aventura...!

Sonya se dio la vuelta.

—Pero ¿lo matasteis?

—¿Qué? —Jimmy se volvió hacia ella con el ceño fruncido.

—A Blair Colm. ¿Quién lo mató?

Jimmy se encogió de hombros, y su sonrisa se hizo más honda.

—Ojalá pudiera decirte que fui yo, cariño. ¡Me querrías aún más! Pero luché... luché de verdad. Y con empeño. Fue una batalla justa. Y no es que quiera que se repita. No, nada de eso. Y lord Bethany, ese gran hombre, está empeñado en ofrecernos a todos un nuevo comienzo, un indulto. Dice que puede hacerlo, te lo juro. Y yo le creo. Te aseguro que sí, cariño. Y cuando sea un hombre rico, ah, bueno, un hombre con dinero, al menos, entonces, cariño...

Sonya no lo oía mientras parloteaba. Seguía pensando en su afirmación de que Blair Colm había muerto. No podía creerlo, por más que quisiera. Jamás olvidará lo que le había hecho aquel hombre, cómo la había hecho sentirse.

Y nunca había dejado de temerlo. De odiarlo.

Tomó la cara de Jimmy entre sus manos.

—Jimmy, necesito saberlo. ¿Quién lo mató? ¿Cómo fue? ¿Viste su cadáver?

—Pues no, no lo vi. Pero vi hundirse el barco. No me estás escuchando, cariño. De lo que quiero hablarte es de...

—¿Ha desembarcado Robert? —preguntó Sonya.

—¿Qué? —dijo Jimmy.

—¿Ha desembarcado Robert?

Jimmy frunció el ceño.

—Soy un hombre paciente, Sonya. Aquí estamos, tumbados tan a gusto, desnudos y disfrutando el uno del otro, y te preocupas por un muerto y por el capitán.

Sonya se levantó.

—Ya no estamos aquí tendidos tan a gusto, Jimmy O'Hara. Te he hecho una pregunta. ¿Ha desembarcado Robert?

Jimmy hizo un mohín.

—No, se ha quedado a bordo. Hay una cuadrilla de carpinteros en el barco, inspeccionando los daños e intentando repararlo.

Sonya ya se estaba vistiendo.

—Quédate aquí, Jimmy. Volveré enseguida. No bajes a emborracharte. No pienso permitir que te quedes dormido.

—¡Sonya! —gritó él.

Pero ella ya había cerrado la puerta.

Tenía que saberlo.

Bobbie había mandado a Hagar a tierra para que le comprara unas cuantas pelucas negras. De eso modo no tendría problemas para ir a la ciudad, si así lo deseaba. El único que se había atrevido a pelearse con ella en la ciudad era Blair Colm, y hasta él había sido demasiado cobarde para enfrentarse a ella en persona. Además, Colm había desaparecido. Todo el mundo sabía que Robert el Rojo era amigo del poderoso Barbanegra, así que era probable que (a no ser que corriera el rumor de que se habían enemistado) estuviera perfectamente a salvo paseándose por New Providence.

Mucho más, en todo caso, que en un puerto corriente.

Pero aunque llevaban dos días atracados, había preferido quedarse en el barco. Había dormido. Se había despertado, había llorado sin razón aparente y había bebido hasta volverse a dormir otra vez. Al menos estaba descansada. Luego había emprendido la ardua tarea de intentar decidir qué quería hacer con el resto de su vida.

Logan no había vuelto a acercarse a ella.

Dijera lo que dijera él, vivían en mundos distintos. Sin duda él mismo se había dado cuenta por fin. Le había salvado la vida. Le había tenido... cariño. Y ahora...

Ahora la despreciaba.

«Porque no puedo ser una mujer honrada», se decía ella.

Y sin embargo, sentada a su escritorio, mientras intentaba fingir que reflexionaba acerca de cómo disolver a la tripulación y qué hacer consigo misma, se preguntaba si eso era cierto.

Tenía que serlo.

A pesar de lo que había dicho Logan, el mundo era como era. La última vez que había visto a Logan, él estaba con Cassandra y lord Bethany. Seguramente seguía con ellos, enseñándoles la ciudad que Cassandra se moría por ver.

Bobbie estaba mirando fijamente los papeles de su mesa, que parecían emborronarse ante sus ojos, cuando la puerta se abrió.

Se cerró.

Y alguien echó el cerrojo de dentro.

Y allí estaba él.

No le habló; se limitó a acercarse al escritorio y a mirarla con fijeza.

Bobbie iba vestida de capitán pirata. Sólo le faltaban las armas, que tenía a mano. Había también allí cerca una peluca, por si tenía que encarnar al capitán Robert el Rojo en un momento dado. Si alguien se presentaba buscando al capitán, Hagar, que guardaba su puerta, la avisaría.

Pero Hagar jamás le habría impedido el paso a Logan, desde luego.

—¿Qué ocurre? —preguntó ella. Logan no contestó. Siguió con los ojos fijos en ella—. Creía... creía que estabas en tierra. Con lord Bethany. Y Cassandra —intentaba hablar con despreocupación.

Él puso las manos sobre la mesa y se inclinó hasta que su cara quedó a pocos centímetros de la de ella.

—¿Me consideras un mentiroso, Bobbie?

Ella se sonrojó.

—¿Un mentiroso? No recuerdo haberte tachado de eso —él no dijo nada más. Rodeó la mesa y la obligó a levantarse de un tirón—. ¿Qué haces? —gritó ella.

Logan contestó estrechándola con fuerza en sus brazos. Cuando ella abrió la boca para protestar, la hizo callar con un beso profundo y penetrante. Cuando ella forcejeó, se limitó a levantarla en volandas. Y, cuando Bobbie cayó hacia atrás, fue sobre su camastro. Antes de que pudiera levantarse, se echó sobre ella, apretándola contra el fino e incómodo colchón. Bobbie sintió sus manos bajo la camisa, sintió el deseo que, como un relámpago, provocaba su contacto, se sintió arder por dentro, y sintió en la presión de sus labios el ansia absoluta que compartía. Él se movió un instante para arrojar a un lado su camisa, pero ella se quedó tumbada, llena de perplejidad. Y entonces la boca de Logan se posó de nuevo sobre la suya, sus manos se dirigieron hacia el lazo de sus calzas. Él ya las tenía abiertas. Piel con piel, Logan pareció tocar todo su cuerpo, creando magia, y ella no supo cómo lo consiguió, pero sus ropas parecieron fundirse y desaparecer.

Pasara lo que pasara, ella deseaba aquello, quería abrazarlo una última vez, conocer el asombro delicioso de su cuerpo unido al de ella, el contacto de sus labios, sus dientes y su lengua en todo el cuerpo. Deseaba tocarlo, sentir su presencia potente y vital, la tensión de sus músculos y sus tendones, el calor vibrante de su piel. Ansiaba apretar los labios contra su miembro y sentir cómo se contraía por dentro, sentir cómo temblaba su cuerpo porque ella...

Pero no pudo refrenarse. Mientras la boca de Logan se deslizaba hacia su clavícula y sus pechos, jadeó:

—¿Qué estás haciendo?

—Lo que quiero —respondió él—. Lo que deseo más que nada en el mundo —se apartó de ella, apoyándose en los brazos, y la miró—. ¿Qué quieres tú? —preguntó.

Ella tragó saliva y tembló. Sabía que debía resistirse a él. Resistirse a sus propios deseos. Pero no podía.

—Lo mismo que tú —susurró.

Sus bocas se encontraron de nuevo. Bobbie lo besó salvajemente, y cuando se separaron para respirar, ella jadeó y deslizó los dedos por su pecho, acompañando aquel leve roce con una cascada de besos y la caricia de su lengua. Logan se tumbó sobre ella, buscó de nuevo su boca y la devoró, dejándola jadeante otra vez mientras él seguía besando sus pechos, su vientre y más abajo. Bobbie se retorció, presa de una dulce agonía. El deseo que sentía dejaba su mente poco espacio para pensar o razonar. El éxtasis se apoderó de ella, y se arqueó bajo él, atrapada en un instante de placer puro. Un momento después, sin embargo, Logan estaba de nuevo con ella. Se apoderó de su boca y se hundió en ella con convicción, lenta y poderosamente. Era un amante exquisito. La provocaba con caricias parsimoniosas y a continuación se movía como una tormenta en el mar, avivando dentro de ella un fuego que parecía pedir a gritos, en silencio, la descarga definitiva. El clímax la sacudió y le robó el aliento, acalló por un instante el estruendo de su corazón; luego estalló como un millón de bengalas en medio del cielo aterciopelado, y, finalmente, una sensación de maravillado asombro, suave y oscura como la medianoche, la embargó mientras aún temblaba.

Se sobresaltó cuando Logan se levantó de pronto, inmediatamente después, y se puso las calzas antes de volverse hacia ella.

—Escúchame. Quiero vivir, no sólo sobrevivir. Quiero tener un porvenir, e hijos, y Navidades. Quiero saber que siempre dormiré en los brazos de la misma mujer. Quiero estar con alguien que ame la vida y a mí más que a cualquier espectro del pasado; sobre todo, porque a mí también me ha atormentado ese mismo espectro. Eso es lo que quiero. Tú dominabas los mares llena de justa ira, pero eso se ha acabado. Y no eres por naturaleza una asesina, ni una ladrona. Piénsalo, Bobbie. Puedes tenerme a mí y tener un futuro, o puedes pasar el resto de tu vida obsesionada con el pasado. Así que, si realmente quieres lo mismo que yo —dijo—, ve a buscarme a la ciudad.

Y entonces, echándose encima la camisa, abrió la puerta y se marchó.

Bobbie se quedó allí tendida largo rato, completamente perpleja. Después, muy despacio, se levantó y comenzó a vestirse. Cuando se hubo vestido, miró la peluca negra que había sobre la mesa. Con manos temblorosas comenzó a ponérsela.

No podía ir a la ciudad sin ella.

Pero ¿qué, en nombre de Dios, había querido decir él exactamente? ¿Quería...?

¿Casarse con ella?

Sonya bajó por la calle a todo correr. Al llegar al muelle, vio llegar un bote. El hombre que iba a los remos llevaba sombrero y la cabeza gacha. Sonya se preguntó si estaría enfermo, porque llevaba un pañuelo atado al cuello.

—¡Tú! —gritó—. ¡Llévame a ese barco anclado allí! Te pagaré bien.

El hombre vaciló, pero finalmente asintió con la cabeza. Sonya montó en el bote.

Tenía que ver a Robert el Rojo. Tenía que saber la verdad, tenía que saber si Blair Colm estaba realmente muerto.

—¿Vas a ver al pirata?

—Sí. A Robert el Rojo.

—¿Está en su barco?

—Sí, obviamente.

El hombre comenzó a remar, pero ella apenas lo miró. Tenía los ojos fijos en el barco. Entonces se dio cuenta de que él había remado en círculo, llevándolos hacia las aguas en sombras de debajo del embarcadero.

—¿Qué estás haciendo? —protestó, enfadada.

Él levantó los ojos.

Y ella supo la verdad.

No, no estaba muerto. Habría sido demasiada buena suerte. No tuvo ocasión de gritar.

Él la golpeó con un remo. Sonya vio un estallido de luz. Y luego... nada.

Logan seguía teniendo tanta energía acumulada que despidió a los marineros que se ofrecieron a llevarlo. Estaba ansioso por probar sus fuerzas remando en el pequeño bote.

¿Iría ella?

¿Se pondría la peluca de Robert el Rojo una última vez para ir a la taberna a buscarlo? Él no había hecho otra cosa que esperar durante los dos días anteriores, pero Bobbie no había intentado encontrarlo, ni lo había mandado llamar...

¿Qué otra cosa podía hacer?

Estaba tan absorto en sus pensamientos que, aunque oyó el ruido mientras amarraba el bote, al principio no le prestó atención.

Era una especie de gemido. Como el de un gatito.

Después se oyó una voz. Terriblemente débil. Apenas un murmullo.

—Socorro.

Miró a su alrededor y no vio nada sospechoso. Algunos obreros se atareaban más allá, en el muelle, y algunos hombres andaban por la calle. Un carpintero estaba reparando un letrero que anunciaba ron.

Logan se quedó quieto y no oyó nada. Echó a andar y luego le pareció oírlo otra vez.

Había otros botes amarrados en el embarcadero, pero estaban todos vacíos.

Entonces lo oyó de nuevo. Era muy débil, apenas un susurro. Y parecía proceder de debajo de él.

Se tumbó boca abajo junto al borde del muelle y al mirar hacia abajo vio a una mujer agarrada a uno de los pilares.

Masculló una maldición y, quitándose rápidamente las botas, saltó al agua. Ella mantenía a duras penas la cabeza fuera del agua. Logan la agarró y se dio cuenta de que estaba desnuda. También se dio cuenta de que la conocía.

—¡Sonya! —se llevó tal impresión que estuvo a punto de soltarla.

A menudo los hombres se enfadaban con las prostitutas y las trataban cruelmente, pero con Sonya nadie se atrevía, era la reina de la isla. ¿Quién le había hecho aquello?

Logan la sostuvo en alto y la levantó con esfuerzo hasta el muelle. Luego trepó tras ella y le echó encima la chaqueta. Tenía una enorme brecha en el lado derecho de la cara.

—Sonya, voy a buscar ayuda. Aguanta —dijo Logan, y empezó a alejarse. Pero ella lo agarró del brazo y le hizo retroceder con sorprendente fuerza.

Su boca se movió. Logan se inclinó para oír lo que decía.

—Está vivo.

—¿Quién está vivo, Sonya? ¡Deja que vaya a buscar ayuda!

—Blair. Blair Colm —no podía abrir los ojos. Apenas podía susurrar—. Se dirige...

Sus palabras se apagaron.

Logan se irguió y gritó lo bastante alto para que se le oyera en toda la calle:

—¡Que alguien ayude a esta mujer! ¡Venid aquí y ayudadla!

Esperó una fracción de segundo, lo justo para ver que alguien acudía a sus gritos. Luego volvió a saltar al bote y empezó a remar.

Le dieron el alto cuando llegó al barco y echó mano de la escalerilla. Se lo esperaba. Se ciñó con más fuerza el pañuelo alrededor de la cabeza y maldijo para sus adentros la condenada falda, que estorbaba sus movimientos.

—¿Está el capitán a bordo? —preguntó con la voz más aguda que le salió.

—Sí, ¿hay algún problema? —preguntó el marinero de la barandilla.

—Sus hombres están en la taberna, y se están peleando. Debo hablar con él enseguida.

Estaba seguro de que el marinero pensaba que era la ramera más fea que cupiera imaginar, pero sin duda sabía que muchas prostitutas no eran ninguna belleza.

—Se lo diré.

—No, por favor, debo contarle lo que han dicho, lo que ha pasado.

—Sube, pues, mujer. Y date prisa. Está en su camarote y no quiere que lo molesten.

Se dio prisa. En cuanto el marinero lo ayudó a subir a bordo, le clavó el cuchillo en el gaznate y dejó que cayera en silencio sobre la cubierta.

Había otros a bordo. Oía las órdenes que se gritaban los unos a los otros. No tenía intención de vérselas con ellos. Se dirigió sin perder un instante al camarote del capitán.

En la taberna, Jimmy se lamentaba de su suerte con las mujeres.

Caray, ni siquiera podía declararse como Dios mandaba a una fulana.

Una mano cayó sobre su hombro.

—O'Hara, pillastre, oí decir que te habías ido y que servías a las órdenes de Robert el Rojo. Y me han dicho que hasta luchaste en una batalla y no fuiste a esconderte bajo las sábanas.

Jimmy se volvió. Detrás de él estaba Barbanegra, el enorme pirata.

—Sí, es todo cierto.

—Entonces, ese bastardo de Blair está muerto, ¿no?

—Debe de estarlo, porque el barco se fue a pique —dijo Jimmy alegremente.

Teach siempre lo había tratado como a escoria. Sí, de acuerdo, quizás había sido escoria. Pero ya no lo era. Iba a ser un hombre honrado.

—Entonces, ¿por qué tienes cara de estar ahogando tus penas en alcohol? —preguntó Barbanegra.

—Quiero casarme con Sonya —dijo Jimmy.

—¿Sí? —Barbanegra soltó una poderosa carcajada. Luego, mirando a Jimmy, se puso serio—. ¿Te ha rechazado?

—Se fue corriendo a ver al capitán Robert. Quería saber si era verdad que Blair estaba muerto. Debe de odiarlo con toda su alma.

Mientras hablaba, oyeron gritos en la calle.

—¡La han encontrado en los muelles! ¡Han encontrado a Sonya!

Jimmy apartó de un empujón al gigantesco pirata y echó a correr hacia el embarcadero.

Y entonces la vio.

Cuando la puerta volvió a abrirse, Bobbie esperaba a Logan.

No iba a obligarla a ir a buscarlo, pensó con alivio. Y ella quería hablar con él; necesitaba admitir que tenía miedo... y por qué. Se suponía que los piratas no tenían miedo, pero ella estaba aterrorizada. Tal vez no fuera un pirata después de todo, pensó con una sonrisa amarga.

Tal vez llevaba demasiado tiempo odiando.

Tal vez...

Pero no era Logan. Era una mujer.

—¿Qué hay? —preguntó.

La mujer cerró la puerta a su espalda. Después pareció tambalearse y caer. Bobbie corrió a ayudarla, pero al inclinarse sintió que unos dedos de acero agarraban su muñeca. Intentó levantarse y desasirse, quiso gritar, pero un brazo fuerte como un tubo de acero apretó su garganta, silenciándola y obligándola a retroceder.

Y entonces vio quién era.

Él aflojó el brazo lo justo para ponerle las manos alrededor de la garganta y siguió obligándola a retroceder. Bobbie intentó levantar las manos para resistirse, pero él era demasiado fuerte.

La empujó hacia atrás.

Ella cayó de espaldas sobre el catre.

Donde acababa de yacer con Logan.

Lo miró con fijeza, debatiéndose, intentando arañarlo, pero se estaba quedado sin fuerzas, sin aire, la habitación parecía ir oscureciéndose ante sus ojos. Sintió que su peluca resbalaba y esperó a que él apretara más fuerte, convencida de que, fuera lo que fuera lo que sucediera después, había ido a matarla, y a matarla rápidamente.

Pero él apartó una mano de su cuello para arrancarle la peluca de la cabeza, y luego sonrió con una mezcla de sorna e incredulidad, mientras seguía apretando su tráquea lo justo para dejarla indefensa.

—¿Tú eres Robert el Rojo? —preguntó él.

Bobbie comenzó a forcejear ferozmente. Con su mano libre, él empezó a arrancarle la ropa. Ella se dio cuenta de que pretendía violarla y luego matarla. Vejarla, arrancarle por completo su orgullo. Hacerle sufrir.

Sus manos se posaron sobre ella. Las manos que habían asesinado a su madre, a su padre. A niños pequeños. Manos cubiertas de sangre.

Tenía que encontrar un modo de resistirse. Él estaba tocándole los pechos, tirando de sus calzas. Tenía la mano entre sus muslos.

«No».

Sabía que él tenía un punto débil, y logró levantar una mano y arañarlo en el cuello, donde lo había cortado con la botella.

Sobresaltado y dolorido, él soltó un grito. Pero se repuso rápidamente y sacó un cuchillo mojado de sangre que acercó a su garganta. Bobbie se quedó quieta. Pero la mano de Colm se había aflojado. Confiaba en la hoja del cuchillo para controlarla.

—Mátame ya —le dijo—. Porque no voy a permitir que me toques.

Él sonrió.

—Viva o muerta, querida, voy a humillarte. Voy a usar tu cuerpo moribundo y, cuando haya acabado, te colgaré para dejarte a merced de los cuervos.

Se había acabado. Su vida pasó como un fogonazo delante de sus ojos.

Bobbie se limitó a esperar el golpe.

Pero no llegó.

De pronto, Colm se apartó de ella y salió despedido hacia el otro lado del camarote.

Y Logan lo miraba con rabia asesina.

Blair lanzó el cuchillo. Logan apenas tuvo tiempo de agachar la cabeza para esquivar el mortífero proyectil. Blair se volvió y salió por la puerta. Logan lo siguió, y Bobbie se levantó de un salto y se enderezó la ropa mientras echaba a correr tras ellos...

Y chocó con la espalda de Logan.

Contuvo el aliento, miró a su alrededor y vio que habían detenido a Blair Colm.

No estaban solos en cubierta.

Barbanegra estaba allí, como un muro de furia viviente. Blair Colm no tenía dónde huir.

—¡Dadme un arma! —gritó—. ¡Exijo mi derecho a pelear como un hombre!

—¿Quieres un arma, hombre? ¿Crees que tienes derecho a una pelea justa? —preguntó Barbanegra.

—Sí, lo exijo por el honor de un pirata.

Barbanegra levantó una de sus gruesas cejas.

—Bobadas —se limitó a decir.

Entonces sonrió, sacó su pistola y disparó a Blair a bocajarro.

Blair miró fijamente al enorme pirata.

Lentamente, cayó de rodillas.

Barbanegra volvió a dispararle.

Y Blair se desplomó hacia delante.

Se hizo el silencio por un instante. El aire apestaba a pólvora quemada, en extraño contraste con la belleza del día.

Entonces Barbanegra se encogió de hombros y los miró a los dos.

—Supongo que debería haberos concedido el honor a uno de los dos —dijo.

Bobbie rodeó a Logan y sonrió a Teach.

—No, está muerto, y eso es lo único que importa —se acercó y rodeó con los brazos la gigantesca barriga de Teach—. Gracias —dijo en voz baja.

—¡Sacad esta basura de la cubierta! —bramó Barbanegra.

Dos de los carpinteros corrieron a llevarse el cuerpo.

—¡No lo arrojéis por la borda! Los de su calaña han de pudrirse en la horca, incluso en New Providence —Barbanegra miró a Logan por encima de la cabeza de Bobbie—. Hay mucha gente que querrá asegurarse de que está muerto.

Logan asintió con la cabeza, todavía en silencio.

Bobbie se apartó de Barbanegra.

—¿Quieres otro barco? —preguntó.

Él soltó una carcajada.

Luego ella se volvió y se acercó a Logan.

—Sólo tengo una pregunta.

—¿Sí?

—¿Eso era... una proposición? —preguntó suavemente.
Él sonrió, y clavó una rodilla en el suelo.
—¿Mejor así?
—¿Quieres que... que me case contigo?
—Sí, eso es lo que quiero.
No podía funcionar. Él era un noble.
—¿Y bien? —dijo Logan.
—¿Y bien, muchacha? —insistió Barbanegra.
—Quiero lo mismo que tú —le dijo ella al único hombre al que había amado.

Soplaba una suave brisa marina.
El musgo que colgaba de los magnolios se mecía suavemente en medio del resplandor del atardecer.
—¿Estás nerviosa?
Ella se volvió. Brendan, con chaleco de brocado y casaca a juego, estaba a su lado. Estaba guapísimo. Claro que estaba asistiendo a la Universidad Guillermo y María, en Virginia, y había aprendido un poco a vestirse fijándose en sus compañeros de clase.
Él sonrió.
—Y tú... pareces... ¡una chica! —ella le dio un codazo—. En serio, Bobbie, estás deslumbrante.
—Gracias.
—Pero ¿estás nerviosa? —insistió él.
Bobbie se sentía casada desde aquella noche, en New Providence.
Fue entonces cuando Barbanegra decidió que, como capitán de barco (y pirata de creciente reputación) tenía que casarlos inmediatamente, esa misma noche. Y así se casaron, rodeados por una cohorte de piratas, putas y ladrones (y excelentes amigos).
Eso había sido fácil.

En Cassandra tenía una nueva amiga. Y aquella noche había sido Cassandra (como lo era ahora) quien había hecho las veces de su dama de honor. Se había corrido la voz de que Robert el Rojo había muerto en la pelea con Blair Colm. Robert el Rojo, miembro prominente de la comunidad de los piratas, había sido enterrado en el mar, mientras que Blair Colm era llevado al patíbulo.

Bobbie no sintió la necesidad de verlo.

Pero Sonya seguía a las puertas de la muerte, y Jimmy O'Hara la velaba y se ocupaba de todas sus necesidades.

El marinero de su barco también había sobrevivido milagrosamente, aunque al principio pensaron que no lo conseguiría. Había caído por la borda (medio muerto, en sus propias palabras), y se había agarrado al casco hasta que Logan había llegado y lo había recogido.

Bobbie había querido que Barbanegra se quedara con su barco. Y él había aceptado.

Así pues, Bobbie se había casado con Logan en una ceremonia que muchos no entendían, pero que aun así se alegraron de celebrar. Y cuando acabó y se quedaron a solas, ella había hablado de todos sus miedos respecto al futuro, y él la había tranquilizado. La quería. Ella lo quería a él. Y entre los dos harían que lo suyo funcionara.

Había ayudado, desde luego, el hecho de que, después de que los llevaran a una isla cerca de Charleston y los «rescataran», hubieran armado rápidamente un barco y regresado en busca del tesoro que Logan había arrojado por la borda.

Había ayudado mucho. De hecho, lord Bethany se había limitado a levantar los ojos al cielo, divertido, cuando Brendan y Cassandra le pidieron permiso para casarse. El tiempo que había pasado con los piratas había ampliado, en efecto, sus miras.

Pero hoy...

Hoy, ella iba a recorrer, del brazo de su primo, el pasillo

abierto en el jardín de la impresionante finca de lord Bethany en Savannah. Y estaba nerviosa. Por el bien de Logan, rezaba para que la aceptaran en sociedad. Y no porque a él le importara. Logan le aseguraba que podían irse a las Tierras Altas de Escocia en cualquier momento, pero ella quería vivir en el Nuevo Mundo, porque la suya era una nueva vida.

La música comenzó a sonar.

—Ha llegado la hora, Bobbie —dijo Brendan en voz baja.

Ella asintió, y salieron. Vio a mucha gente maravillosa.

Jimmy O'Hara.

Y su flamante esposa, Sonya.

Y allí, por increíble que pareciera, estaba también una mujer feliz, aunque algo fea: Lygia. Lygia, la mujer que había hecho soportable su vida cuando era joven.

Parecía un poco achispada e iba del brazo de Sam el Silencioso, pero, teniendo en cuenta lo rica que era, la sociedad no tenía más remedio que aceptar su desobediencia a las convenciones.

Sonrió cuando Bobbie pasó a su lado. Y soltó una risilla.

Bobbie siguió andando. Había un altar en la pérgola, en el que aguardaba un sacerdote (un sacerdote de verdad, le había asegurado lord Bethany).

Y allí estaba Logan.

Alto, sonriente, seguro de sí mismo. Y esperándola.

Bobbie oyó vagamente que el sacerdote preguntaba quién la entregaba en matrimonio, y oyó la respuesta de Brendan.

Se volvió y se aferró a él un instante.

Luego miró a Logan a los ojos y tomó su mano.

Un disparo de cañón hecho desde el mar disipó la última neblina del pasado.

Bobbie vio sonreír a Logan.

El saludo de Barbanegra, lanzado desde más allá del puerto.

El sacerdote habló, y Logan y ella contestaron sucesivamente.

Luego les dijeron que se besaran.

Antes de que los labios de Logan tocaran los suyos, ella le susurró:

—Quiero lo mismo que tú.

Él la estrechó en sus brazos.

—Ya tengo lo que quiero —dijo.

Y Bobbie se rió, porque estaban vivos, y enamorados, y el futuro era suyo.

Títulos publicados en Top Novel

Lacy – Diana Palmer

Mundos opuestos – Nora Roberts

Apuesta de amor – Candace Camp

En sus sueños – Kat Martin

La novia robada – Brenda Joyce

Dos extraños – Sandra Brown

Cautiva del amor – Rosemary Rogers

La dama de la reina – Shannon Drake

Raintree – Howard, Winstead Jones y Barton

Lo mejor de la vida – Debbie Macomber

Deseos ocultos – Ann Stuart

Dime que sí – Suzanne Brockmann

Secretos familiares – Candace Camp

Inesperada atracción – Diana Palmer

Última parada – Nora Roberts

La otra verdad – Heather Graham

Mujeres de Hollywood... una nueva generación – Jackie Collins

La hija del pirata – Brenda Joyce

En busca del pasado – Carly Phillips

Trilby – Diana Palmer

Mar de tesoros – Nora Roberts

Más fuerte que la venganza – Candace Camp

Tan lejos... tan cerca – Kat Martin

La novia perfecta – Brenda Joyce

Comenzar de nuevo – Debbie Macomber

Intriga de amor – Rosemary Rogers

www.ingramcontent.com/pod-product-compliance
Lightning Source LLC
La Vergne TN
LVHW030337070526
838199LV00067B/6325